공부가 가장 쉬웠어요

공부가 가장 쉬웠어요

1판 1쇄 발행 1996. 8. 5.
1판 181쇄 발행 2020. 4. 10.
2판 1쇄 발행 2022. 3. 25.
2판 3쇄 발행 2023. 10. 26.

지은이 장승수

발행인 고세규
편집 이한경 디자인 유향주
발행처 김영사
등록 1979년 5월 17일 (제406-2003-036호)
주소 경기도 파주시 문발로 197(문발동) 우편번호 10881
전화 마케팅부 031)955-3100, 편집부 031)955-3200 | 팩스 031)955-3111

값은 뒤표지에 있습니다.
ISBN 978-89-349-7346-1 03810

홈페이지 www.gimmyoung.com   블로그 blog.naver.com/gybook
인스타그램 instagram.com/gimmyoung   이메일 bestbook@gimmyoung.com

좋은 독자가 좋은 책을 만듭니다.
김영사는 독자 여러분의 의견에 항상 귀 기울이고 있습니다.

공부가 가장 쉬웠어요

막노동꾼 출신 서울대 수석 합격자 장승수 이야기

———

장승수 지음

김영사

남이 하는 일이라면 무엇이든 나도 할 수 있다.

1부 막노동꾼에서 서울대 수석까지

2부 한계는 나의 스파링 파트너

3부 공부가 가장 쉬웠어요

4부 JSS식 학습 방법

프롤로그

1996년 1월, 나는 난생처음으로 1등을 했다. 서울대학교에 수석으로 합격한 것이다.

소싯적에 반장 한번 안 해보고 1등 한번 안 해본 사람이 누가 있냐고들 하지만, 초·중·고 12년 동안 나는 그 흔한 반장 한번, 1등 한번 못 해봤다. 그런 내가 공부를 시작한 지 5년 만에, 그간 세 번 입시에 도전해서 모두 실패하고 네 번째 만에 합격증을 받아 쥔 것이다.

사실 수석이니 뭐니 하는 것들은 나에게는 별 의미를 주지 못한다. 수석 합격자라고 남들보다 일찍 졸업을 하는 것도 아니고, 들어올 때 1등 했다고 나갈 때도 1등 한다는 보장도 없다. 그러나 합격 이후 들려오는 주위의 평가와 얘기는 나를 꽤 당황스럽게 했다.

"남들은 그냥 들어가기도 어려운 데를 수석으로 들어갔으니 이제 네 앞길은 훤하게 뚫렸다."

"이다음에 나라를 위해서 좋은 일 좀 많이 해줘요."

그런 말을 들을 때면 어떤 대답을 해야 할지 나로서는 어리둥절할 뿐이었다. 이제 고작 대학교 1학년인 내게 '출세'란 얼마나 가당찮은 말이며, 또한 아무리 서울대학교 수석 합격자라고 해도 그가

장래에 나라를 위해 무슨 일을 할지 어떨지는 어디까지나 두고 봐야 할 일이 아닌가.

일부에서는 막노동자에서 최고의 예비 권력 집단으로 뛰어오른 '남자 신데렐라'로 비유하기도 했고, 심지어 '국내 최고의 대기업에서 수십억을 주면서 스카우트 제의까지 했다고 하던데 그게 사실이냐'며 물어오기도 했다. 물론 근거 없는 얘기다. 이런 반응을 접하면서 나는 내가 원하든 원하지 않든 나라는 사람의 행적이 사람들에게 주는 의미를 생각해보게 되었다.

정말 나는 시험 하나로 일확천금한 사람인가?

나는 가난과 굶주림을 이겨내고, 마침내 황금빛 트로피를 차지한 헝그리 복서인가?

수긍할 수 없다. 그토록 원했던 서울대학교 학생이 되었지만 그것만 빼고는 나에게 달라진 것은 아무것도 없다. 내가 서울대를 목표로 삼은 것은 '최고'라는 이름 때문도, 드라마에 나오는 '야망' 같은 것 때문도 아니었다. 나는 그저 내게 주어진 한계를 인정하고 살아야 한다는 것이 싫었다.

고등학교를 졸업하고 뒤늦게 철이 들어 나 자신을 돌아보니 너무나 가진 것 없이 이 세상을 살고 있었다. 비참한 느낌이었다. 그대로 살아야 한다면 나의 미래는 보잘것없는 것이 될 게 분명했다. 누가 감히 우리 삶을 원하지도 않은 모습으로 제멋대로 이끌고 가려 한단 말인가. 태어날 때부터 뚱뚱했다 해서 발레리나가 될 꿈을 갖지 말라는 법이 어디에 있단 말인가. 훌륭한 발레리나가 되든 못되든 자신이 원하는 것을 추구할 권리가 있는 것이다.

오기가 일었다. 그래서 내 삶을 제한하는 조건을 거부하기로 했다. 지난 5년 동안은 바로 이러한 것과 싸워온 시간이었다. 가장 큰 걸림돌은 바로 나 자신의 한계, 내가 가지고 태어난 열등한 조건이었다. 그러므로 내가 넘어야 했던 가장 큰 산은 바로 '나 자신'이었다.

나는 '희귀한 독종'이 아니다. 그저 내가 하고 싶은 일이 있어 그것에 몰두했을 뿐이다. 스스로의 한계에 부딪히고 엎어터지며 부지기수로 쓰러졌지만, 그게 끝이라는 생각은 안 해봤다. 다시 일어날 때마다 맷집도 조금씩 더 생겨났다.

처음엔 무엇 하나 갖춘 것 없는 나 자신이 싫었지만 차츰 나 자신에 내재된 '잠재력'을 확인하면서 스스로에 대한 믿음과 애정을 회복할 수 있었다. 그리고 이러한 열정과 가능성은 나뿐만 아니라 모든 보통 사람들에게 숨겨진 위대한 에너지라는 걸 알게 되었다.

나는 이 책을 읽는 사람들이 각자의 삶에 내재된 그러한 가능성을 볼 수 있었으면 좋겠다. 누구든 자신이 원하지 않는 삶을 살 필요는 없다. 우리는 우리 자신을, 운명을, 한계를 바꿀 권리가 있다. 그리고 그럴 힘이 있다.

1

막노동꾼에서 서울대 수석까지

불가사의한 일이다.
싸움도 술도 오토바이도
다 시시껄렁해 보이고
모든 게 회의스럽기만 하던 그 시절,
지금껏 한번도 느껴보지 못한 열정이
새삼스럽게 불타오르기 시작한 건.
'날자, 한번만 더.'
언감생심 꿈조차 꾸지 못했던
'대학'이라는 곳이, 갑자기
나에게 남겨진 유일한 대안으로
떠오르는 순간이었다.

나는 싸움꾼이었다

나는 싸움꾼이었다. 내 체격을 아는 사람이라면 이 사실을 잘 믿으려 하지 않을 것이다. 지금이야 오랜 막노동으로 팔뚝도 제법 굵어지고 가슴팍도 두꺼워졌지만, 그래도 여전히 키 160cm에 몸무게 55kg이 채 안 되는 왜소한 체격이다. 그런 몸집으로 싸움을 하면 얼마나 했을까 싶겠지만, 나 자신도 당시를 돌이켜 보면 여태껏 누군가에게 맞아 죽지 않고 이렇게 살아 있다는 사실이 아찔하게 느껴질 만큼 나의 싸움질은 도를 넘어선 것이었다.

내가 어렸을 때부터 골목대장 타입이었던 것은 아니다. 중학교 때까지만 해도 그저 있으나 마나 한, 선생님은 물론 아이들의 눈에조차 잘 띄지 않는 존재에 지나지 않았다. 왜 어느 학급에든 그런 아이들이 있지 않은가. 무슨 남다른 재주가 있어서 급우들에게 인기가 높다든지, 공부를 잘해서 선생님의 귀여움을 받는다든지, 그것도 아니라면 집이 부자라서 돈으로 친구들을 휘어잡는다든지…. 이것저것 아무 데도 해당 사항이 없어서 훗날 앨범을 펴놓고 보면 '어, 그때 이런 애가 우리 반에 있었나?' 할 정도로 아무런 특징이 없는, 지극히 평범한 아이 말이다.

그러던 내가 고등학교 2학년에 올라가면서 돌변했다. 때와 장소를 가리지 않고, 이유나 명분에 구애받지 않으며, 상대방이 누군가도 전혀 따져보지 않고, 하루가 멀다 하고 싸움질을 했다.

고등학교 1학년 겨울방학을 지나면서 담배를 피우기 시작했다. 그러고는 무미건조한 일상에서 벗어나 이른바 '잘나가는' 아이들과 친해지기 위해 의도적으로 그들에게 접근해보기도 했다. 고등학교 2학년에 올라가면서는 일부러 건달기가 농후한 아이들이 몰려 앉는 뒷자리에 끼어 앉았다. 선생님이 너는 왜 키도 조그만 녀석이 뒤에 앉아서 그러고 있느냐고 핀잔을 주어도, 이름을 가나다순으로 매긴 번호가 46번이니 뒷자리에 앉는 게 당연하다며 그냥 버텼다.

2학년이 되고 한 달이 채 지나지 않았을 무렵, 드디어 화려한 변신의 기회가 찾아왔다. 같은 반에 한훈이라는 친구가 있었는데, 이 녀석은 어디서 구하는지 당시에는 시중에서 쉽게 볼 수 없던 양담배를 학교에 가져와 아이들에게 팔아먹는 '아르바이트'를 했다. 고등학생들이 담배 맛을 제대로 알았겠는가마는, 아무튼 그 희소가치 때문에 그의 양담배는 아이들 사이에서 굉장한 인기를 누렸다.

어느 날 나도 큰마음 먹고 거금 500원에 양담배를 한 갑 샀다. 특별히 절반으로 깎아준 가격이었다. 그걸 학교에서 몇 대 피우고는 집에 갈 시간이 되자, 형식이란 친구에게 갑째로 맡겼다. 이때는 탈선 초기였기 때문에 담배를 집에까지 가지고 갈 만큼 간이 크지가 않았던 것이다.

그런데 다음 날 학교에 가서 담배를 달라고 했더니, 그는 그냥 실실 웃기만 할 뿐 돌려주지 않았다. 나중에 알고 보니, 내 담배를 전날 밤에 제 친구들하고 다 피워버렸다는 것이다. 어찌나 화가 나는지,

마침 복도에서 우연히 마주친 그에게 내 담배 내놓으라고 소리를 질렀다 그러자 다짜고짜 내 뺨따귀를 한 대 후려치는 것이 아닌가.

"이 x만 한 새끼가 어디서 까불어!"

순간적으로 별똥이 확 튀면서 눈앞이 캄캄해졌다. 눈에 보이는 게 아무것도 없었다. 나는 정신없이 두 팔을 허우적거리면서 그를 향해 돌진했다. 역시 상대가 되지 않았다. 당시 제법 주먹깨나 쓴다고 소문나 있던 그는 머리를 박은 채 보지도 않고 휘둘러대는 내 주먹을 피하면서 복부를 몇 대 후려쳤다. 마침 옆에 있던 다른 아이들이 기를 쓰고 말리는 바람에 그쯤에서 서로 떨어질 수 있었다.

그러나 교실에 들어와서도 나는 생각하면 할수록 화가 치밀었다. 담배를 빼앗긴 것도 모욕적인데, 거기다 아이들이 보는 앞에서 두들겨 맞기까지 했으니 도저히 참을 수가 없었다. 예전 같았으면 아무리 분하고 억울한 일이 있어도 혼자 속으로만 씩씩거릴 뿐 겉으로는 표현을 못 하는 게 나에게는 정상적인 일이었다. 그러나 그 순간에는 그런 나 자신이 그렇게 한심하고 혐오스러울 수가 없었다. 더 이상 이대로 굴복할 수 없다는 생각이 드는 순간, 마침 교실 뒤쪽에서 다른 아이들과 이야기를 나누며 서 있는 그에게 달려가 얼굴에 주먹을 날렸다.

그러고 보면 나도 싸움에는 약간의 자질이 있는 모양이다. 그때가 나로서는 첫 번째 경험임에도 그의 얼굴을 향해 기습적으로 주먹을 날린 순간 '아, 제대로 들어갔구나!' 하는 둔탁한 느낌을 맛볼 수 있었다.

그다음부터는 그 싸움이 어떻게 진행되었는지 기억이 전혀 나지 않는다. 단지 나중에 친구들에게서 들은 이야기에 의하면, 그때 나는 그야말로 미친 듯이 두 주먹을 휘둘렀으며, 그게 하나도 빗나가지 않고 상대의 얼굴에 고스란히 명중하더라는 것이었다.

이렇듯 화려하게 '데뷔전'을 장식한 뒤 얼마 지나지 않아 또 다른 일이 벌어졌다. 동규라는 아이가 있었는데, 그는 중학교 때부터 소문난 건달이어서 고등학교에도 재수를 해서 들어왔다. 그러니 나이도 우리보다 한 살이 많았고, 따라서 우리한테는 '하늘 같은 선배' 3학년 형들 중에서도 잘나가는 아이들과 친하게 지내던 아이였다.

그런 그가 어느 날 나에게 시비를 걸어왔다. 시비를 걸었다기보다는 그저 무심코 평소 하던 대로 행동한 것뿐이리라. 아침에 등교한 내가 여느 때와 마찬가지로 선생님의 눈길이 잘 닿지 않는 뒷자리 하나를 차지하고 앉아 있는데, 그가 손바닥으로 내 머리를 툭 건드리며 "얌마, 자리 좀 비켜봐라" 하는 것이었다. 나는 아무 대답도 하지 않고 그냥 딴 데만 쳐다보고 있었다.

"야, 이놈아야. 좀 비켜봐라 안 카나." 이번에는 내 머리카락을 잡아당기며 지분거렸다. 그때까지만 해도 녀석은 어디까지나 장난에 지나지 않았다. 그때까지 자기가 한마디 하면 나 같은 조무래기들은 끽소리도 없이 그의 말을 따랐기 때문이다.

나는 신경질적으로 그의 손을 뿌리쳤다. 그러자 그는 "어쭈, 이새끼 봐라!" 하면서 한쪽 손을 치켜들었다. 그때까지도 그는 정말로 나를 때릴 마음은 없었던 듯하다. 어지간해서는 그 정도 위협만으로도 얼마든지 자신의 뜻을 이룰 수 있었기 때문이다. 그러나 그때 나는 상당히 화가 나 있었다.

번개처럼 몸을 솟구치며 그의 얼굴을 후려쳤다. 우습게 보던 나에게서 일격을 당한 그는 순간적으로 멍해졌다. 그 틈을 놓치지 않고 내 특유의 소나기 펀치가 그의 얼굴과 복부로 날아들었다. 이번에는 데뷔전 때처럼 무아지경에 빠지지는 않았다. 신경세포 하나하나가 곤두설 정도로 바짝 긴장한 상태였지만, 주먹이 정확히 명중하고 있음을 느꼈다.

싸움은 싱겁게 끝나버렸다. 그는 주먹 한번 제대로 날려보지 못하고 일방적으로 나에게 맞기만 했다. 가쁜 숨을 몰아쉬며 자리에 앉은 나는 난생처음 무언가를 내 힘으로 지켜냈다는 뿌듯함을 느꼈다.

그러나 승리의 기쁨도 잠시, 교실 정면을 향해 앉아 있던 나는 다른 아이들의 외마디 비명 소리에 깜짝 놀라 뒤를 돌아보았다. 눈두덩이 부어오르기 시작한 그가 걸상 하나를 머리 위로 높이 치켜들고 나를 내리치려 하고 있었다. 엉겁결에 일방적으로 당하기는 했지만, 아무리 생각해도 나 같은 조무래기한테 보기 좋게 얻어터진 것이 제 자존심으로는 용납되지 않았던 모양이다.

아마 그때 내가 당황해서 몸을 피하거나 공포에 질린 표정을 지었다면 그는 있는 힘을 다해 의자를 내리쳤을 것이고, 그러면 나는 지금쯤 이 글을 쓰고 있지도 못할 것이다. 그러나 나는 그 순간 눈도 한번 깜빡거리지 않고 그의 두 눈을 똑바로 쳐다보았다.

짧은 순간이었지만 교실 안에는 팽팽한 긴장감이 감돌았다. 시간이 지날수록 그 아이가 정말로 나를 내리치지는 못할 거라는 생각이 들었다. 아니나 다를까, 별로 무겁지도 않은 의자를 치켜든 채 온몸을 부들부들 떨고 있던 그는 끝내 나를 내리치지 못했다. 수업 시작을 알리는 벨 소리가 울리고, 누군가 "선생님 오신다!" 하고 외치는 소리에 다들 후다닥 제자리에 앉자 그도 슬그머니 의자를 내려놓고 말았다.

이 사건은 나의 화려한 변신을 한층 빛내주었고 아무리 덩치가 크고 싸움을 잘하는 건달이라도 장승수만은 '함부로 건드릴 수 없는 놈'으로 인식하게 만들었다. 그 이후 나는 본격적인 싸움꾼이 되었다. 주먹질에서 맛볼 수 있는 이질적인 쾌감에 중독된 나는 때와 장소를 가리지 않고 싸움질에 몰두했다.

교실, 화장실, 주택가 골목, 시내버스 안, 당구장, 술집 등 내가 가는 모든 곳이 싸움판이 되었다. 길가에서 누가 나를 잠깐 쳐다보기만 해도 "야 이 새끼야, 뭘 봐!" 하는 욕설과 함께 주먹이 날아갔고, 심지어 주먹의 '프로'만 모인 우리 학교 권투부 아이들과도 겁 없이 맞붙어 싸웠다. 때리면 때리는 대로, 맞으면 맞는 대로 한바탕 살풀이 과정을 거쳐야 비로소 하루가 하루다워지는 것이었다.

나는 지금도 그 시절 왜 그렇게 미쳐 날뛰었는지, 근본적인 이유를 알지 못한다. 그러나 분명한 건 적어도 더 이상은 상대방의 주먹이 두려워 내 낯을 굽히고 마는 겁 많은 놈이 되고 싶지 않았다는 것이다. 그 순간은 무서워서 돌아서고 말지만, 그러고 난 뒤 느껴지는 비참한 느낌을 끌어안고 나 자신을 혐오하는 나약한 심성을 내던지고 싶었던 것이다.

이러한 결의에서 시작된 나의 싸움질은 그동안 내가 가까이하기 어려웠던 아이들, 그러나 그때쯤 내가 동류가 되고 싶어 했던 노는 아이들과 가까워지기 위한 방편이기도 했다. 어차피 공부에는 흥미가 없었으니 좀 더 화끈하게 '놀아보고' 싶었다. 그때나 지금이나 학생 신분에서 '논다'라는 표현에는 많은 의미가 포함되어 있다. 말 그대로 그냥 공부를 하지 않고 노는 차원에 그치는 것이 아니다. 술, 담배는 기본이고, 여자애들과 어울려 술집과 나이트클럽을 돌아다니거나, 기분이 내키면 집이든 학교든 상관하지 않고 훌쩍 여행을 떠나기도 한다(어른들은 이것을 흔히 '가출'이라고 표현한다). 본드나 부탄가스, 심지어 마약에까지 손대고, 시내 폭력배 조직에 접근해 똘마니로 따라다니기도 한다. 그러다 보면 일찍부터 범죄자의 길로 접어들어 감옥을 들락거리는 경우도 있다.

나 같은 경우 그렇게까지 철저하게 인생을 망가뜨리고 싶은 생각은 없었지만, 예쁜 여자애들을 꾀어 같이 술도 먹고 춤도 추러 다니는 것에 대해서는 적지 않은 환상을 가지고 있었다. 처음에는 나의 이런 의도가 순조롭게 맞아떨어졌다. 덕분에 여학생과의 미팅에도 불려나가고 이른바 디스코 클럽이라는 곳이 어떤 데인지도 구경할 수 있었다.

그러나 본격적으로 노는 것을 가로막는 몇 가지 장애가 있었다. 우선 내 외모였다. 키가 크고 얼굴이 잘생기고 따위는 둘째 문제고, 워낙 체격이 왜소하고 얼굴마저 나이보다 훨씬 어려 보이는 편이라 당장 '미성년자 출입 금지' 구역에는 입장이 되질 않는 것이었다. 다른 아이들은 비록 고2라 할지라도 어느 정도 차려입고 나서면 신분증을 확인하기 전에는 재수생인지 대학생인지 구분이 가지 않았다. 하지만 나는 누가 봐도 한눈에 중학생 정도로밖에 보이질 않으니, 나 때문에 같이 간 친구들조차 쫓겨나는 경우가 많았다.

또 한 가지 문제는 역시 돈이었다. 노는 데도 돈이 필요했다. 철마다 옷을 사 입어야 하고, 수시로 미장원을 드나들며 머리 모양에도 신경 써야 하는데, 당최 돈이 없으니 엄두조차 낼 수가 없었다. 부잣집 아이들도 부모님이 주시는 용돈만으로는 그런 비용을 충당할 수 없다. 그러면 책값이다 학원비다 해서 온갖 명목으로 돈을 타내거나, 그것도 여의치 않으면 등록금을 빼돌려서 써버리기도 했다.

그러나 고등학교 3년 동안 단 한번도 등록금을 제때 내본 적이 없는 나로서는 단돈 1,000원 한 장 꼬불치고 자시고 할 여지가 없었다. 그때 우리 가족은 생활보호 대상자로 분류되어 있었기 때문에, 중학교에 다니던 동생은 등록금을 면제받았다. 그것이 그 또래 아이들에게 얼마나 부끄러운 일인지는 겪어보지 않은 사람은 잘 모를 것이다.

이렇게 돈과 외모가 받쳐주지 않는다는 것 말고도, 나의 본격적인 타락을 가로막은 또 하나의 요인이 있었다. 이미 중독 단계에 접어든 나의 싸움질이다. 폭력 역시 술이나 담배 혹은 마약처럼 강력한 중독성을 지닌다는 사실을 그때 처음 알았다. 며칠 싸움을 하지 않고 조용히 보내면 자꾸만 신경이 곤두서고 가슴이 두근거리는 게 영 견딜 수가 없었다. 그래서 한 보름 조용한 나날이 이어지면 오늘쯤은 뭔가 한 건 터지겠다는 예감이 들곤 했다.

나의 싸움질이 도저히 그칠 기미를 보이지 않고 계속되자, 급기야 나와 어울려 다니던 아이들도 슬며시 나를 따돌리기 시작했다. 내가 가는 곳이면 어디서든 사고가 터진다는 것을 녀석들이 경험으로 안 것이다. 자기네 기준에 비춰 보아도 나의 싸움질은 도를 넘어서 있었다. 처음에는 나의 화려한 무용담에 갈채를 보내던 아이들도 이따금 "야, 이 새끼야. 뭐 그런 것 가지고 싸우노?" 하는 식으로 불만을 표시하곤 했다.

한번은 미팅을 나갔는데, 여자애 하나가 나를 힐끗거리며 옆 아이에게 귓속말로 "저렇게 쬐끄만 애가" 어쩌고 하는 소리가 들렸다. 그 순간 자리에서 일어난 나는 그 여학생을 한 대 때리고 말았다. 그 일 때문에 내 딴에 후회도 많이 하고 앞으로 두 번 다시 여자한테는 손을 대지 않겠다고 맹세도 많이 했지만, 아무튼 미팅하러 나간 자리에서 여학생에게까지 그렇게 손찌검을 해대니 누가 나와 함께 다니고 싶어 했겠는가.

그리하여 고등학교 2학년이 끝나가면서 나의 화려했던 전성기도 서서히 막을 내렸다. 미친놈처럼 마구잡이로 주먹을 휘두르는 동안, 코뼈가 휘거나 입술에 구멍이 나서 병원으로 업혀 가기도 여러 번 했다. 남은 것은 완전히 지쳐버린 몸과 마음, 그리고 회의뿐이었다.

그런 어느 날, 고2 겨울방학 때였다. 친구와 술을 한잔하고 기분이 가라앉은 상태에서 어둡고 후미진 시내의 골목길을 걸어 나오고 있었다. 약 10m 앞쪽에 내 또래 아이들 여남은 명이 막 술집에서 나와 서성거리고 있었다. 건달기가 농후한 아이들이었다. 아무 생각 없이 그들 앞을 지나치려고 하는 순간, 그들 중 하나가 나에게 아주 기분 나쁜 말을 던졌다. 만사가 다 귀찮게만 느껴질 때였지만 녀석의 모욕은 그냥 듣고 지나치기에는 좀 심한 데가 있었다.

내가 뭐라고 응수하는 순간 그의 큰 주먹이 내 입가로 날아들었다. 그 한 방으로 내 입술은 일시에 피범벅이 되었고 앞니 끝이 부서져나갔다. 중심을 잃고 쓰러질 찰나에 그가 다시 달려들었다. 쓰러지면서도 무의식적으로 다가오는 그의 턱을 향해 구둣발을 날렸다. 그러고는 둘이 동시에 쓰러졌다. 순식간에 일어난 일이었다.

내가 재빨리 몸을 일으키자, 이번에는 그의 친구들이 일시에 우르르 달려들었다. 숫자가 너무 많았다. 두 팔로 얼굴을 가린 채 그들이 때리는 대로 맞고 있는 수밖에 없었다. 한참을 그렇게 맞았다. 패다가 제풀에 지친 아이들이 물러서는 기미가 느껴졌다. 고개를 들어 마지막으로 물러서는 아이를 향해 주먹을 뻗었으나, 제대로 맞을 리 없었다. 어이가 없는 듯 멀찌감치 떨어져 서서 숨을 고르고 서 있는 그들에게, 나는 온몸이 피투성이가 된 채 외쳤다.

"다 덤벼, 이 개새끼들아!"

화려한 변신을 시도했던 고등학교 2학년 한 해는 그 변신을 완벽하게 이루지도 못한 채 육체와 정신, 학교생활, 이 모든 것이 엉망이 된 상태로 끝이 나고 있었다. 우울함으로 보내야 했던 열여덟의 겨울이었다.

포클레인은 나의 구세주

무료한 한낮 동네 오락실에서 나오는 길이었다. 내 발보다 두 배나 커서 친구들이 항공모함이라고 부르던 슬리퍼를 질질 끌며 걷고 있는데, 느닷없이 누가 내 뒤통수를 쳤다.

"뭐야! 이 씨…."

"또 어디 가 헛지랄하다 오노?"

흰 와이셔츠에 회색 양복지 바지, 게다가 옆구리엔 감색 비닐 수첩까지 끼고 있어서 누가 봐도 영락없는 동사무소 말단 직원 태가 나는 동네 형님이었다.

"정신 좀 채리라. 인마! 공부가 하기 싫으면 때리치우고 일이나 하든지, 맨날 깡패도 아니고 이기 뭐꼬."

"날도 더븐데 이까지 웬일이십니꺼?"

"니 잘됐다. 이기나 함 보고 내일 내한테 와보라."

"이기 뭔교?"

"보마 안다. 내 지금 가봐야 되니까 이거 잘 읽어보고 내일 내한테 꼭 와봐라이!"

앞서가는 형님의 뒷모습을 보면서 16절지 인쇄물에 시선을 보냈다. 생활보호 대상자 자녀를 대상으로 하는 무료 직업훈련원의 신입생 모집을 알리는 팸플릿이었다. 훈련 과정은 중장비 운전반과 자동차 정비사반이 있었다.

"온몸에 기름칠해가며 차 밑에 기 드갈 수는 없고, 심심한데 포클레인 운전이나 배와보까."

이렇게 해서 나는 동사무소의 주선으로 국비 직업훈련원에 들어가게 되었다. 고3 여름의 일이었다. 그동안 어머니의 건강은 더욱 나빠져 집안 형편은 몹시 어려워졌고, 유일한 낙이던 싸움조차 시들해지자, 학교라는 곳에서 도무지 낙을 찾을 수 없었다.

처음 고3이 됐을 때는 마땅히 마음을 붙일 곳도 없고 해서 3월 한 달 바짝 공부를 하기도 했다. 덕분에 첫 중간고사에서 인문계 300명 중 40등 정도 했다. 내 고교 시절을 통틀어 최고의 성적이었다. 그러나 어차피 대학이라는 곳은 나하고는 인연이 없는 딴 나라 이야기였기에 다시 책을 집어던지고 말았다.

시험 감독이 허술한 모의고사는 아예 다른 친구에게 대충 찍어서 내달라고 부탁하고 시험 시간에 들어가지도 않았고, 중간고사와 기말고사 때는 1번이면 1번, 2번이면 2번 하는 식으로 번호 하나만 찍어서 쭉 쓰고 나와버리곤 했다. 그 결과 3학년 말 성적은 우리 반 60여 명 중에서 거의 50등 부근을 맴돌았다. 그러고도 고등학교 내신 성적이 전체 10등급 가운데 5등급이라도 된 것이 신기할 정도였다. 훗날 이 내신 성적이 그렇게나 끈질기게 내 발목을 잡을 줄은 그때는 꿈에도 생각하지 못했다.

어쩌다 수업 시간에 교실에 앉아 있어도 선생님 말씀은 하나도 귀에 들어오지 않았다. 교실 뒤쪽에 쭉 늘어앉은 나와 비슷한 아이들은 돈을 걷어서 열 권, 스무 권짜리 만화책이나 무협지를 빌려다가 지겨운 수업 시간을 때우곤 했다. 그런데 만화책도 무협지도 내겐 통 재미가 없었다. 그래서 그 대신 소설책을 빌려다 보기 시작했다. 《삼국지》를 비롯해 《폭풍의 언덕》, 《바람과 함께 사라지다》, 《무기여 잘 있거라》, 《좁은 문》, 《테스》, 《달과 6펜스》, 《지성과 사랑》, 《나르치스와 골드문트》, 《생의 한가운데》 등 고전 명작을 읽은 것이 이때의 일이다.

괴테의 《파우스트》나 단테의 《신곡》 같은 책은 무슨 소리인지도 모르면서 무턱대고 글자만 읽어갔는가 하면, 이성과 욕망이라는 모순된 인간의 존재를 그린 《나르치스와 골드문트》는 나름대로 해석까지 붙여가면서 재미있게 읽기도 했다. 낮 수업은 이렇게 땡땡이를 쳐도 저녁까지 이어지는 보충수업과 야간 학습은 정말 고역이었다. 그러던 차에 합법적으로 빠져나갈 수 있는 명분이 생겼으니, 그 당시 포클레인은 차라리 구세주와 같았다.

본격적인 입시철로 접어들자, 담임선생님이 아이들을 하나씩 불러 어느 대학에 원서를 쓸 것인가 상담하기 시작했다. 내 성적으로는 원서를 내볼 만한 4년제 대학이 아무 데도 없다고 하셨다. "그러면 내지 말지요" 하고는 담담하게 교무실을 나왔다.

그다음 날부터는 아예 학교에 나가지 않았다. 다들 3년 동안 배운 내용을 마무리하고 대입 원서를 쓰느라 눈코 뜰 새 없이 분주하게 돌아가는데, 나 혼자 멀뚱멀뚱 구경만 하고 있기가 민망했다. 훈련원은 학교보다 훨씬 재미있었다. 이론 교육이 끝난 뒤 굴삭기 기능사 2급, 지게차 기능사 2급 필기시험에 응시해 어찌어찌 합격했다. 이어서 같은 반 또래들이 한창 입시에 촉각을 곤두세우고 있던 1990년 1월, 나는 대학 입시 대신 포클레인과 지게차 실기 시험에 도전했지만 두 부문 모두 떨어지고 말았다. 그래도 학원 측에서 알선해준 포클레인 조수 일을 시작할 수 있었고, 이리하여 마침내 나는 길고 어두운 터널과도 같던 고교 시절을 마감하고 본격적인 생활 전선으로 뛰어들었다.

날자, 한번만 더

포클레인 조수의 하루 일과는 대략 이렇다. 아침 작업 시간이 시작되기 전에 기사보다 먼저 현장에 나가 장비에 시동을 걸어둔다. 이어서 준비운동 비슷하게 각 부분을 가볍게 운전시켜서 기사가 나오면 곧바로 작업을 시작할 수 있도록 한다.

포클레인 운전실에는 조수석이 따로 없다. 따라서 기사가 작업을 하는 동안에는 반 평 될까 말까 한 운전실에 웅크리고 서서 기사가 일하는 것을 유심히 구경하며 눈으로 일을 배워야 한다. 새참을 먹는 시간이나 점심시간에는 마모되기 쉬운 부분에 윤활유를 넣어야 하고, 작업이 끝나면 연료 탱크에 기름을 가득 채운 뒤 장비를 현장 사무실 부근으로 이동시켜놓아야 한다.

한번은 작업이 끝난 뒤 포클레인에 기름을 넣는데, 기름이 얼마나 들어갔는지 알 수 없어 연료 통에 얼굴을 갖다 붙이다시피 하고 안을 들여다보았다. 앗, 탱크 안에 이미 기름이 가득 찼구나 하고 생각하는 순간, 포클레인에 장착된 에어 펌프의 압력에 밀려 호스를 타고 들어가던 경유가 도로 뿜어져 나오는 바람에 기름으로 목욕을 한 일도 있었다.

이런 과정을 거쳐 차츰 일머리를 틀 줄 알게 되면, 기사가 쉬는 시간을 이용해 조수가 작업을 하게 된다. 그렇게 일을 배우고 기사를 도우면서 1년가량 조수 기간을 거쳐야 비로소 정식 기사가 되는 것이다.

처음에는 구경만 하던 나도 차츰 쉬운 작업은 직접 해보기도 했다. 이따금 가로수를 부러뜨리거나 엉뚱한 곳에 흙을 쏟아붓는 실수를 하긴 했지만, 다른 기사와 조수들에게서도 잘한다는 칭찬을 곧잘 들었다.

기본적인 포클레인 작업에 어느 정도 능숙해졌을 무렵, 두 번째 실기 시험에 도전했다. 한번 필기시험에 합격하면 두 번까지 실기 시험을 볼 수 있도록 되어 있었다. 따라서 이번에 떨어지면 필기시험을 다시 봐야 한다는 부담이 있었다. 그러나 나는 자신만만했다. 포클레인 실기 시험은 두 가지로 이루어진다. S자 모양으로 생긴 코스를 전진해서 들어갔다 후진으로 나오는 주행 시험과 흙더미를 한쪽에서 다른 쪽으로 옮기는 작업 시험이었다.

첫 번째 시험에서도 주행 시험은 쉽게 통과했다. 그때까지만 해도 흙더미 옮기는 일에 능숙하지 않았기 때문에 거기서 떨어졌는데, 이번에는 그 정도 작업은 거의 눈 감고도 할 수 있을 정도로 숙달되어 있었다. 먼저 코스 시험. 가뿐하게 S자 코스를 들어갔다 빠져나왔다. 그런데 운전실에서 내리는데, 갑자기 시동이 푹 꺼져버리는 것이 아닌가. 포클레인 운전실에는 각종 레버가 삐죽삐죽 나와 있는데, 그만 내 몸 어딘가가 그 가운데 하나를 잘못 건드린 모양이었다.

시험관이 대뜸 호루라기를 불어댔다. 불합격이라는 것이다. 하도 어이가 없어서 시험관을 붙잡고 통사정을 해보았지만, 먹힐 리 없었다. 다음 시험을 보려면 장장 6개월을 기다렸다가 필기시험부터 다시 쳐야 할 판이니, 눈앞이 캄캄했다.

그 뒤에도 조수 일은 계속했다. 점차 일을 배워갈수록 기사 대신 내가 작업을 하는 시간이 조금씩 늘어났다. 그런데 그렇게 되자 전혀 생각하지 못한 문제가 생겼다. 현장을 감독하는 사람들이 내가 작업하는 것을 못마땅하게 생각하는 눈치가 역력하게 느껴진 것이었다. 물론 작업의 능률이나 정확성에서 조수인 내가 기사보다 못한 것은 당연하다. 그러나 포클레인을 하는 사람들 사이에서는 기본적인 작업은 조수한테 맡겨두는 것이 관례처럼 되어 있다. 그래야 조수도 실력을 쌓아서 언젠가 기사가 될 수 있을 것 아닌가.

그런데도 현장 측에서는 내가 하는 작업을 놓고 사사건건 꼬투리를 잡았다. 집주인이 마음에 안 드는 세입자에게 "방 빼!" 하고 소리치듯, 현장 측에서도 "그렇게 일하려면 차 빼!" 하고 으름장을 놓기 일쑤였다. 몇 번 그런 소리를 듣고 보니, 혹시 현장 측에서 나를 빌미 삼아 차주에게 무언가를 요구하기 위해 압력을 넣고 있는 게 아닌가 하는 생각까지 들 정도였다.

아무튼 차주가 현장에 나타나는 일은 거의 없기 때문에 나에 대한 잔소리는 고스란히 나를 가르치던 박 기사한테 돌아갔다. 입장이 정말 난처했다. 박 기사에게 미안한 생각이 들기도 하고, 차주에게도 피해가 가는 게 아닐까 하는 염려도 일었다. 결국 어느 날 일이 터지고 말았다.

박 기사가 좀 느지막이 현장에 나왔는데, 그 사이 놀고 있을 수도 없어서 내가 작업을 좀 해놓았다. 별다른 하자가 있는 것도 아닌데 그걸 놓고 현장의 토목 기사와 박 기사 사이에 대판 싸움이 벌어졌다.

"더러워서 못 해먹겠네. 내가 알아서 처리할 테니까 니는 신경 쓰지 말고 일이나 해라."

박 기사는 그렇게 말하면서 차에 올랐지만, 나는 더 이상 이곳에 붙어 있을 수 없음을 직감했다. 결국 그날로 박 기사와 작별을 고했다.

그렇게 포클레인 일을 그만두고 놀고 있을 때, 평소 알고 지내던 동네의 신문 보급소 소장이 일을 도와달라고 부탁했다. 놀고 있기도 뭐해서 보급소 총무 일을 하기 시작했다. 소장은 신문 보급소 말고도 하는 일이 있어서, 보급소 일은 거의 내가 도맡아 하다시피 했다. 새벽부터 나가 신문 배달을 하는 꼬마들에게 신문을 나눠주고, 나도 직접 조그만 스쿠터를 타고 신문을 배달했다. 낮에는 빈 사무실을 지키며 전화도 받고, 이따금 신문 대금을 받으러 다니기도 했다.

그러면서 초여름을 맞았다. 마침 성인 오락실에서 홀맨으로 일하던 친구가 같이 해보지 않겠느냐고 해서, 수입이 짭짤하다는 말에 별생각 없이 그 일을 시작했다. 파친코 기계가 즐비하게 들어찬 가게에서 손님들에게 돈을 바꿔주거나 담배 심부름을 하거나 음료수를 가져다주고 어쩌다가 누가 '잭팟'을 터뜨리기라도 하면, "잭팟! 센타에 세븐!" 하고 외치며 기분을 돋워주는 것이 홀맨이 하는 일이다.

그러나 며칠 나가보니 수입은 둘째 치고, 어린 마음에도 오락실 일은 왠지 내 체질에 맞지 않는다는 생각이 들었다. 오후 느지막이 가게에 나가서 새벽녘이 되어야 퇴근하는 생활이 일단 마음에 들지 않았고, 게다가 대부분의 손님이 돈을 잃고 돌아가게 마련인데, 그런 사람들에게서 팁을 뜯어낸다는 것도 영 개운치 않았다.

또 이따금 업주가 영업을 하지 않는 낮 동안 가게를 도박장으로 빌려주는 경우도 있었는데, 이런 날이면 불의의 사태를 대비해 가게 밖에서 어슬렁거리며 망을 봐야 했다. 결국 평소 아랫사람을 함부로 대하며 욕질이나 해대던 업주와 대판 싸우고는 한 달도 못 되어 일을 때려치우고 말았다.

그 후 시작한 일은 오토바이를 타고 식당을 돌아다니면서 물수건을 배달하는 것이었다. 순전히 오토바이가 타고 싶어서 선택한 직종이었다. 또래 여느 아이들처럼 나도 고등학교 때부터 오토바이를 무척 타보고 싶었다. 그러나 내 처지에 그저 재미 삼아 오토바이를 탈 수는 없는 노릇이고, 정 타고 싶으면 그걸 타는 직업을 찾아야 했다. 동네 아저씨의 고물 오토바이를 빌려서 한 시간가량 연습해본 다음, 면허 시험을 쳤다.

그렇게 해서 취직한 곳이 물수건 회사였다. 음식점에서 사용한 물수건을 수거해서 세탁하고 포장해서 다시 배달하는 회사였다. 세제 냄새가 밴 좁은 공간에서 세탁기와 탈수기로 물수건을 세탁하는 아저씨 한 분과 세탁되어 나온 수건을 손질해서 포장하는 아주머니 두 분, 그리고 나와 동갑내기인 경리 한 명이 직원의 전부였다. 원래 배달을 하던 기사가 두 명 있었는데, 마침 둘 다 그만두는 바람에 사장이 직접 배달을 하고 다니던 참이었다.

처음 배달 나가던 날, 사장은 내가 당연히 오토바이야 잘 탈 거라고 생각했고, 물론 나도 사장한테는 잘 탄다고 큰소리를 쳤다. 그러나 실제로 내가 스쿠터 말고 125cc짜리 진짜 오토바이를 타본 것은 면허 시험을 보기 전날 동네 아저씨 오토바이를 빌려서 타본 한 시간, 그리고 면허 시험장에서 시험 보느라 타본 5분이 전부였다. 속도를 내지 않고 조심스럽게 타보니, 균형만 잘 잡으면 별로 어려울 것 같지 않았다.

그러나 실제로 일을 하기 위해서 오토바이를 타보니 그게 아니었다. 물수건을 배달할 때는 시장에서 물건을 나를 때 쓰는 노란색 대형 플라스틱 바구니 두 개를 오토바이에 싣는다. 물수건 하나의 무게는 갓난아기도 들 수 있을 만큼 가볍지만, 그게 커다란 바구니에 가득 실리면 엄청난 무게가 된다.

첫날이니 사장은 나더러 바구니를 하나만 실으라고 하고는 거래처 위치를 알려주기 위해 앞장서서 출발했다. 그런데 바구니를 싣고 나니 뒤가 무거워서 도저히 균형을 잡을 수가 없었다. 게다가 나는 키가 작다. 키가 작으니 다리도 짧다. 오토바이를 타면 두 발이 동시에 땅바닥에 닿지 않았다. 균형을 잡기 위해 한쪽 발을 땅에 디디면 오토바이가 30도 이상 기울어진다. 맨몸일 때는 그나마 그럭저럭 지탱할 수 있지만, 50kg에 육박하는 물수건 더미가 실리면 오토바이 자체의 무게와 합쳐져 도저히 한쪽 다리로는 지탱을 할 수가 없다. 다음 순간, 뒤에 실린 물수건이 와르르 쏟아지는 것이다.

정말이지 그 첫날 부지기수로 넘어졌다. 한번 넘어질 때마다 쓰러진 오토바이를 일으켜 세우고 부랴부랴 물수건을 쓸어 담아야 했다. 앞서가던 사장은 내가 넘어진 것도 모르고 저만치 가다가, 이 녀석이 왜 이렇게 안 따라오나 하고 되돌아와 보면 어김없이 나는 땅바닥에 엎드려 물수건을 주워 담고 있었다. 처음에는 그저 실수를 했겠거니 생각하고 "조심해야지" 하면서 수건을 주워주던 사장도, 나중에는 어이가 없다는 듯 멍하니 나를 쳐다볼 뿐이었다.

오토바이 타는 일은 생각보다 어려웠다. 좁은 골목길에서 커브를 돌 때면 어김없이 넘어졌고, 받침대를 제대로 세우지 못해 넘어지기도 했다. 한번은 어느 식당 앞에 오토바이를 세워놓고 물수건을 갖다주고 나와보니, 내 오토바이가 쓰러지면서 옆에 있던 승용차 문짝을 긁어놓은 것이 아닌가. 처음 몇 번은 내가 이런 조그만 사고를 저지르면 사장이 뒷감당을 해주었지만, 번번이 되풀이되자 나중에는 면목도 없고 해서 전부 내 월급으로 해결해야 했다.

그러면서도 빠른 속도로 일에 재미를 붙여갔다. 식당 주인들하고도 금방 친해졌다. 식당 문을 들어서면서 밥 먹던 손님들이 깜짝깜짝 놀랄 정도로 큰 소리로 인사를 해대고 실없는 농담도 곧잘 늘어놓는 나를 식당 아주머니들은 무척 귀여워해주었다. 덕분에 공짜로 밥도 많이 얻어먹었다. 나중에는 내 얼굴을 봐서라도 거래처를 옮기지 못하겠다는 아주머니들도 있었다. 이때 몸에 익힌 인사성 때문에 나는 지금도 나보다 나이가 많은 사람을 마주치면 인사 하나는 확실하게 한다.

처음 한 달 동안은 사장하고 같이 배달을 다녔지만, 일에 어느 정도 익숙해진 다음에는 거의 나 혼자 모든 거래처를 돌아야 했다. 결국 예전에 기사 둘이서 하던 일을 나 혼자 모두 감당하게 되었다. 오토바이에 앉은 내 머리보다도 높이 쌓인 물수건 상자를 싣고 하루에 보통 150km 정도는 달렸다. 그러다 보니 오토바이 타는 데는 아예 도사가 되었다. 그 복잡한 시장판 사이로 사람을 치거나 넘어지지 않고 요리조리 빠져다니던 내 오토바이 실력은 내가 생각해도 신기(神技)에 가까웠다.

그렇게 열심히 일하다 보니 처음에 30만 원 받던 월급도 35만 원으로 올랐고 사장도 나를 제법 '똘똘한 녀석'으로 인정해주었다. 그러나 물수건 배달 일을 '평생직장'으로 생각할 사람이 누가 있겠는가. 대부분 나처럼 오토바이를 타고 싶어서 들어왔다가 의외로 힘든 일에 치여 몇 달 만에 그만두고 나가버리는 경우가 많았다. 게다가 위험하고 쉬는 날도 한 달에 두 번밖에 되지 않는 직장이니 오래 버티기가 힘든 게 사실이다.

그러나 나처럼 집안에 돈이 있는 것도 아니고, 특별한 기술도 없는 사람이 할 수 있는 일이란 무얼 해도 물수건 배달과 큰 차이가 없는 일뿐이다. 그럭저럭 눌러 있다 보니 식당 주인들도 많이 알게 되고 같이 일하는 아저씨, 아주머니와도 친해졌다. 사장도 나를 신임했다. 회사 돈으로 나를 자동차 운전 학원에 등록시켜주며 내가 면허를 따면 조그만 트럭을 한 대 사서 맡기겠다고도 했다. 함께 일하던 사람들도 처음에는 그냥 '장 기사, 장 기사' 하고 부르던 것이, 언제부턴가 장난삼아 '장 과장, 장 과장' 하는 것으로 바뀌었다.

그러다 보니 회사 돌아가는 사정이 빤히 들여다보이는 것은 물론, 일을 통해 알게 된 식당 주인들과의 안면과 경험을 잘 활용하면 꼭 물수건이 아니더라도 식당을 대상으로 하는 다른 사업을 직접 해볼 수도 있겠다는 생각이 들었다. 그러기 위해서는 돈을 모아야 했고, 어차피 경험도 더 필요했기 때문에 그냥 1~2년 정도는 더 눌러 있을 생각이었다.

그 사이 회사 일이 끝나면 나는 오토바이를 타고 대구 시내를 천방지축 누비고 다녔다. 그때 곧잘 어울리던 고등학교 동창이 몇몇 있었는데, 하나같이 대학 시험에 낙방하고 재수를 하고 있는 아이들이었다. 말이 재수생이지 실제로는 재수생이 아니었다. 정작 본인들은 대학에 진학할 능력도 의지도 없는데, 부모들이 가만히 놓아두지를 않으니 그나마 만만해 보이는 미대에 가겠다며 미술 학원에 다녔다. 그러고는 허름한 사무실 같은 것을 하나 얻어서 작업실이라고 차려놓고는, 며칠씩 집에도 들어가지 않고 저희들끼리 멋대로 방탕한 짓거리나 하고 다니는 것이었다. 물론 그때는 나도 똑같은 놈이었지만 말이다.

내가 오토바이를 타고 돌아다니는 것이 좋아 보였는지, 가출까지 해가며 부모님을 졸라 기어이 오토바이를 산 녀석도 더러 있었다. 나는 회사가 끝나면 매일같이 그 친구들의 작업실을 찾아가 술을 마시거나 오토바이를 타고 거리를 질주하곤 했다. 술에 취해 제대로 걷지도 못하는 주제에 오토바이 경주를 한다며 밤거리를 미친 듯이 헤집고 다니는가 하면, 묘기를 한답시고 앞바퀴를 들어 보이는 등 온갖 위험한 짓을 서슴지 않았다.

그렇게 놀러 다니다 보니 자연 잠자는 시간이 줄어들었고 그래서 일을 나와서 많이 졸았다.

그런데 내가 하는 일이라는 것이 오토바이를 타고 질주하는 일이니, 내가 조는 장소도 당연히 오토바이 위일 수밖에 없었다. 교차로에서 신호를 기다리다 보면 깜박 잠이 든다. 거의 잠이 덜 깬 상태에서 후닥닥 액셀을 당기고 다음 신호등 앞에 가서 또 신호를 기다리며 졸고 하는 식으로 부족한 잠을 채웠다. 그런데도 이렇게 목숨이 붙어 있으니 그때가 내 인생에서 가장 운이 좋았던 시절이었을 듯하다.

그러나 요행은 오래가지 않았다. 별다른 건수가 없더라도 늘 술을 입에 달고 살던 시절이었지만, 그 날도 친구들과 술을 많이 마셨다. 그러다가 근처 벤치에 누워 잠이 들었고 가을 새벽의 선선한 날씨에 추위를 느끼며 깨어났다.

여전히 술기가 남아 몸을 가누지도 못할 정도였지만 집에 가야겠다는 생각이 들어 오토바이에 올랐다. 출발하자마자 갑자기 땅이 벌떡 일어서는가 싶더니 그대로 길가에 처박히고 말았다. 한쪽 다리가 쓰러진 오토바이에 짓눌리고 있다는 느낌과 함께 정신을 잃어버렸다.

눈을 떠보니 어느 종합병원 응급실이었다. 몽롱한 와중에 아직 내가 살아 있는 건지 아닌지 궁금했다. 가만히 누운 채 손가락과 발가락을 하나씩 움직여보았다. 오토바이에 깔렸던 한쪽 다리가 욱신욱신 쑤시기는 했지만 크게 다친 것 같지는 않았다. 그때 화난 표정을 한 의사가 다가오더니, 대뜸 이렇게 쏘아붙였다. "야 인마, 병원 응급실이 술 취해서 잠자는 곳인 줄 알아? 당장 나가!"

병원에서 쫓겨 나오기는 했으나 다리가 아파 잘 걸을 수가 없었다. 길가에 주저앉아 있는데 갑자기 눈물이 쏟아졌다. 한번 흐르기 시작한 눈물은 도저히 주체할 수 없을 만큼 쏟아져 나왔다. 초등학교 때 아버지가 돌아가신 뒤 6년 만에 흘려보는 눈물이었다. 지금도 그때 왜 그렇게 눈물을 흘렸는지 잘 모르겠다. 특별히 슬프다거나 서럽다는 감정이 든 것도 아니었다. 병원에서까지 쫓겨나는 내 한심하고 한심한 신세가 스스로 보기에도 기가 막혔는지, 아니면 아직 술이 덜 깬 상태라서 감상적인 기분이었는지는 모르겠지만, 세상살이가 버겁다는 느낌과 함께 미래에 대한 두려움이 막연하게나마 다가온 최초의 순간이었다.

그 나이가 되도록 나는 내 미래의 꿈이나 장래 계획에 대해 생각해본 적이 없었다. 가정 형편대로라면 사실 중학교를 졸업하고 실업계 고등학교에 진학했어야 했다. 하지만 남들이 다 인문계 고등학교에 진학하니 나도 별생각 없이 그들에 묻혀 고등학교에 들어왔다. 그러나 대학생이 되기 위해서는 몇 가지 조건이 필요했는데 나는 그것들 중 아무것도 갖춘 게 없었다.

집이 가난해 학비를 댈 수 없다는 것을 제쳐놓고라도 왜 공부를 해야 하는지, 왜 대학이란 데를 가야 하는지 전혀 생각해본 바가 없었으므로 대학 진학은 아예 나와는 상관없는 일이 되었던 것이다. 지겨운 고교 시절을 간신히 마치고는 되는대로 일자리를 전전했다. 포클레인 조수와 신문 보급소 총무, 오락실 홀맨을 거쳐 물수건 배달에 이르기까지 여러 직업을 거치는 사이 어느덧 1년이라는 세월이 흘렀다. 아무래도 평생을 이런 식으로 살아갈 자신이 없었다. 지금이야 몸이라도 젊지만, 언제까지 이런 일을 계속할 수 있을 것인가.

굴러온 돌이 박힌 돌 빼낸다고, 뜬금없이 찾아온 이런 생각은 의외로 질기게 머리에 달라붙어 떠나지 않았다.

낮에는 배달족, 밤에는 폭주족이 되어 곡예를 하듯 오토바이를 몰고 다니고, 친구들과 어울려 요란스럽게 술을 마시고 놀면서도, 나도 모르게 내 한쪽에는 적지 않은 회의와 허무가 쌓여왔던 모양이다. 한번 고개를 내밀기 시작한 미래에 대한 불안감은 성큼성큼 자라 내 의식을 얽어맸다.

이 상태에서 내가 품을 수 있는 꿈이란 물수건 회사에 다니면서 경험을 쌓아 내 사업을 꾸리는 것이 전부였다. 그러나 말 그대로 꿈에 불과할 뿐이다. 사업한다고 돈 번다는 보장이 어디 있으며, 설혹 돈을 번다고 하더라도 동네 식당을 상대로 물수건이나 배달해서 벌면 얼마나 벌 것인가? 그리고 이것 말고는 달리 할 게 정말 아무것도 없는 걸까? 이게 다일까? 나의 마음은 점점 세제와 소독약 냄새가 밴 칙칙한 물수건 공장에서 멀어져갔다.

고교 시절, 싸움이나 하고 돌아다니는 나하고는 달리 착실하게 공부를 열심히 하던 친구가 있었다. 허남진이라는 아이였다. 내가 그와 가까워진 건 조그만 이변이었다. 그는 어느 날 문득 내게로 와서는 자신이 다니던 학원에서 만난 한 여학생을 짝사랑하게 되었는데 어떻게 했으면 좋겠느냐고 물었다. 그런 문제에 관한 한 내가 한 수 위라고 생각했는지, 아니면 답답한 차에 아무나 붙잡고 얘기한 건지는 모르겠지만 별로 친하지도 않은 내게 고민을 털어놓는 그가 좋았고, 그 일을 계기로 우리는 꽤 가까워졌다. 내가 포클레인 일을 배우는 동안 그는 고려대학교에 합격했다.

물수건 회사에 들어오기 전 서울에 갔다가 그 친구를 만나러 고려대학교에 간 적이 있었다. 봄이었는데, 화창한 날씨와 또래 아이들의 밝은 표정, 싱싱한 젊음이 어우러져 환상적인 풍경을 만들어내고 있었다. 그때 나는 완전히 새로운 세상을 접하는 설렘과 나하고는 인연이 먼 딴 나라, 딴 세상을 훔쳐보는 답답증을 동시에 느꼈다.

몇 달 전에 가서 본 고려대학교의 광경이 자꾸 눈앞에 어른대기 시작한 것도 그 무렵이었다.

"우리나라 교육제도가 아무리 문제점이 많다고는 하지만, 대학이라는 세계는 그래도 틀림없이 정신적으로나 지적으로나 새로운 경험을 하게 만드는 곳이다. 일찍 사회 경험을 하는 것도 좋지만, 어차피 나이가 들면 공부를 하고 싶어도 못 하는데, 새로운 세상도 한번 경험해볼 필요가 있지 않을까?"

남진이가 내게 해준 말이었다.

이렇든 저렇든 돌이킬 수 없었기에 반쯤은 흘려들은 말이었지만, 몇 달 뒤에 그것은 내게 중요한 화두로 다가왔다. 불가사의한 일이다. 싸움도 술도 오토바이도 다 시시껄렁해 보이고 모든 게 회의스럽기만 하던 그 시절, 지금껏 한번도 느껴보지 못했던 열정이 새삼스럽게 불타오르기 시작한 건. 봄날 보았던 고려대학교 교정이 환상 속에서 부글부글 끓어올랐다. 이상(李箱)의 소설 〈날개〉의 주인공이 겨드랑이에 가려움을 느끼며 날아오르기를 안달하듯 내 가슴속에도 열망이 피어 올랐다.

'날자, 한번만 더.'

언감생심 꿈조차 꾸지 못했던 '대학'이라는 곳이 갑자기 나에게 남겨진 유일한 대안으로 떠오르는 순간이었다.

동화 속 나라

고등학교를 졸업한 지 꼭 1년 만인 1991년 2월 초, 나는 물수건이 가득 실린 오토바이를 대입 종합반 학원 문 앞에 세워놓고 '반 편성 시험'이라는 것을 보았다. 그 학원은 성적에 따라 서울대반, 연고대반, 일반반으로 학생을 나누어 가르쳤는데, 내 고등학교 성적으로는 연고대반에 들어갈 수 없었으므로 따로 시험을 쳐서 붙어야 했다.

고등학교 때도 공부를 하지 않았지만 졸업 이후 1년 동안 책이라고는 한번도 펴본 적이 없는 처지였다. 시험지를 받아보니 과연 아는 문제가 별로 없었다. 세 시간 동안 시험을 치렀는데, 추운 바깥을 돌아다니며 물수건 배달을 하다가 뜨듯한 학원 강의실에 앉아 있으려니 아는 건 없겠다, 잠만 쏟아질 뿐이었다. '에이, 할 수 없지 우야겠노. 일반반에 들어가지, 뭐'라고 속 편하게 생각하고는 늘어지게 잠만 자다가 학원을 나왔다.

학원 개강 나흘 전인 2월 14일은 설날이었다. 물수건 회사는 2월 13일을 마지막으로 작별을 고했다. 설날 저녁, 나는 그때까지 함께 어울려 다니던 친구들을 만나 코가 비뚤어지도록 술을 마셨다. 친구들에게 얘기는 안 했지만 나는 이날을 '마지막 파티 날'로 정했다.

'오늘까지만이다. 내일부터는 내 인생의 새로운 시작이다.'

왁자지껄한 분위기 속에서도 나는 술을 마시면서 내내 이렇게 마음을 정리했고, 이후 그 말은 사실이 되었다.

개강 첫날 학원에 가보니 게시판에 반 편성 시험 결과가 나붙어 있었다. 무심코 명단을 쓱 훑어보는데, 무슨 조화인지 연고대반에 내 이름이 떡하니 올라 있는 게 아닌가. 시험 시간에 줄곧 잠만 잔 나는 도저히 믿어지지가 않아서 몇 번이나 확인해봤는데도 틀림없이 연고대반이었다. 대학 입시에 낙방하고 온 아이에게 학원 시험에서조차 떨어졌다는 좌절감을 안겨주지 않기 위한 학원 측의 배려였지만, 아무튼 진짜로 연고대에 합격이라도 한 것처럼 기분이 흐뭇했다.

남진이가 대학을 새로운 세계라고 표현했지만, 나에게는 학원부터 이미 새로운 세계였다. 같은 교실에서 공부하는 아이들의 얼굴만 해도 이전까지 내가 만난 사람들하고는 전혀 딴판이었다. 1년 동안 공사장과 시장통을 싸돌아다니며 나는 삶의 고생스러운 무게가 실린 거칠고 험한 얼굴만 만났다. 그런데 학원에 들어와보니 하나같이 뽀얀 얼굴에 솜털이 보송보송한 게, 내 눈에는 다들 동화 속 왕자나 공주처럼 보였다.

게다가 새로 하얗게 칠을 하고 단장한 교실의 산뜻한 페인트 냄새, 새 학기를 맞아 새로 갈아 끼운 듯 백설같이 하얀 광선을 쏟아내는 교실 천장의 형광등 불빛조차 물수건 회사의 어둠침침한 사무실에 비하면 낙원 같았다.

믿기지 않을지 모르겠지만 이 시절 나는 깨어 있는 모든 시간을 공부만 하며 보냈다. 아침에 일어나 학원까지 걸어오는 그 짧은 시간에도 공부 생각을 했다. 쉬는 시간에도, 점심, 저녁 도시락을 먹고 나서도 책과 씨름했으며 때때로 밤 10시 야간 자습이 끝나고 다른 아이들이 다들 집으로 돌아간 후에도 '조금만 더, 조금만 더' 하며 앉아 있었다. 1층 현관으로 내려가보면 벌써 문이 잠겨 있어서 경비 아저씨에게 야단맞으며 문을 열어달라고 해서야 학원 밖으로 나가곤 했다.

이렇게 공부를 하고 집에 돌아와서도 어머니가 차려주는 저녁밥을 한 번 더 먹고 나서는 멀리 떨어진 역을 지나는 기차의 기적 소리가 가물가물 들려오는 새벽녘까지 책에 빠져 있었다.

나는 학원에서 새로운 아이들을 만나 어울리거나 사귀고 싶은 생각이 없었다. 노는 것에 관한 한 그동안 친구들하고 놀아본 것만으로도 충분하다고 생각했기 때문이다. 학원에 들어온 목적 자체가 오로지 공부 하나였기 때문에, 중학교 때 친구를 그곳에서 우연히 만났으면서도 어울리지 않고 아이들 속에서 홀로 말 없는 섬을 이루며 하루 종일 책상 앞에만 앉아 있었다. 이렇게 하루, 이틀, 일주일, 열흘을 보내고 나니 한 군데 이토록 몰두할 수 있는 나 자신이 대견했다.

어떻게 이처럼 공부에 매달릴 수 있었을까?

이유는 간단하다. 하고 싶어서 하는 것이었기 때문이다. 공부는 원하지 않는 방향으로 흘러가는 인생의 물줄기를 바꾸기 위해 내가 직접 선택한 마지막 대안이었던 것이다. 그리고 고교 시절 학생이라는 본분을 벗어나 방탕의 극치로 세월을 보낸 경험이 나를 두렵게 했다. 한번 해야 할 일을 하지 않고 벗어나기 시작하면 갈수록 정도가 심해져 결국 도저히 걷잡을 수가 없는 지경에까지 이르고 만다는 것을 알고 있었기 때문에, 처음 시작할 때부터 한 치의 틈도 허락해서는 안 된다고 마음을 다잡았던 것이다.

백지가 물감을 빨아들이듯

기초 실력이 없으니 해야 할 공부는 산더미 같았다. 학원 수업과는 별도로 국·영·수 전 범위를 나 혼자 따로 공부해야 했다. 영어 수업 시간에 선생님이 가정법에 대해 설명하는데, 가정법이 도대체 뭔지 몰라 따로 집에 가서 문법책을 펴놓고 가정법 과거완료, 과거, 미래를 외웠다. 학력고사를 쳐본 일이 없으니 어떻게 공부해야 하는지도 몰랐다 그저 교과서와 학원 교재, 텔레비전 방송 교재 등을 무조건 많이 보기만 했다. 시험문제를 많이 맞혀야겠다는 생각도 없이, 그저 전혀 몰랐던 것을 하나씩 하나씩 알아가는 전혀 새로운 경험에 빠져들었다. 공부는 의외로 재미있었다.

알아간다는 것이 이토록 참을 수 없는 기쁨을 줄지는 몰랐다. 처지가 같은 내 또래 아이들은 벌써 3수째로 접어들어 선생님 강의가 다 아는 얘기 같아서 신물을 낼 만도 했겠지만, 나한테는 마치 하얀 백지가 물감을 빨아들이듯 모든 것이 새롭고 신기해서 고스란히 머릿속으로 들어오는 느낌이었다.

'런던이 서울보다 훨씬 더 북쪽에 있는데도 왜 겨울 날씨는 서울이 더 추운가' 가령 이런 문제에 대해 서울이 대륙 동안에 위치해 시베리아에서 불어오는 차가운 북서 계절풍의 영향을 받는 데 비해 런던은 해양성기후라서 따뜻한 편서풍과 멕시코 난류의 영향을 받기 때문이라는 것을 지리 공부를 하면서 알게 됐을 때 그것이 내게는 기쁨이 되었다. 고교 시절에는 이런 용어가 그저 까다롭고 복잡해서 무지막지하게 머릿속에 집어넣어야 하는 것들인 줄 알았다. 그러나 대륙 동안에 위치했다는 게 어떤 의미인지, 시베리아 고기압은 어떻게 형성되는지, 멕시코 난류는 어떻게 만들어져 어디로 흘러가는지 이해하자 더 이상 이런 용어나 문장이 고통스럽게 다가오지 않았다. 공부도 사람과 같아서, 밖에서 언뜻 보면 영 껄끄럽고 서먹하지만 선입견을 버리고 가까이 달려들어 조목조목 속사정을 들어보면 이해 못할 게 없다는 생각이 들었다.

하루는 국어 문제집을 보는데 지문에 서정주 시인의 〈귀촉도〉라는 시가 나왔다. 물론 나는 이 시를 이때 처음으로 보았다. 정신없이 한 행 한 행 읽어갔다. 그러다 하늘로 떠난 임을 부르는 마지막 구절에서 목이 와락 메어오는 것을 느꼈다. 소름 돋는 감동의 전율이었다. 지금도 이 구절을 생각하면 휑하게 뚫린 가을 하늘 속으로 무언가 소중한 것이 날아가버린 듯한 느낌에 가슴이 저려오곤 한다.

지리 교과서를 들여다보면서 기쁨을 느끼고 국어 시험문제를 보면서 감동을 받는다는 말이 어찌 보면 비상식적으로 들릴지도 모르지만, 그 당시에는 정말이지 공부하는 일이 그렇게 즐겁고 만족감을 주는 일일 수가 없었다. 그래서 김구 선생의 말씀을 흉내 내 혼자서 이렇게 되뇌곤 했다.

"누가 나에게 세상에서 제일 재미있는 일이 무어냐고 묻는다면, 나는 서슴없이 공부라고 말할 것이다."

그렇게 한 달이 지났다. 날짜까지 잊히지 않는 3월 29일, 첫 모의고사를 봤다. 당시 학력고사 체제에서는 체력장 점수 20점을 포함해 340점이 만점이었다. 직접 하나하나 점수를 매겨가던 나는 가슴이 쿵쾅거리며 얼굴이 달아오르는 것을 느꼈다. 급기야 얼굴 가득 뿌듯한 미소가 번졌다. 200점! 체력장 점수까지 더하면 하위권 4년제 대학에 합격할 수 있는 성적이었다. 학원에 들어올 때 본 시험에서는 아는 게 없어 잠만 자고 나왔는데, 한 달여 만에 이런 성적을 받았으니 이게 보통 일인가. 제대로 시험 본 적도 없었지만, 고등학교 시절에는 꿈이나 꿀 수 있는 점수였던가. 그날 나는 길 가는 사람 아무나 붙잡고 "나 모의고사 200점 맞았어요!" 하고 자랑하고 싶은 흥분을 느꼈다. 그날 일기에 이렇게 썼다.

오늘 3월 모의고사를 쳤다. 그동안의 회의와 두려움에서 벗어나기에 충분히 좋은 결과라고 생각된다. 물론 마음에 흡족한 결과는 아니지만 자신감과 확신이라는 중요한 정신적 바탕을 심어 주었다는 점에서 앞으로 남은 기간 동안의 수험 생활에 많은 도움이 될 것이다.

오늘 하루가 지난 한 달여의 생활에 보람과 알찬 맛을 불어넣는 것 같다. 앞으로도 하나씩 하나씩 천천히 오늘보다 더 보람된 결과를 얻기 위해 노력해야겠다.

공부를 하면 할수록 성적도 꼬박꼬박 올라갔다. 5월 모의고사에서는 250점을 넘어섰다. 연고대를 목표로 삼은 나는 한층 더 공부에

박차를 가했다. 그러나 6~7월이 되자 공부는 이전보다 더 열심히 하는데도 이상하게 성적이 딱 멈춰서는 도무지 오르지 않았다.

'이번 달에는 열심히 했으니 당연히 성적이 오르겠지' 하는 생각으로 시험을 보면 또 그 자리고, 전번 시험 때 망쳤던 수학을 괜찮게 보고 나면 엉뚱하게 국어 점수가 내려가서 또 그 자리고 하는 식의 악순환을 서너 달 거듭했다. 그러나 그 당시 나는 성적보다는 공부 자체에 대한 재미에 워낙 몸이 달아 있었다.

"연고대 못 가면 어때. 공부가 이렇게 재미있는데. 좀 낮춰 가더라도 계속 이렇게 공부하면서 살지 뭐."

이렇게 스스로를 위로했다.

공부에만 매달리는 나에게도 '합법적으로' 쉬는 날이 있었다. 한 달에 딱 하루, 모의고사를 보는 날이었는데, 그날이면 으레 같은 반에서 공부하던 권병석이라는 형과 근처 막걸릿집을 찾았다. 병석이 형은 나보다 다섯 살이 많았는데 고등학교를 졸업하던 해 입시에 합격했지만 적성에 맞지 않아 그만두고 군대를 다녀온 다음, 다시 대학 입시를 준비하고 있었다. 집안 형편이 넉넉지 않아 막노동으로 번 돈을 가지고 학비를 충당하고 있었다. 그런데 내 주머니엔 단돈 1,000원 한 장 없는 날이 많았기에 나는 형이 사주는 밥도 많이 얻어먹었고 빌려 쓰고 갚지 못한 돈도 꽤 많았다.

술이 한잔 들어가면 잔뜩 신이 나서 오만 가지 이야기를 다 쏟아냈는데, 그래도 형은 내 이야기에 진지하게 귀를 기울여주었다. 달리 마음을 털어놓고 이야기를 나눌 상대가 없었던 나에게는 정신적으로나 물질적으로나 큰 지주였던 셈이다.

8월 첫째 주는 방학이었다. 대다수의 재수생들도 이때만큼은 산으로 바다로 여행을 떠난다. 그러나 나는 3층 연고대반에 있던 내 책을 모두 챙겨 1층 서울대반으로 옮겼다. 방학 중이라 에어컨을 가동하지 않던 교실에는 문이란 문은 다 활짝 열려 있었고 그 안에는 나를 비롯한 몇몇 아이들이 살갗이 책장에 닿으면 종이에 물기가 배어 묻을 만큼 비지땀을 흘리면서 책에 빠져 있었다.

2학기부터는 본격적으로 학력고사에 대비하기 위한 공부를 시작했다. 국·영·수는 실제 학력고사와 동일한 패턴의 모의고사 유형으로 만든 학원 교재와 교육방송 문제집을 매일 1회씩 풀어나갔다. 암기 과목은 1학기 때 이것저것 뒤적여본 여러 교재 가운데 가장 마음에 드는 책을 과목별로 한 권씩 선택해 하루에 두세 과목씩 무리하지 않고 볼 수 있는 양을 정해서 공부해나갔다.

영원히 끝날 것 같지 않던 무더운 8월이 지나고 9월이 되었다. 가을을 맞으면서 마치 나는 실어증 환자라도 된 것처럼 교실 맨 앞자리에 앉아서 바로 옆이나 뒷자리 학우들과도 말 한마디 나누지 않고 오로지 책만 보며 살았다.

드디어 9월 모의고사에서 몇 개월간 다람쥐 쳇바퀴처럼 맴돌던 정체기를 벗어나 270점대로 들어섰다. 학원 전체 석차로 17등이었다. 그 학원에서는 전체 석차 20등 안에 들면 장학금을 주었다. 10등부터 20등까지는 수업료의 3분의 1, 5등부터 10등까지는 2분의 1, 5등 이상은 수업료 전액을 면제해주었던 것이다. 덕분에 나도 장학금이란 것을 받아보게 되었다.

10월 중순부터 11월 초까지는 '배치 고사'라 하여 다섯 번 연달아 시험을 본다. 이 시험 성적이 원서를 쓰는 데 직접적 자료가 된다. 첫 번째 시험에서는 270점대를 고수했다. 이어서 두 번째 시험을 치르는데 왠지 느낌이 예사롭지 않았다. 340점 만점인 당시 학력고사 체제에서 300점을 넘긴다는 것은 나처럼 평범한 학생에게는 죽었다 깨어나도 '오르지 못할 나무'였다. 일단 300점이 넘어서면 서울대 웬만한 과에는 합격할 수 있는 성적이 된다. 그런데 두 번째 배치 고사를 치르는 순간, 공부를 시작한 지 채 1년도 안 되어 어쩌면 이 300점 고지에 오를 수 있을지도 모르겠다는 생각이 들었다.

시험을 다 치르고 나서도 평소와 달리 그 자리에서 채점을 해볼 엄두가 나지 않았다. 정말로 그런 '기적'이 일어난다면 그 충격을 쉽사리 감당해낼 자신이 없었다. 내가 서울대반으로 옮겨 온 이후 연고대반에 남아 있던 병석이 형을 찾아갔다. 형은 성적이 신통치 않은지 표정이 별로 밝지 않았다.

"시험 잘 쳤나?"

형이 물었다.

"잘 쳤지."

"몇 점이나 나왔는데?"

형이 피식 웃으면서 다시 물었다.

"아직 안 매겨봤다. 형이 답 좀 불러도."

나는 어리광 부리듯 빙그레 웃으며 형을 졸랐다.

"안 그래도 시험 못 쳐서 속상해 죽겠는데 불러주긴 뭘 불러주노. 얼른 혼자 매겨봐라."

그래도 매기고 싶은 마음은 쉽사리 들지 않았다. 몇 번 더 형의 재촉을 받고서야 한 과목 한 과목 점수를 매겨보기 시작했다. 평소보다 틀린 문제가 확실히 적었다. 그런 추세가 계속 이어지자 연필을 쥔 손이 조금씩 떨리기 시작했다. 점수 매기는 것을 지켜보던 병석 형이 탄성을 질러대자 다른 아이들이 몰려들었다. 마지막으로 매긴 과목은 틀린 게 하나도 없었다. 조마조마한 심정으로 점수를 합해보았다.

"형, 282점이다!"

흥분과 기쁨에 이성을 잃은 나는 두 팔을 쳐들고 함성을 지르며 병석이 형을 와락 끌어안았다. 체력장 점수를 더하면 302점. 꿈만 같던 300점대 고득점자 대열에 올라서는 순간이었다.

형, 미안해

"승수, 니는 어디 갈 건데?"

"연대 법학과에 가려고 합니다."

"안 돼. 거기는 위험하다."

11월 말, 대학 입학 지원서를 쓰기 전 학원 담임과 입학 상담을 했다. 나는 연세대학교 법학과에 가고 싶었다. 특별한 이유가 있는 것은 아니었다. 애초 공부를 시작할 때 연대나 고대 정도엔 들어가 겠다고 생각했다.

법학과를 원한 것도 뚜렷한 소신이 있기 때문은 아니었다. 상경 계열 쪽으로는 원래 적성에 맞지 않았고, 철학이나 문학, 고고학 같은 인문과학 쪽으로는 관심이 있기는 했지만 가난한 집안의 장남 이라는 현실적 조건 때문에 선뜻 마음을 정할 수 없었다. 반면 법대 는 많은 사람들이 매달리는 '고시'라는 것을 차치하더라도 어차피 인간의 모든 활동은 법과 관련될 수밖에 없으므로 진로의 폭이 넓 을 거라는 소박한 생각이었다.

배치 고사 성적만 놓고 보면 연세대 법학과는 합격이 가능한 곳 이었다. 그러나 문제는 내신이었다. 공부하고는 완전히 담을 쌓았 던 고등학교 시절 성적이 제대로 나올 리 있었겠는가. 그나마 10등급 가운데 5등급이라도 받은 것은 본격적으로 노는 데로 빠지기 전인 1학년 때 성적 덕분이었다. 출석 등급도 전체 5등급 가운데 3등급에 지나지 않았다. 연세대 법학과 정도면 대부분 1등급 아니면 2등급 학생이 지원한다고 볼 때, 나는 상당한 점수를 잃고 들어가는 셈이었다.

학원 선생님은 내신 성적도 성적이거니와 모의고사 점수가 계속 올랐기 때문에 제일 좋은 성적을 가지고 기준을 삼을 수는 없다며, 목표를 낮추라고 잘라 말씀하셨다. 나는 납득이 가지 않았다. 성적이 계속 올랐으니 앞으로 더 높은 점수를 받을 수도 있다고 생각할 수 있는 것 아닌가. 하지만 선생님은 오히려 점수가 떨어질 가능성만 생각하고 계신 것이었다. 눈부신 성적 향상으로 들떠 있던 나는 섭섭한 마음을 안고 고등학교를 찾아갔다.

싸움질이나 하다가 포클레인 기술을 배우겠다며 도망치듯 학교를 떠나간 녀석이 2년 만에 학력고사 300점 이상의 고득점자 후보가 되어 나타나자 선생님들은 기가 차다는 듯 바라보셨다. 한편으로 기특하고 장하다고 칭찬을 하셨지만, 역시 현실적인 문제에서는 학원 선생님과 생각이 크게 다르지 않았다.

학교와 학원에서 모두 연고대는 어렵다는 말을 들었지만 내 생각에는 그렇게 어려운 일은 아닐 것 같았다. 고심 끝에 고려대 정치외교학과에 지원하기로 결정했다. 나보다 두 살 아래인 동생은 하루 저녁 고민을 하더니, 고려대 경제학과에 원서를 썼다. 잘하면 형제가 나란히 같은 학교에 다니게 될 판이었다. 지금 생각이지만 만약 정말로 그렇게 되었더라면 우리 형편으로는 실로 '천문학적 액수'

의 학비를 감당하지 못해 둘 다 공부를 제대로 하지 못했을 거다.

시험 전날 서울에 올라온 동생과 나는 노량진 작은댁으로 향했다. 노량진에서 안암동 고려대학교까지는 가까운 거리가 아니었다. 입시 날 특유의 교통 체증에 12월답지 않게 겨울비까지 추적추적 내리는 바람에, 혹시라도 지각할 것을 염려한 작은어머니가 꼭두새벽부터 우리를 깨웠다. 평소대로 새벽 2시가 넘도록 책과 씨름하느라 잠을 서너 시간밖에 못 잔 나는 아침밥을 먹는 둥 마는 둥 하고 허둥지둥 시험장으로 달려갔다. 컨디션이 좋을 리 없었다.

1교시 국어와 국사, 2교시 사회와 지리, 수학 시험을 치르고 나왔을 때 문제가 예상외로 쉽다는 생각이 들었다. 동생 역시 같은 생각이었다. 대부분의 수험생들은 시험문제가 쉽게 출제되기를 바랄 것이다. 그러나 나로서는 그렇게 여유로운 형편이 아니었다. 오히려 시험이 쉬우면 쉬울수록 나에게는 불리하다는 생각을 하고 있었다. 내신의 격차를 시험으로 극복할 수 없기 때문이다.

걱정은 고스란히 현실로 드러났다. 점심을 먹고 나서 치른 3교시, 4교시에도 시험문제는 여전히 쉬웠고, 그 결과 300점 이상 고득점자가 유례없이 많이 배출되었다. 시험을 다 치고 나오는데 왠지 기분이 개운하질 않았다. 평소 모의고사를 볼 때는 처음에는 잘 모르겠어서 그냥 넘어갔던 문제도 다른 문제를 풀고 다시 보면 생각이 난다거나, 문제 자체에서 순간적으로 실마리가 떠올라서 쉽게 맞히는 등, 내가 생각해도 신기한 경험을 많이 했다.

가령 한 모의고사의 지리 시험에서 서해안 고속도로의 기착지와 종착지를 쓰라는 주관식 문제가 있었는데, 나로서는 처음 보는 생소한 문제였다. 그러나 우리나라 지도를 연상해보며 서해안에 고속도로가 건설된다면 인천에서 목포 정도가 될 것이라고 판단하고 자신 있게 '인천, 목포'를 썼는데, 나중에 확인해보니 정답이었다. 그러나 막상 실전에서는 그런 순발력을 거의 발휘하지 못한 느낌이었다.

시험을 치러보면 암기한 내용을 바탕으로 기계적으로 답이 튀어나오는 문항이 있다. 이런 문제들만 풀어서는 고득점을 할 수 없다. 유추력과 사고력까지 요구하는 문제를 모두 풀어야 만점을 노릴 수 있기 때문이다. 이런 문제들이 술술 잘 풀리는 날이면 신경을 있는 대로 곤두세우고 하루 종일 시험을 보고 나와도 왠지 상쾌하고 편안한 기분이 든다.

그러나 1991년 입시에서 나는 전혀 그런 기분을 느끼지 못했다. 다음 날 면접 고사를 치르고 동생과 함께 대구로 내려왔다. 그러고는 일간신문에 게재된 문제와 정답을 펴놓고 채점을 해보았다. 동생과 나는 지난 2학기에 접어들면서 성적이 역전되어 모의고사 성적은 내가 동생보다 한 수 위였다. 그러나 실제 시험 결과는 딴판이었다. 동생은 문제가 쉬웠다는 것을 반영하듯 평소보다 15점 정도가 오른 280점대를 기록했지만, 나는 뜻밖에도 270점 선에 머물렀다.

합격자 발표일이 다가왔다. 아예 기대조차 할 수 없었다. 배치 고사 때보다 더 높은 점수를 받아도 붙을 듯 말 듯한데, 오히려 점수가 떨어졌으니 기적이 일어나지 않고서는 도저히 합격을 기대할 수 없는 상황이었다. 혹시나 하는 마음에 합격자 안내 전화를 걸었다.

신호가 가고, 수험 번호를 누르라는 목소리가 흘러나왔다. 전화기 버튼으로 내 수험 번호를 하나하나 눌렀다.

"수험 번호 ****번은 정치외교학과에 지원한 장-승-수 씨입니다."

조마조마하게 다음 말을 기다렸다.

"불합격하셨습니다."

마지막 남은 한 가닥 희망마저 무참히 밟아버리는 한마디였다.

예상했던 바이긴 했지만 옆에 있던 어머니와 동생에게 아무 말도 하지 못하고 우물쭈물 내 방으로 건너오고 말았다. 1년 가까이 최선을 다했음에도 정작 마지막 결전의 순간에는 힘 한번 제대로 써보지 못한 것 같은 아쉬움이 남았다.

그러나 이런 생각에 오래 매달릴 수는 없었다. 발등에 불이 떨어진 것이다. 집에서는 동생의 등록금 문제가 새로운 근심거리로 등장했다. 건강이 극도로 나빠진 어머니는 일을 못 하게 된 지 오래였고 실질적인 가장이던 나도 1년 동안 입시 공부 한답시고 돈을 벌지 않고 있었으니 집에 돈이 있을 리 만무했다. 일단 빚을 얻고, 내가 돈을 벌어 갚기로 했다. 다행히 병석이 형이 울산의 막노동 일자리를 연결해주었다.

"형, 미안해."

대학에 합격하고도 좋은 내색 한번 하지 못했던 동생이 내게 한 말이었다.

고시원에서 노래방으로

동생은 어렸을 때부터 우리 집의 희망봉이었다. 어려운 여건 속에서도 꾸준히 공부를 했고, 특히 동생이 중3 때는 바로 옆에서 하나밖에 없는 형이 차마 지켜보기 민망할 만큼 방탕한 생활을 거듭했는데도 용케 흔들리지 않고 공부에 열중했다.

내가 봐도 동생은 수재형은 아니다. 중2 때까지만 해도 반에서 그럭저럭 하는 정도였다. 그런데 2학년에서 3학년으로 올라갈 무렵, 한 해 선배들의 졸업식장에서 성적이 우수한 선배들이 수많은 학생과 학부형이 지켜보는 앞에서 각종 상을 받는 것을 보면서 한 가지 결심을 했다고 한다. 나도 1년 후에는 저렇게 되어야겠다고.

1년 후 동생은 자신이 한 결심을 그대로 이루어냈다. 졸업식 때 우등상을 비롯해 상이란 상은 모조리 휩쓴 것이다. 나는 이런 동생이 무척 자랑스러웠다. 그 당시 친구들에게 동생 자랑을 얼마나 많이 했던지 지금도 친구들은 내 동생 하면 '공부 잘하는 애'로 기억하고 있다.

고등학교 2학년 개학을 하루 앞두고 동생은 뜻밖의 사고를 당했다. 어떤 초보 운전자가 길을 걸어가던 동생을 뒤에서 친 것이다. 그날도 어머니는 아침 일찍 일을 하러 나가셨고, 나는 포클레인 조수 일을 하고 있었다.

일을 마치고 집으로 돌아와 어두운 방의 불을 채 켜기도 전에, 전화벨이 울렸다. 나더러 놀라지 말라고 당부를 하면서, 연신 미안하다는 말과 함께 동생이 사고를 당했다는 소식을 전하는 낯선 여자의 목소리를 듣는 순간, 가슴이 철렁 내려앉았다.

한달음에 응급실로 뛰어가보니, 동생은 양쪽 다리 모두 발끝에서 허벅지까지 두꺼운 석고로 깁스를 한 채 누워 있었다. 의사는 양쪽 무릎의 인대가 많이 손상되어 무릎에 핀을 박는 수술을 해야 한다고 했다. 지금도 동생 무릎에는 금속 핀이 박혀 있다.

그 사고 때문에 동생은 고2 초반의 황금기를 석 달가량 고스란히 병원에 누워 날려버렸다. 나는 지금도 그 사고만 아니었다면 동생이 대학 입시에서 훨씬 더 좋은 성과를 올릴 수 있었으리라고 믿고 있다.

내가 처음으로 입시를 준비하기 시작하던 1991년에는 동생도 고3이 되어 있었다. 동생은 학교에서, 나는 학원에서 각각 야간 자습을 하고 돌아오면 책상 두 개만으로 꽉 차버린 좁은 방에서 형제가 나란히 머리를 맞대고 밤늦게까지 함께 공부를 했다.

그해 6월 우리 집은 또 한번 이사를 했다. 그땐 이미 전셋집은커녕 사글셋방을 찾아다녀야 할 만큼 절박한 상황이었다. 그래도 죽으란 법은 없는지, 마침 동생의 사고 때문에 받은 보상금이 약간 있었고 거기다 외삼촌의 도움을 받아 팔공산 아래 불로동의 흙벽돌 집을 한 채 사서 이사를 한 것이다.

아무리 낡고 허름한 집이라 해도 일단 '우리 집'이라는 사실 때문에 마음이 뿌듯했다. 그러나 그 바람에 동생과 나는 통학 거리가 엄청나게 늘어나버렸다. 나는 그래도 좀 나아서 버스를 타고 40분가량이면 학원에 도착할 수 있었지만, 동생은 매일 시내버스 노선의 한쪽 종점에서 반대편 종점까지 무려 두 시간씩 차를 타야 했다.

고3 수험생이 하루에 왕복 네 시간씩 버스를 타고 다닌다는 것은 도저히 말이 안 되는 이야기였다. 고민 끝에 거금 10만 원을 주고 털털거리는 고물 스쿠터를 한 대 샀다. 동생은 며칠 이 스쿠터를 타고 복잡한 도심을 누비며 학교에 다녔다.

어느 날 내가 학원에서 자습을 마치고 집에 돌아오니, 동생에게서 전화가 걸려왔다. 그놈의 고물 스쿠터에 시동이 걸리지 않아서 집에 가지 못하겠다는 것이다. 이웃에 살던 사촌 형님의 오토바이를 빌려서 동생을 데리러 갔다. 오토바이에 대해서는 도사에 가깝다고 자부하는 나로서도 고장 난 스쿠터에는 도저히 시동을 걸 수 없었다. 하는 수 없이 끈으로 오토바이 두 대를 연결했다.

체증도 어느 정도 가신 늦은 여름밤, 형제가 그렇게 오토바이 두 대에 앞뒤로 앉아 도심을 헤치고 집으로 돌아오는 길은 그럭저럭 운치가 있었다. 그러나 다른 한편으로는 1분 1초가 아쉬울 때 우리가 왜 이렇게 시간을 보내야 되지, 하는 생각이 들어 가슴이 답답했다.

동생은 그길로 스쿠터를 팔아버리고 자전거를 한 대 샀다. 그때부터 6개월이 넘게 비가 오나 눈이 오나 자전거를 타고 통학했다. 성하지도 않은 다리로 20km는 족히 될 학교까지 자전거를 타고 간다며 집을 나서는 동생을 볼 때마다 나는 마음이 편치 않았다.

벌써 스무 살도 넘은 놈이 하나밖에 없는 어머니와 동생에게 그 고생을 시키고 있다고 생각하니 당장 공부고 뭐고 다 때려치우고 돈 벌러 나가고 싶은 생각도 들었다. 입시를 준비하는 동안 나를 가장 우울하게 만든 것, 내가 가장 견뎌내기 힘들었던 것이 바로 이런 부분이었다.

물론 나도 열심히 했지만, 동생도 고3 때는 정말이지 지켜보는 나조차 고개를 가로저을 만큼 열심히 공부했다. 일단 학교에 가서 자리에 앉으면 화장실 갈 때 말고는 자리를 뜨지 않는다고 했다. 화장실에 갈 때도 최대한 시간을 줄이기 위해 쉬는 시간이 끝날 무렵 번개처럼 후닥닥 뛰어다녔다는 것이다. 도시락을 먹을 때도 다른 아이들과 같이 먹으면 시간이 많이 걸려서 혼자서 후딱 먹어치우고 입 한번 쓱 닦고 나면 또 공부를 계속했다.

그렇게 열심히 공부한 끝에 들어간 대학이었으나 동생은 주머니에 학생증 하나 달랑 넣고 쫄쫄 굶은 배를 움켜쥔 채 학교를 다니다가 결국 한 학기 만에 휴학해야 했다. 2학기 등록금은 물론 당장 생활비조차 마련하지 못했기 때문이다. 하숙비가 너무 비싸서 월 8만 원짜리 고시원에서 기거하면서 학교에 다니던 동생이 휴학을 하고 집으로 내려왔을 때, 짐을 혼자서 다 가지고 올 수 없다고 해서 일요일에 내가 서울로 올라갔다.

그때 나는 동생이 생활하던 고시원이란 데를 처음 구경했다. 객지에서 고생이 많으리라 짐작은 했지만, 정말이지 그토록 기막힌 생활을 하고 있을 줄은 몰랐다. 방은 1평이 넘을 것 같지 않았고, 그나마 책상이 절반 이상을 차지해 의자를 책상 위에 올리지 않으면 다리를 뻗고 누울 수 없었다. 사방에 천장까지 칸막이가 쳐져 있어 책상에 달린 형광등을 끄면 마치 관 속에 들어간 듯했다. 그곳에서 이불도 없이, 어머니가 입학 선물로 사주신 겨울 잠바 하나를 덮고 지냈던 것이다.

짐을 챙겨 들고 버스 정류장으로 나가는데, 동생의 학교 친구들이 따라 나왔다. 나는 차마 그들 앞에서 고개를 들 수 없었다. "형이란 사람이 사지 육신 멀쩡하게 살아 있으면서도 하나밖에 없는 동생을 이렇게 살게 하나…" 하는 소리가 귓전에서 웅웅대는 것만 같았다.

대구로 내려온 동생은 학비를 벌기 위해 아르바이트 자리를 찾았다. 과외도 대부분 알음알음으로 소개받는 경우가 많은데 주변의 친척과 친구들을 통틀어도 동생에게 과외받을 여유가 있는 이가 없었다. 결국 그토록 고생해서 들어간 대학에서 공부도 제대로 하지 못하고 낙향한 동생은 동네 노래방에서 종업원 노릇을 해야 했다.

노가다 수험생

1992년 1월, 나는 울산행 버스에 몸을 실었다. 국사책이나 지리책에서 가끔 본 적이 있는 가지산, 일꾼을 싣고 가는 승합차 한구석에서 언뜻 통일신라 말 선종9산 가운데 가지산파라는 것이 있었다는 사실이 기억났다(실제로 가지산파는 전남 장흥의 가지산에 있는 보림사에서 발흥했다). 포장이 되지 않은 시골길을 달려 도착한 산자락에는 온천 개발이 한창이었고, 온천 입구의 교량 공사장에서 나는 막노동 신고식을 치렀다.

이때부터 나의 본격적인 막노동 인생이 시작되었다. 교량을 비롯한 콘크리트 구조물을 만들려면 먼저 나무와 합판으로 거푸집을 짜야 한다. 그러고 나면 철근 기술자들이 와서 틀 안에 콘크리트의 뼈대가 되는 철근을 깔고, 거기다 걸쭉한 레미콘을 부어 양생시키면 콘크리트 구조물이 완성되는 것이다. 여기서 목수들이 거푸집 짜는 작업을 쉽게 하도록 통나무나 합판 등을 날라다 주는 것이 내가 해야 할 일이었다.

처음 해보는 막노동은 쉽지 않았다. 나이가 많이 들고 몸도 형편없어 보이는 아저씨들도 시멘트 두세 포대쯤 거뜬히 지고 나르는데, 나는 한 포대도 제대로 못 들어 끙끙거렸다.

물건을 나르는 것, 언뜻 생각하기엔 힘센 사람이 잘할 것 같지만 그렇지 않다. 거기에는 요령이 필요하다. 누가 가르쳐줄 수 있는 게 아니라 자신이 직접 시행착오를 겪어가면서 경험을 쌓아야만 자연스럽게 터득할 수 있는데 공사판이라고는 난생처음인 내게 이런 요령이 있을 리 없었다. 힘이 부치다 보니 시간도 사람 미치도록 더디게 가는 것 같았다. 아직 한겨울인데도 땀을 콩죽처럼 흘리며 일을 할 때, 머릿속에는 어서 쉬는 시간, 밥 먹는 시간이 오기를 바라는 마음뿐이었다. 한참을 일했다 싶어 이제쯤 쉬는 시간이 다 되어가겠거니 하고 시계를 보면, 황당하게도 겨우 5분도 채 지나지 않았다.

오후 6시가 되면 하루 일이 끝난다. 같이 일하던 아저씨들은 모두 집이 울산이라 아침에 타고 온 승합차를 타고 돌아가버린다. 나만 현장에서 혼자 자야 했다.

내가 일하던 교량 공사장에서 언덕을 하나 넘어가면 온천 관광단지 개발 현장이 있었다. 거기에는 현장 참집(식당)이 있고, 출퇴근할 처지가 못 되는 일꾼을 위한 숙소도 마련되어 있었다. 일이 끝나면 벌써 어둠이 깔리기 시작하는 언덕을 올라가 그 참집에 가서 저녁을 먹고, 인부들의 숙소에 딸린 간이 세면장에서 대충 몸을 씻는다. 그런 다음에는 다시 내가 일하는 교량 공사장으로 내려와 잠을 청한다.

합판때기로 엉성하게 지어놓은 가건물, 거기가 내 잠자리였다. 바닥에 깔린 두툼한 스티로폼 위에 전기장판을 한 장 깔고, 싸구려 이불 한 채를 덮고 누우면 바람 소리 사이사이로 새소리가 들려왔다. 밀려드는 피로와 잠 때문에 어머니 생각 한번 해볼 겨를조차 없이 곯아떨어지곤 했다.

꿈조차 없는 하룻밤이 지나고 새벽이 되어 타는 듯한 갈증에 잠을 깨면, 엊저녁 참집에서 떠다 놓은 콜라병 속 보리차는 병째 꽁꽁 얼어붙어 입술조차 축일 수 없었다. 새벽 6시가 되면 어김없이 울산에서 오는 일꾼들을 태운 승합차가 도착하고, 그렇게 또 고된 노동의 하루가 시작되었다.

공사장에는 작업반장이라는 사람이 있다. 나 같은 잡부를 총괄 지휘하는 사람인데 같은 막노동을 하더라도 어떤 반장을 만나느냐에 따라 그 공사장이 천국도 될 수 있고 지옥도 될 수 있다.

나는 반장에게 구박을 많이 받았다. 처음에는 워낙 일을 못하니 욕을 얻어먹는 게 당연하다고 생각하고 꾹꾹 눌러 참았다. 그러나 가만히 지내고 보니 그게 아니었다. 이 반장은 나뿐만 아니라 자기보다 나이가 훨씬 많은 아저씨들한테까지 함부로 욕지거리를 해대는가 하면 별것도 아닌 사소한 실수를 빌미 삼아 견디기 힘든 무안을 주곤 했다. 다들 그 반장에 대해 원성이 자자했다. 특히 나는 초보자인 데다 덩치도 조그맣고 나이까지 제일 어리니, 하루에도 몇 번씩 그의 짜증을 받아내야 했다.

그러던 어느 날, 이제 나도 제법 일에 익숙해져서 남들만큼은 한다고 생각하고 있는데 또 반장이 괜히 쓸데없는 트집을 잡고 늘어지는 것이었다. 그동안 꾹꾹 눌러 참았던 감정이 일순간 터져 나도 같이 대들었다. 아버지뻘이나 될 사람하고 먹살을 잡고 난리를 벌였으니 그 현장에서 더 이상 일하기는 어렵게 되어버렸다.

한 달 만에 쫓겨나다시피 대구로 돌아온 나는 구인 광고를 뒤지며 새로운 일자리를 찾았다. 그러다 가정용 LPG를 배달할 오토바이 기사를 모집한다는 광고가 눈에 띄었다. 물수건 배달을 하면서 비싼 수업료를 갖다 바친 덕분에 오토바이 하나는 자신이 있었다. 일이 힘들고 위험한 대신 월급도 비교적 괜찮은 데다 이따금 부수입도 생긴다는 말에 주저 없이 가스 배달 일을 시작했다.

대부분의 가스집에서는 배달 기사들이 가게에서 숙식을 하게 마련이다. 이른 아침과 늦은 밤에도 가스 주문은 있기 때문이다. 그러나 내가 일하던 곳에서는 기사 한 명만 숙식을 했고 나머지는 모두 출퇴근을 했다. 공식적으로 정해진 근무 시간만 해도 아침 7시 반부터 저녁 9시 반까지. 하지만 무슨 일이나 다 그렇듯이 더 하면 더 하지 근무 시간이 줄어드는 경우는 거의 없는 법이다. 휴일은 한 달에 두 번.

일반 가정에서 사용하는 LPG 통의 무게는 26~27kg 정도인데 이 통에 들어가는 액화가스의 무게는 20kg이다. 그러니 한번 배달을 나가려면 내 몸무게와 맞먹는 이 가스통을 오토바이에 실어야 하고, 또 목적지에 도착해서는 어깨에 둘러메고 가스통을 놓을 자리까지 가야 한다. 배달 물량이 한창 많을 때는 이런 가스통을 하루에 50개 이상 날라야 했다. 하루 일이 끝날 무렵이 되면 아예 내 손인지 남의 손인지 분간이 안 갈 정도로 저려 왔다.

대학에 가겠다고 죽어라고 공부했지만 대학은 구경도 못 해봤다. 재수를 하고 싶었지만 학원비는 고사하고 동생 등록금 대고 생활비 충당하느라 진 빚도 못 갚은 처지라 선뜻 엄두를 내기 어려웠다. 다른 수험생들은 이미 입시 준비를 시작해 저만치 달려가고 있을 텐데, 이렇게 가스통이나 둘러메고 다녀야 하는 내 신세가 처량하다는 생각이 한 번씩 들었다. 봄이 왔다고는 하지만 아직도 아침저녁으로 오토바이를 타고 달리다 보면 옷 속으로 파고드는 바람이 차갑게만 느껴졌다. 몸도 마음도 춥기만 한 계절이었다.

1992년 4월 12일 일요일, 날씨 : 맑음
나이가 들어가면서 점점 내 인생이 초라함을 느낀다. 살아가면서 좀 더 나은 삶을 살고 싶었는데, 그런 것들과는 멀어진 채 자꾸만 홀로 가라앉는 느낌이다. 초라한 나 자신을 벗어 던지기를 그토록 원했건만, 삶이란 이토록 내 맘대로 되지 않는 것인가.
나는 내일 또다시 노동의 하루를 보내야 한다. 결국 돈 몇 푼 벌려는 것이다. 그래도 올해까지는 괜찮을 것 같다. 그러나 스물세 살이 되고 네 살이 되어도 이렇게 살아야 한다면, 그때는 어떻게 할 것인가.

4월까지 일을 해서 일단 급한 불은 껐다. 5월에 다시 학원으로 돌아갔다. 병석이 형을 비롯해 나랑 같이 떨어진 아이들 몇이 반갑게 맞이해주었다. 그 전해의 성적을 인정받아 이해에는 처음부터 끝까지 학원비를 면제받았다. 나에겐 큰 도움이 되었다.
그렇게 학원으로 돌아가보니, 고등학교 교과서가 완전히 바뀌어 있었다. 특히 국어 교과서가 많이 달라졌다. 상하 두 권으로 된 교과서와 1,000페이지가 넘는 참고서를 한 번 읽어내는 데만도 만만찮은 시간이 들어갔다. 대학 노트만 한 국어 참고서엔 시시콜콜한 내용이 깨알같이 얼마나 많이 들어 있던지, 봐도 봐도 끝이 없을 것만 같은 지겨움에 몸서리를 치기도 했다.

이때는 첫해와는 달리 모든 과목에서 만점을 받아야겠다는 목표를 세우고 공부했다. 그 전해처럼 시험문제가 쉽게 나오는 사태에 대비해야 했고, 게다가 1년을 더 공부하니 당연히 전번보다는 훨씬 좋은 성적을 거두어야 한다는 마음뿐이었다. 이렇게 욕심은 많은데 교과서까지 바뀌어 있었고, 거기다 시작도 다른 학생들보다 늦었으니 하루하루를 마치 100m 달리기를 하는 심정으로 공부에 열중했다.

5월 말에 모의고사를 보았다. 298점. 학원 전체에서 2등이었다. 작년에 시험에 떨어지고 책이라고는 손에 들지도 않다가 겨우 한 달 전부터 공부를 시작한 것을 생각하면 만족할 만한 점수였다. 6월 모의고사에서는 드디어 학원 전체 1등을 했다. 꼴찌나 다름없이 들어온 학원에서 만 1년 4개월 만에 1등을 하게 된 것이다. 성적표를 받는 날 저녁, 병석이 형과 둘이서 학원 앞 찻집에 가서 조촐한 자축연을 벌였다.

1992년 6월 5일 금요일

온몸이 피로에 절어 있다. 마음의 여유를 갖지 못한 채 벌써 2년째 살아오고 있다. 마음을 놓고 푹 쉰다든지 방탕한 생활을 하기엔 몸이 너무 부지런해져버렸다. 습관이란 이렇게 무서운 것인가 보다. 한때 더 이상 방탕할 수 없으리만치 모든 걸 내팽개친 채 지내오기도 했는데, 이젠 한순간도 의미 없이 보낼 수가 없다. 인내와 성실 같은 삶에 필요한 덕목도 공부를 하면서 체득하게 되는 것 같다.

내신의 원죄

2학기 성적은 305~308점에 머물러 있었다. 이 정도면 전국 석차가 50~200위권에 해당한다. 대부분의 수험생은 성적만 되면 서울대학교에 진학하고 싶어 한다. 나라고 예외는 아니었다. 내신 성적이 끝까지 부담스럽기는 했지만, 그것 때문에 서울대학교를 포기한다는 건 왠지 억울했다. 게다가 동생을 보니 사립 대학교에 다니는 데는 돈이 너무 많이 들었다. 결국 한 학기 만에 휴학을 하고 대구로 내려와 동네 노래방에서 일하고 있지 않은가. 내가 고대에 합격했더라도 사정은 마찬가지였을 것이다.

이러한 현실적인 문제를 고려하더라도 서울대학교 이외에는 달리 대안이 있을 수 없었다. 결국 법대는 아무래도 조금 무리가 있을 것 같아서 서울대 정치학과에 지원했다.

1991년에 이미 한번 당해본 사실이지만, 이번에도 역시 내가 합격하기 위해서는 학력고사가 쉽게 출제되면 곤란한 상황이었다. 시험이 어려워질수록 유리하다고 생각한 것은, 다른 학생들은 시험이 어려울 때 큰 폭으로 성적이 떨어진 데 비해 나는 모의고사나 배치고사에서 시험 난이도와는 관계없이 꾸준한 성적을 받아왔기 때문이다.

그러나 결과부터 말하자면, 92년도 학력고사 역시 그 전해와 마찬가지로 아주 쉽게 출제되었다. 나로서는 전혀 예상하지 못한 일이었다. 지난해에 시험이 너무 쉬웠다고 말들이 많았다. 그렇게 시험이 쉬우면 과연 어떤 학생이 진짜 실력이 우수한지 가려내기가 힘들다는 주장이 강하게 제기되었던 것이다.

　결국 시험을 보고 나오면서 또 한 번의 불합격을 예감할 수 있었다. 합격자 발표가 나고 나서 신문에 서울대학교의 학과별 커트라인이 보도된 적이 있다. 이에 따르면 내가 서울대 정치학과에 합격하기 위해서는 337점 이상을 받아야 했다. 내신 1등급 학생들과 비교하면 나는 14점을 까먹고 들어가는 셈이었는데, 그걸 합쳐 보니 내 커트라인은 337점이라는 계산이 나왔다. 그해 학력고사에서 전국 수석을 한 학생이 337점이었다. 그러니 나 같은 경우 학력고사에서 수석을 하더라도 까딱하면 동점자 처리에서 나이로 밀려 떨어질 판이었다. 쉽게 출제되는 학력고사 체제로는 서울대학교 합격은 불가능했다. 내신이 내 발목을 이토록 끈질기게 붙잡을 줄 상상이나 했던가.

　이번에는 불합격 소식을 듣자마자 아예 일부터 해서 돈을 좀 모으고 나서 다시 한번 도전하기로 마음을 굳혔다. 오토바이로 가스 배달하는 일을 다시 시작했다. 그러나 얼마 되지 않아 동네에서 알고 지내던 아저씨 한 분이 함께 조경 공사 일을 해보지 않겠느냐고 권하셨다. 하루 일당은 3만 5,000원. 한 달에 25일 정도 일한다고 치면 월 90만 원 정도 수입을 올릴 수 있다는 계산이 나왔다. 가스 일도 부지런히 하기만 하면 그 정도 수입은 된다. 하지만 가스 배달 일은 밤 9시 반까지 해야 하는 데 비해 공사장 일은 저녁 6시면 끝난다. 글자 한 자라도 더 보려면 시간이 있어야 했다. 결국 동네 아저씨들을 따라 공사장 일을 하기로 결정했다.

이렇게 5월까지 일을 하다가, 6월부터 다시 공부를 시작했다. 이번에는 지난 2년 동안 다니던 명인학원 대신 일신학원에 들어가려 했다. 분위기도 바꿔보고 싶었고, 게다가 명인학원으로 돌아가면 언제나 반갑게 나를 맞아주었던 병석이 형도 지난 입시에 합격해 서울로 올라가고 없어서 더 이상 미련이 남지 않았다.

그런데 일신학원 서울대반에서는 나를 받아주지 않으려 했다. 일신학원은 대구에서는 역사도 깊고 명문대 합격자도 가장 많이 배출하는 곳이라서 학생을 가려 받았다. 표면상으로는 자리가 없다는 이유였지만 사실은 나이도 많고 내신 성적도 형편없는 내가 학원 분위기를 망쳐놓을지도 모른다고 생각한 모양이었다.

돈이 없어 남들 공부하는 시간에 공사판을 돌아다녀야 하는 것도 안타까운 일인데, 그나마 돈 몇 푼 벌어서 공부를 하겠다고 가보니 학원에서조차 받아주지 않는다니 기가 막힐 일이었다. 답답한 마음에 고등학교 때 담임선생님을 찾아가 하소연을 했더니 교감선생님이 일신학원에 전화를 걸어주셨고, 그제야 간신히 학원에 들어갈 수 있었다.

그 사이 입시 제도가 또 바뀌어 있었다. 매년 12월에 치르던 학력고사가 없어지고 8월과 11월에 두 차례 수학 능력 시험을 치르고 이어서 이듬해 1월에 대학별 고사를 치러야 했다. 수학 능력 시험은 두 차례 성적 가운데 더 좋은 쪽을 전형 자료로 삼게 되어 있였지만, 실제로는 8월 시험이 범위가 적을뿐더러 11월이면 대학별 고사를 준비해야 할 시점이기 때문에 수능 시험에 전력할 수 없었다. 따라서 엄밀히 말하면 8월 시험 한 번밖에 기회가 없는 것과 마찬가지였다.

내가 공부를 시작했을 때는 8월 수능 시험이 두 달 앞으로 다가와 있었다. 설상가상으로 학력고사 때는 시험 과목이 아니던 지구과학, 물리, 화학, 세계사 등 네 과목이 추가되어 있었다. 나로서는 처음 대하는 과목이었다.

학원에 나가 보니 모든 수업이 본고사에 초점을 맞추어 진행되고 있었다. 서울대반이라 기초는 어느 정도 닦여 있다는 전제 아래, 비중이 크고 문제도 어려울 것으로 예상되는 본고사에 초점을 맞추는 것은 당연한 일이었다.

나로서는 당장 코앞에 닥친 수능 시험 준비부터 해야 했다. 수업 시간에도 선생님 말씀은 하나도 듣지 않고 뒤에 앉아 혼자 공부를 했다. 그러다 보니 문득 내가 왜 이러고 있나 하는 생각이 들었다. 이럴 바에야 차라리 나 혼자 공부하는 게 낫지 않을까 싶었다. 마침 그 무렵 7월분 등록금 고지서가 나왔다. 수업은 전혀 듣지 않으면서 십 몇만 원이나 하는 등록금을 내고 학원에 다닐 만큼 여유로운 형편이 아니었다.

결국 어렵게 들어간 학원을 불과 20여 일 만에 그만두고 나와버렸다. 당시로서는 어쩔 수 없는 선택일지도 몰랐지만 결과는 실패였다. 집단에서 떨어져 나와 모든 것을 자율적으로 조절하고 꾸려 가기 위해서는 대단한 의지와 인내력이 필요하다는 것을 그때 절실히 느꼈다. 학원을 그만둔 뒤 대구 시내의 시립 도서관과 집을 전전하며 보낸 1993년 후반은 5년간의 수험 생활 중에서 가장 힘든 시간이었다.

공부에도 문제가 있었다. 정보도 경험도 전혀 없는 수능과 본고사를 혼자 준비한다는 건 무리였다. 특히 논술이나 '문학작품의 이해와 감상' 등과 같은 과목은 도대체 어떤 식으로 출제될지, 어떻게 공부해야 할지 감을 잡을 수 없었다. 서점가에는 수많은 참고서와 문제집이 나돌았지만, 이것저것 기웃거려봐도 혼란만 더욱 커질 뿐이었다.

입시 제도가 학력고사에서 본고사 체제로 바뀐 것은 나에게는 득이 될 수도 있었다. 그러나 거기에도 만만치 않은 대가가 필요했다. 내신 성적의 반영 비율이 종전 30%에서 40%까지 늘어난 것이다. 수학 능력 시험 성적, 대학별 고사, 내신 성적을 각 30%, 30%, 40%씩 반영해 총 1,000점을 만점으로 하는 서울대학교의 경우 1등급 학생들보다 무려 40점이나 손해를 봐야 한다는 의미였다. 다들 만만치 않은 실력을 갖춘 아이들 사이에서 40점을 더 맞는다는 것은 사실상 불가능한 일이었다.

8월에 치른 수학 능력 시험에서 175점을 받았다. 예상대로 틀린 것 가운데 절반 이상이 과학 과목 때문이었다. 당시 학원가에서는 그 정도 성적이면 서울대 법대에 지원할 수 있다는 의견이 지배적이었지만, 내 형편을 감안하면 크게 실망스러운 성적이었다.

이제 수능은 잊어버리고 본고사를 준비해야 했다. 본고사 준비의 핵심은 수학과 논술이었다. 특히 당시에는 다들 본고사 수학은 진짜로 어려운 문제가 출제될 거라고 예상했기 때문에, 나도 어려운 문제만 찾아가며 풀었다. 서점이나 도서관을 이 잡듯이 뒤져 일본의 대입 수학 문제를 풀어보기도 했다. 그러다 보니 하루 종일 공부해도 몇 문제밖에 풀 수 없었다. 지금 생각하면 기초가 완벽하게 다져지지 않은 상태에서 어려운 문제만 찾은 건 실수였다. 차라리 그 시간에 기초를 튼튼히 하는 것이 훨씬 더 효과적인 대책이라는 것을 그런 과정을 겪고 나서야 터득했다.

논술 역시 막막하기는 마찬가지였다. 어려서부터 글을 많이 써본 것도 아니고, 나이만 먹었지 독서량도 보잘것없던 나로서는 60분 동안 주어진 논제에 대해 1,200자짜리 글을 써내는 것이 쉬운 일이 아니었다. 서점가에는 많은 논술용 교재가 있었지만 하나같이 형식적이고 현학적인 것 같아서 보고 싶은 마음이 들지 않았다.

그래서 내가 선택한 방법이 서울대학교 교수들이 쓴 책이나 잡지, 신문을 열심히 읽어보는 것이었다. 이때 읽은 글들이 서울대 교수 수필 모음집《젊은 시절의 꿈 그리고》, 철학과 황경식 교수가 한 계간지에 기고한 시민 윤리 재건에 관한 글, 법대 박세일 교수의 직업 윤리에 대한 글 등이었다.

이런 공부 방법이 과연 제대로 된 것인지 검증할 수가 없는 데다 수험 생활 자체도 합격에 대한 확신을 가질 만큼 만족스럽지 않았다. 또 내신 성적에 대한 부담감과 가족에게 마땅히 내가 해야 할 책임을 다하지 못하고 있다는 자책감 등이 수시로 찾아드는 불합격의 예감과 어우러져 한없이 우울해지곤 하는 것이 이 무렵의 내 모습이었다.

1993년 10월 3일 일요일

가난하고 무능한 현실 속에서 어떠한 활로도 찾지 못한 채 갈수록 수렁 속으로 빠져가는 느낌이다. 너저분하고 초라한 생을 끝내 극복하지 못하고 현실에 순응하며 살아가게 되지나 않을까 싶어 두려워진다. 실패와 좌절이 끝없이 반복되더라도 꿈조차 잊어버리고 살고 싶지는 않다. 그러나 방황은 언제나 거듭되고, 오늘은 이제껏 살아온 날들 중에서 가장 슬픈 날이다.

이런 상황에서 공부가 제대로 될 리 없었다. 풀리지 않는 수학 문제 하나를 붙들고 한나절을 보내기도 하고, 영어책의 짧은 지문 하나가 도저히 이해되지 않아 머리를 쥐어뜯기도 했다. 그러면서도 막연히 잘될 거라는 착각에 사로잡혀 서울대 법대에 지원했고, 결국 또 한 번의 참담한 실패를 경험해야 했다.

처음 떨어져보는 것도 아니었지만 이번에는 충격이 무척 컸다. 몸도 마음도 완전히 지쳐버린 나는 불합격 소식을 듣고 대구로 내려온 바로 그다음 날 다시 가스집을 찾아갔다. 며칠이라도 쉬자는 핑계로 늘어져버리면, 그길로 영영 다시 일어날 수 없을 것만 같았기 때문이다.

마지막 배팅

"히야, 학교 졸업한 지 몇 년이나 됐노?"

"4년 안 됐나! 와?"

"아까 뉴스를 보니까 고등학교를 졸업한 지 몇 년이 지나면 내신 성적을 다르게 받을 수 있다 카던데 한번 잘 알아봐라."

"내신 성적을 뭘 우얀다 카던데?"

"졸업한 지 5년이 지나면 수학 능력 시험 성적에 따라서 내신 등급을 새로 내준다 카는 것 같더라."

동생에게서 들은 이 기적과도 같은 소식은 온몸에 차가운 얼음물이 콸콸 쏟아지는 것처럼 정신이 번쩍 들게 하는 소리였다. 1994년 봄의 일이었다. 당시 나는 가스 배달 일을 그만두고 택시 운전을 하고 있었다. 피곤에 절어 지친 몸을 이끌고 집에 돌아오자 어머니가 반색을 하며 나를 끌어 앉히곤 서울 동생에게서 전화가 왔는데 내신 제도가 바뀐다고 했다는 것이다. 득달같이 동생에게 전화를 건다음, 다음 날 아침 일간신문을 샅샅이 뒤져서 동생의 말이 사실임을 확인했다. 1994년부터 고교 졸업 후 5년이 넘은 학생에게는 희망자에 한해 고등학교 내신 등급 대신 수학 능력 시험 성적에 따라 새로운 내신을 받을 수 있다는 규정이 새로 생긴 것이다.

사실 냉정하게 생각해보면 그때까지 내가 번번이 낙방한 것을 전적으로 내신 탓으로만 돌릴 수는 없다. 내신 때문에 점수가 많이 깎이기는 했지만 그것보다는 '나는 내신 때문에 점수가 많이 깎이니까 다른 아이들보다 월등히 더 잘해야 한다'라는 부담이 더 많이 나를 괴롭혔던 것이다. 족쇄와도 같던 내신의 부담을 털어버릴 수 있다는 것은 내게 엄청난 행운이었다.

내가 1990년에 고등학교를 졸업했으니 1994년에는 졸업 경과 연수가 4년밖에 되지 않았다. 게다가 지난 3년 동안 수험 준비를 하느라 몸도 마음도 모두 지쳐버렸고, 집안 형편도 엉망이었다. 빚도 꽤 많았다. 당장이라도 쓰러질 것 같은 집이 한 채 있기는 했지만, 그 집의 땅이 시유지라 매년 사용료를 내야 했다. 그것조차 감당하기 어려워 1993년 11월에 그 집을 팔아버린 상태였다. 그 돈으로 외삼촌에게 지고 있던 빚을 갚고 나니, 1,200만 원짜리 전셋집 하나를 간신히 마련할 수 있었다.

하루가 멀다 하고 입시 제도가 바뀐 탓에 혹 이번에 발표된 내신 제도 개정안이 1995년에는 또 없어져 버리지나 않을까 하는 걱정이 있었지만, 이왕 이렇게 된 것 금년에는 일만 해서 돈을 좀 모으고 내년에 마지막으로 다시 한번 도전해야겠다고 마음먹었다.

아무리 금년 한 해는 일만 한다 하더라도 전혀 책을 보지 않다가는 완전히 처음부터 다시 시작해야 하는 처지가 될까 봐 틈틈이 공부를 하려고 애썼다. 택시 운전을 할 때도 오후반 근무를 마치고 새벽에 돌아오면 오전까지 잠을 자고 오후에 교대하러 나갈 때까지 책을 보았다.

78

일단 시간적으로 여유가 있었기 때문에 기초적인 내용을 점검하는 공부를 했다. 특히 수학의 기초를 닦는 데 주력했다. 논술에 대비하기 위해 책도 읽으려 애썼고, 신문도 꼼꼼히 들여다보았다. 영어도 1년을 그냥 보낼 수는 없어서 문고판 소설 원서를 틈나는 대로 읽었다.

한번은 엎드려 책을 보다가 깜빡 잠이 든 적이 있었다. 어머니 친구분이 집에 놀러 오셨다가 그런 나를 보고는 "쟤는 죽어도 책은 손에서 안 놓네!" 하고 중얼거리는 것이 잠결에 얼핏 들려왔다.

택시 운전은 어이없는 사고로 나로선 거금인 70만 원을 벌금으로 고스란히 날리고, 한 달여 만에 그만두어야 했다. 다시 공사판으로 돌아가는 수밖에 없었다. 마침 1년 전에 함께 일했던 아저씨들이 불러주어 조경 일을 새롭게 시작할 수 있었다. 그해 12월까지 대구 시내는 물론 성주와 상주 등 경상북도 일원을 돌아다니며 공사 일을 했다. 그렇게 해서 모은 돈이 600만 원. 그중 서울에 있는 동생 자취방 옮기는 데 100만 원, 어머니 틀니 하는 데 100만 원을 쓰고 400만 원을 가진 채 공부를 시작했다.

이번이야말로 진짜 마지막이라고 마음을 굳게 다잡았다. 만약 또 실패를 한다면 대학은 내 꿈에서 완전히 지워버린 채 평생 막노동이나 하면서 살아야 할 것이었다. 그런 만큼 이번에는 후회 없는 한판 승부, 완벽한 수험 준비를 하고 싶었다. 그러기 위해서 학원도 대한민국에서 제일 좋은 곳에 들어가야 한다고 마음먹었다. 한 해에만 서울대 합격생을 1,000명 가까이 배출한다는 서울의 명문 학원에 들어가기로 결정했다. 1월에 서울로 올라와 학원 입학시험을 치렀다.

그러나 엉뚱하게도 나는 그 시험에서 떨어졌다. 아무리 1년 동안 손에서 책을 놓았다고는 하지만 그 전해 서울대 법대에 응시했던 내가 어떻게 대입 학원 시험에 떨어질 수 있는지, 쓴웃음밖에 나오지 않았다. 국·영·수 세 과목 시험을 쳤는데, 시험지를 보고 앉았으니 멍멍하기만 한 게 도무지 문제를 풀 엄두가 나지 않았다. 1년이란 공백이 이렇게 크구나 하는 생각이 들었다.

학원 입학시험에서 떨어진 분풀이를 동생한테 했다. 그렇다고 동생을 두들겨 팼다는 건 아니다. 전부터 자취방을 보니 하도 엉망이라 깔끔하게 손질을 좀 해주어야겠다는 생각을 하고 있던 터라, 낡아빠진 전깃줄과 가스 호스를 완전히 갈아치우고, 여기저기서 나무를 구해 와 책장과 선반 따위도 직접 만들었다. 부엌도 엉망이라 바닥을 싹 뜯어내고 새로 미장을 하고 싶었지만, 그러려면 공사가 커질뿐더러 주인아주머니가 어떻게 생각할지 몰라 그냥 참았다.

서울에서의 수험 생활을 포기한 채 대구로 내려온 나는 지난번에 잠깐 다녔던 일신학원의 문을 다시 두드렸다. 비록 내신 성적은 중간밖에 안 되지만 1993년에 수학 능력 시험에서 175점을 받아 서울대 법대에 지원한 경력이 인정받았는지 어렵지 않게 서울대반에 들어갈 수 있었다. 하지만 막상 학원 게시판에 공고된 반 배정표를 보니, 내 이름이 '문서 2반'(문과 서울대 2반이라는 뜻)에 들어 있었다. 이 반은 이름만 서울대반일 뿐 사실 진짜로 서울대에 지원할 실력을 갖춘 학생만 모아놓은 곳은 '문서 1반'이었다.

그렇거나 말거나, 내 할 일이나 열심히 하면 된다는 생각뿐이었다. 그런데 개강 첫날, 마음을 단단히 먹은 채 약간은 설레는 마음으로 학원에 가보니, 선생님과 반 친구들 사이의 간단한 상견례가 끝나자 그냥 돌아가라는 것이 아닌가. 혼자서라도 강의실에 남아 공부를 하고 싶었지만, 문을 잠근다며 쫓아내는 바람에 그러지도 못했다.

사람들은 흔히 1년 동안의 수험 생활을 마라톤에 비유하곤 한다. 근 1년에 가까운 시간을 잠시도 늦추지 않고 전력 질주를 할 수는 없으므로, 초반에는 감이나 잡는 정도로 슬슬 준비운동이나 하다가 점차 스피드를 붙여나가는 것이 좋다는 것이다. 그래야 막바지에 가서 있는 힘을 다 짜낸 막판 스퍼트로 승부를 걸어볼 수 있다는 이야기다.

마라톤에서는 그런 이야기가 맞을지 모르지만, 공부에 관한 한 그것은 잘못된 전략이라는 것이 내 생각이다. 처음부터 물불 안 가리고 미친 듯이 공부에 매달리기 시작해서 그런 생활을 아예 습관으로 삼아 쭉 밀고 나가야지, 처음에는 슬슬 하다가 어쩌고 하다 보면 평생 가야 그놈의 시동이 걸리질 않는다. 적어도 내 생각은 그렇다. 그렇게 초반부터 밀어붙인 덕택인지 3월 말에 치른 첫 번째 모의고사에서 175점을 맞았다. 선생님들도 깜짝 놀라는 눈치였다.

1995년에 공부를 하면서 가장 주의를 기울인 점은 모든 과목에 걸쳐 사소해 보이는 단어 하나, 개념 하나까지 그 의미를 완전히 파악하고 이를 암기하고자 노력한 점이었다. 내 머릿속에 가능한 한 많은 정보를 명확히 입력해두어야 이를 바탕으로 추리력과 사고력이 생겨날 거라고 믿었기 때문이다. 마음속으로 정한 목표 점수는 200점 만점인 수능 시험에서 190점 이상을 받는 것이었다. 내가 생각하기에 이것은 충분히 가능했다. 벌써 5년이라는 세월을 대입 공부 하나만 붙들고 있지 않은가.

그러나 성적은 생각처럼 오르지 않았다. 2학기가 되어도 여전히 제자리걸음만 거듭했다. 9월이 되어서야 드디어 180점을 넘어서기 시작했다. 그러나 그렇게 오랫동안 성적이 정체되어 있었어도 '정체기가 길면 길수록 도약의 폭은 커진다'는 것을 내 나름대로의 경험을 통해 알고 있었기에 별로 조급증을 느끼지는 않았다.

오히려 그것보다는 육체적으로 점점 지쳐가는 게 더 큰 문제였다. 이전에 일을 할 때는 밤을 새워 술을 마셔도 새벽에 일 나갈 시간이 되면 자동으로 정신이 들었고, 공부를 할 때도 새벽 두세 시까지 버티고 있어도 별로 피곤할 줄을 모를 만큼 체력에는 자신이 있었다.

그러던 것이 나이를 먹어서 그런지 아니면 그동안 너무 몸을 보살피지 않고 험하게 살아와서 그런지, 공부를 좀 하고 나면 너무 피곤하다는 생각이 들곤 했다. 새벽까지 공부를 하고 나면 다음 날 하루 종일 졸린 것도 아닌데 그냥 머릿속이 멍한 게 컨디션이 좋지 않았다. 하는 수 없이 2학기 접어들면서 잠자는 시간을 좀 늘려 12시가 넘으면 꼬박꼬박 잠자리에 들었다.

11월이 가까워 오면서는 증세가 훨씬 심해졌다. 30분 집중해서 책을 보고 있으면 언제부턴가 깜빡깜빡 정신이 나가버리는 듯한 기분이었다. 순간적으로 존 것도 아니고 그렇다고 특별히 딴생각을 하는 것도 아닌데 잠깐씩 기절했다가 깨어났다가 하는 것을 반복했다.

딱 꼬집어서 아픈 데가 있는 것도 아니고 설사 이상이 있다 하더라도 대책을 세울 여지가 없는 상황이었다. 그저 이번이 마지막이다, 최선을 다해야 한다는 일념으로 자꾸만 달아나려는 정신을 붙들어 맸다. 이미 모든 과목의 교과서 책장이 너덜너덜해질 만큼 수없이 보고 또 본 내용이기 때문에, 이제는 지겹기도 하고 흥미도 없는 데다 조금만 방심하면 정신이 달아나버리니, 여간해서는 견디기 힘든 시간이었다.

'결전'의 날이 다가왔다. 목표는 여전히 190점이었다. 비록 모의고사 때는 한 번도 넘어보지 못한 고지였지만, 당일 컨디션이나 문제 난이도에 따라 불가능한 성적은 아니라고 생각했다. 그러나 웬걸, 1교시 언어능력 시험지를 받아 든 순간, 나는 그런 내 계획이 산산이 깨지는 소리를 들었다.

원래 국어에는 좀 자신이 있는 편이었다. 1995년에 공부를 시작하고 제일 처음 한 게 내가 못 본 94년도 수능 시험문제를 풀어보는 것이었는데, 1년 동안 공부를 전혀 하지 않은 상태에서도 국어만은 60점 만점에 59점이 나왔다. 사실 언어능력을 측정한다는 게 말이 시험이지, 어떻게 보면 글만 읽을 줄 알면 풀 수 있는 문제라고 해도 과언이 아니다. 물론 문법적인 내용이나 글의 전개 방식 같은 기본적인 내용은 교과서 공부를 통해 알고 있어야 하지만 말이다.

그러나 정작 1교시 시험을 끝내고 나왔을 때 최악의 경우 10개는 틀렸을 것 같다는 생각이 들었다. 만약 그렇다면 이 한 과목에서 이미 190점을 받는 데 필요한 점수를 다 까먹은 셈이었다. 이어서 2교시. 수학 시간이었다. 수학도 만만치 않았다.

5년의 입시 준비 기간에 내가 가장 많은 시간을 쏟아부은 과목이 수학이었다. 내가 지금까지 풀었던 문제집만 해도 모두 쌓으면 내 키 정도는 될 것이다. 특히 이 수능 시험을 앞둔 두 달 사이에 시험과 똑같은 형식으로 된 모의고사 문제집을 3권, 문항 수로 치면 줄잡아 1,000개의 문제를 풀고 시험장에 들어갔다.

　그러나 정작 수학 시험지를 받아보니 짧은 시간에 정확하게 풀고 답까지 검증하기에는 어려운 문제가 몇 있었다. 그래서 비록 시간 내에 풀기는 다 풀었지만 과연 내가 풀어낸 답이 정답인지 확신할 수 없는 지경이었다. 당연히 불안했다. 이 과목 역시 까딱하면 10점까지 실점할지도 모른다는 생각이 들었다

　점심을 먹고 운동장 벤치에 앉아 담배를 한 대 피우는데 실로 참담한 심정이 되었다. 그토록 오랜 시간 이 하나만을 위해 모든 것을 바쳐왔건만 결국 이렇듯 허무하게 모든 것이 수포로 돌아가고 마는가. 그저 망연자실할 뿐이었다. 그 망연자실이 아예 정도를 지나쳤던지 "그래, 우야겠노, 최선을 다해도 안 되는데…" 하는 달관의 심정으로 접어들기까지 하는 것이었다. 그나마 남은 시간 끝까지 있는 힘을 다해야 훗날 후회가 남지 않을 것 같았다. 마음을 차분하게 가라앉히고 3교시 시험에 들어갔다.

　3교시는 '수리탐구Ⅱ'라 하여 국사, 사회, 지리, 과학 등의 과목을 보는 시간이었다. 이 시간은 1, 2교시와는 달리 출제 경향이고 뭐고를 따지기 전에 시험 자체가 워낙 어려웠다. 그동안 혼자 실험까지 해가면서 과학 공부를 열심히 했는데도 막상 시험지를 받아보니 도저히 감이 잡히지 않아 아예 그냥 찍은 문제도 있을 정도였다.

실제로 채점 결과 실점의 50%가 이 3교시 시험에서 틀린 것들이었다. 마음은 갈수록 가라앉았다.

영어는 이전의 수능 시험과 마찬가지로 쉬운 편이었다. 들려주는 영어 문장을 잠깐 놓쳐버려 듣기 문제 하나를 틀렸다. 또 한 문제를 더 틀렸는데 그 과정이 재밌다. 그냥 다른 문제들처럼 평범하게 넘어갔으면 아무 일도 없었을 간단한 문법 문제였는데 꺼림칙한 기분이 들어 일단 제쳐놓고 나머지 문제를 풀어갔다. 5분가량 여유가 있었다.

마지막 순간까지 최선을 다해야 한다는 생각에 뻔한 문제를 보고 또 봤다. 밑줄 친 네 개 중에서 틀린 것을 찾는 문제였는데 틀린 건 분명히 B였다. 혹시 내가 뭔가 잘못 생각한 게 아닐까, 함정이 숨어 있는 것은 아닐까…. 아무리 봐도 그런 건 없었다.

시험 시간 끝을 알리는 벨 소리가 나기 30초 전까지 그 문제를 들여다보았다. 답은 틀림없는 B였다. 그래, B다. 시험지를 덮고 자신만만하게 답안지에 2번을 표시했다. 뒤이어 벨 소리가 울렸다. 자리에서 일어서다가 얼핏 보니 아, 이게 웬일인가. 그 문제의 보기는 이렇게 되어 있었다. ① 틀린 데 없음, ② A, ③ B…. 내가 정답이라고 생각한 B는 2번이 아니라 3번이었던 것이다. 답안지를 고칠 여유도 없었다. 허탈했다. 시험장을 나서는 내 심정은 그렇게 참담할 수가 없었다. 아, 그토록 발버둥 쳐왔건만 또 안 되는구나. 한마디로 절망, 그 자체였다.

우연히 시험장을 나오다가 사촌 형을 만났다. 형 사무실이 내가 다니던 학원 근처였는데, 마침 근처에서 일을 보고 사무실로 들어가는 참이라고 해서 그 차를 얻어 타고 학원으로 갔다. 학원에 가면 답안지가 있기 때문이었다. 가는 내내 먼 산을 바라보며 담배만 빡빡 피워대는 나를 보고 형도 대충 눈치를 챘는지 시험 잘 쳤냐고 물어보지도 않았다.

학원에 도착해보니, 완전히 초상집이었다. 먼저 와서 채점을 하던 아이들 가운데 몇몇 여학생은 아예 눈물까지 흘리고 있었고, 아직 채점이 끝나지 않은 아이들 사이에서도 연신 "야, 또 틀렸다, 또 틀렸다!" 하는 비명 소리가 울려 퍼지고 있었다.

차마 점수를 매겨보고 싶은 기분이 들지 않았다. 한참을 그냥 어슬렁거리며 다른 아이들을 기웃거리던 끝에, 하는 수 없이 문제지와 답안지를 나란히 펴놓고 채점을 하기 시작했다. 어찌나 초조한지 앉지도 못하고 그냥 서서 답을 매겼다. 평소 모의고사 채점을 할 때는 2, 3, 3, 4, 1 하는 식으로 답을 다섯 개씩 외워서 내가 쓴 답과 확인을 하곤 했는데 이번에는 그게 되지 않았다.

마치 못 볼 것을 훔쳐보기라도 하는 사람처럼 조심스럽게 답안지의 1번 칸을 확인한다. 1번에 2. 그리고는 살그머니 문제지로 시선을 옮겨 다섯 가지 보기 중에서 내가 무얼 썼는지 확인한다. 휴, 맞았구나. 그러다 보면 어느새 2번 문제에 내가 쓴 답이 눈에 들어온다. 이번에는 반대로 '3번이어야 되는데' 하면서 조심조심 답안지로 시선을 옮긴다.

이런 식으로 한 문제 한 문제 대질을 하다 보니 채점하는 데도 평소보다 시간이 몇 배는 더 걸렸다. 드디어 국어 채점이 끝났다. 54점이 나왔다. 기대치에는 터무니없이 못 미치는 성적이었지만, 시험을 치면서 느낀 낭패감에 비하면 천만다행이 아닐 수 없었다.

간신히 한숨 돌리고 2교시 시험지를 폈다. 앉지도 못하고 초조하게 몸을 좌우로 흔들어가면서 하나하나 맞춰보니, 뜻밖에도 한 문제밖에 틀리지 않았다. 다시 한번 확인해봤는데도 마찬가지였다. 조금씩 희망이 되살아나기 시작했다. 조금 전까지만 해도 이제 모든 게 끝장이라는 생각뿐이었는데, 사람 마음이 간사하긴 한 모양이다 이어서 3교시. 예상대로 과학 24문제 중에서만 다섯 개를 틀렸다. 영어도 생각대로 두 개 틀렸다.

이렇게 해서 채점이 끝나고 각 과목의 점수를 합해보니 181점이 나왔다. 기대에는 물론 평소 모의고사 성적에도 못 미치는 점수였지만, 그나마 그 정도라도 나와준 게 다행이었다. 선생님이 자기 성적을 적어 내라고 해서 만일의 사태에 대비해 180점을 적어 내고 나오는데, 학원 구내방송을 통해 국어 문제 하나가 답이 잘못되었다는 발표가 나왔다. 번개처럼 돌아가서 다시 문제지를 확인해 보니, 아닌 게 아니라 나도 틀린 문제였다. 다행이었다. 그렇다면 182점.

이제 수학 능력 시험은 끝났다. 비록 한 달도 채 남지 않았지만 마지막 있는 힘을 다해 본고사를 준비해야 할 시점이었다. 수능 시험이 끝나자 특차로 진학하는 아이들이 많았기 때문에 3,000명가량 되던 학원 수강생이 300명도 채 남지 않았다. 마치 결승전이 끝난 운동장처럼 썰렁한 분위기였다. 날씨는 춥고 게다가 몸은 더욱 더 지쳐서 참으로 힘든 나날이었다. 한 가지 위안이 있다면, 시험 과목이 줄어들었다는 점이었다. 본고사는 국·영·수와 제2외국어 과목밖에 보지 않았기 때문에 어쨌든 시험 과목이 적다는 것은 짧은 기간 동안일망정 마음을 편하게 해주었다.

그런 가운데 수능 시험 발표일이 다가왔다. 공식 발표를 하루 앞두고 텔레비전으로 전국 수석이 발표되었다. 187점 선이었던 것으로 기억한다.

사람들 말이 이때쯤이면 성적표가 출신 고등학교에 도착해 있을 거라고 해서, 후배 몇 명과 함께 학교로 뛰어갔다. 이미 몇 년 동안 입시철만 되면 들락거린 탓에 서무실에서 일하는 직원도 얼굴이 눈에 익었다. 그런데 나를 보더니 대뜸 성적표가 아직 안 나왔다는 것이었다. 하는 수 없이 그냥 돌아서는데 복도에서 교장 선생님과 마주쳤다. 교장 선생님은 나를 보더니 첫마디에 "니 또 왔나?" 하고 물으셨다.

날이 밝자마자 다시 학교로 뛰어갔다. 이번에는 진짜로 성적표가 수북이 쌓여 있었다. 직원이 이름이 뭐냐고 물었다.

"장승수인데요."

"아, 학생이 장승수야? 시험 잘 친 학생 하나 있던데, 이름이 비슷한 것 같군."

성적표를 받아 들자 점수는 183.7점으로 나와 있었다. 내가 채점한 점수보다 더 많이 나온 것이다. 과학 문제 하나가 2번을 썼는지 3번을 썼는지 확실히 기억나지 않아서 틀린 걸로 했는데, 운 좋게 그게 맞은 모양이었다. 하늘이라도 날 듯한 심정으로 학원에 와보니, 내 성적이 이미 소문 난 듯 모두들 축하를 해주었다.

이제 정말로 본고사를 준비해야 했다. 일단 고려대 법대와 서울대 법대, 두 군데에 원서를 넣었다. 학원 담임은 "승수 니는 고대는

칠 필요도 없다"고 하셨지만, 워낙 많이 떨어져본 나로서는 최악의 경우까지 생각해야 했다.

서울대 본고사는 이틀에 나눠서 쳤다. 가족들도 총동원되었다. 어머니는 약을 달여 일일이 콜라병에 넣어서 들고 올라오셨다. 그렇게 보약 먹고, 어머니가 차려주는 따뜻한 아침밥 먹고, 마침 동생 친구 중에 차 가진 아이가 있어서 걔를 불러 자가용 타고, 이렇게 내 딴에는 만반의 준비를 갖춰서 마치 과거 시험이라도 보러 가는 것처럼 시험장으로 출발했다.

드디어 1교시 문학 시험이 시작되었다. 문학 시험은 말 그대로 '평소 실력' 가지고 치는 수밖에 없다. 시중에는 교사나 학원 강사가 쓴 교재가 많이 나와 있지만, 어차피 그런 것들을 일일이 다 볼 수도 없고 해서, 줄기차게 소설책과 시집을 읽으며 감상문이나 써보고, 시편에 대해서는 특별히 《시를 어떻게 읽을 것인가》라는 책을 읽은 것이 문학 시험 공부의 전부였다.

문제 중에는 시가 한 편 나왔는데 나중에야 그게 정지용 시인의 〈비〉라는 작품임을 알게 되었다. 당시에는 누구 시인지, 제목이 뭔지 전혀 감을 잡을 수 없었다. '풀잎에 빗방울이 떨어진다', '바람이 불고 새가 난다' 하는 식의 두 연이 제시되었는데, 문제는 그 시가 묘사하는 광경을 서술하라는 것이었다.

시를 많이 읽어본 사람들은 읽는 순간 탁 감을 잡을 수 있지만, 윤동주나 김소월의 시 정도만 알고 있는 수험생으로서는 좀처럼 답을 쓰기가 쉽지 않은 문제였다. 그나마 나는 평소 소설과 함께 시도 틈틈이 읽어두었기 때문에 대략 '아, 비 오는 날 개울가에 빗방울 떨어지는 광경을 묘사하고 있구나' 하는 정도로 감을 잡고 나름대로 그림을 머릿속에 떠올려가며 답을 썼다. 다 쓰고 나니 내가 봐도 깔끔한 게 제법 점수가 괜찮을 것 같은 느낌이 들었다.

영어에서 비중이 가장 큰 문제는 시험지로 서너 면이나 되는 기다란 지문을 제시하고, 그것을 75~80단어로 요약(물론 영어로!)하라는 내용이었다. 그냥 영어로 작문을 하는 것도 쉽지 않은데 내용을 완전히 파악해 문법에 맞게 요약하는 건 상당히 어려운 문제였다. 그런데도 평소에 연습한 문장이 주마등처럼 머릿속에 떠오르면서 내가 생각해도 신통할 정도로 술술 글이 써지는 것이었다. 25점짜리였는데, 아마도 거의 만점에 가깝지 않았을까 싶었다. 가장 자신이 있었던 수학은 의외로 문제가 쉽다는 생각에 덤벙대서 그런지 정밀하게 생각하지 못해 흡족한 결과를 거두지는 못했다.

둘째 날엔 논술 시험을 보았다. 100자짜리 하나하고 800자짜리 하나, 모두 두 문제가 나왔다. 100자짜리 문제는 스포츠가 갈등을 해소하는 데 어떤 영향을 미치느냐 하는 비교적 간단한 문제였다. 그러나 두 번째 문제는 지문이 길 뿐만 아니라 평소에 좀처럼 접해보지 못한 내용을 담고 있었다.

'인간에게는 집단 구획 본능이라는 게 있는데, 이 본능에 의해서 사람은 타인을 자기편 아니면 적이라는 두 집단으로 구획하게 된다. 바로 이러한 본능적 정신 작용에 의해서 집단 간의 갈등이라는 것이 생겨난다.' 이러한 논지로 쓰인 긴 지문이 제시되었고 문제는 위 논지에 대해 자신의 견해를 논하라는 것이었다. 어느 한쪽을 정확하게 선택해 반박하거나 지지하는 글을 쓰되, 대안을 제시하지 않는 대신 그러한 갈등을 해결하기 어려운 이유를 반드시 쓰라는 요건이 붙어 있었다.

분량이 800자 내외여서 형식 갖추고 어쩌고 하다 보면 정작 내가 하고 싶은 말을 다 못할 것 같았다. 고민 끝에 형식은 아예 무시하고 서두부터 '나는 위 논지를 반박하겠다'며 공격적인 글을 써 내려갔다.

나는 갈등 상황을 많이 경험해보았다. 일을 하면서도 그랬지만 특히 고등학교 때 싸움하던 생각이 많이 났다. 그런 경험을 돌이켜 보면 갈등이 생기는 것은 개인 간 또는 집단 간의 이해관계가 충돌하기 때문이지 결코 본능 때문은 아닌 것 같았다. 일단 갈등 상황에 처하고 나면, 그것이 어떤 식으로 해소되건 간에 양측 모두 정신적, 물질적으로 상당한 피해를 입게 된다. 인간이라는 존재가 그러한 피해를 감수하면서까지 본능에 이끌릴 만큼 불합리한 존재는 아니라는 것이 내 생각이었다.

해결하기 어려운 이유에 대해서는 택시 운전을 하면서 겪은 경험을 예로 들었다. 당시 임금 문제로 노사분규가 있었는데, 평소에는 미련스러워 보일 만큼 일에만 집착하던 기사 아저씨들이 경영진을 상대로 당당하게 자기 요구를 내세우는 것을 보면서 매우 놀랐다.

마침 윤리 교과서에서 본 '군중 속의 익명성'이라는 표현이 떠올랐다. 일대일로 부딪칠 때는 아무런 힘을 발휘하지 못하던 개인이 군중을 형성하고 나면 그 속에서 익명성만 남기 때문에 평소에는 길 가다가 경찰관만 마주쳐도 괜히 움찔하던 사람조차 때로는 경찰서에 불을 지를 만큼 과격한 성향을 보이기까지 한다.

이런 식으로 집단 간의 갈등을 해결하기 어려운 이유를 설명한 다음, 결론도 없이 그냥 끝을 맺어버렸다. 굳이 결론을 쓰려면 대책을 제시해야 하는데 그건 아예 문제에서 하지 말라고 규정되어 있었기 때문이다.

입학 후 강의를 들으면서 요즘은 글을 쓸 때 단도직입적으로 결론부터 시작하는 추세가 일반적이며, 특히 분량이 짧은 글일수록 그렇게 하는 것이 바람직하다는 말을 들었다. 당시 서울대 법대 커트라인이 840점이었는데 내 점수가 900점을 넘은 걸 보면 논술에서도 괜찮은 점수를 받은 듯하다. 이렇게 본고사 네 과목을 모두 치르고 나니, 직감적으로 '붙었다'는 생각이 들었다.

"자네는 뭐 하다 이렇게 늦게 왔나?"
"일도 좀 하고…. 어떻게 하다 보니까 늦었습니다."
면접을 보던 교수님은 내 신상 카드를 뒤적거리더니 약간 놀라운 표정을 지었다.
"성적이 상당하군."
"열심히 하다 보니 운도 좋고 해서 그렇게 됐습니다."
"이 정도면 전국 석차가 몇 등이나 되나?"
"5등쯤 될 겁니다."
그렇게 면접까지 모두 마치고 꿈을 꾸듯 걷고 또 걷다 보니, 어느새 서울대 지하철역까지 내려와 있었다.

공사판에서 들은 수석 소식

"니 1년 동안 뭐 하다 왔노?"

"시험 좀 치고 왔습니다."

"시험? 니 같은 노가다가 시험 칠 게 뭐가 있노? 무슨 시험 쳤는데?"

"대학 한번 가볼까 싶어서요."

아저씨들이 일제히 웃음을 터뜨렸다.

"그래, 어느 대학에 시험 쳤노?"

"그냥 서울에 있는 학교 쳤습니다."

"그러마 서울대 시험 쳤겠네?"

"하기사 서울에 있는 대학이면 전부 서울대 아이가, 하하하!"

서울대 시험을 마치고 대구로 내려온 나는 오랜만에 친구들도 만나고 하면서 사나흘을 푹 쉬었다. 그러다 보니 '놀면 뭐 하나, 돈이나 벌어야지' 하는 생각이 들었다. 예전에 같이 일하던 아저씨들께 연락을 해보니, 마침 일거리가 있다고 해서 1년여 만에 다시 공사 현장으로 돌아온 것이다. 아저씨들은 반갑게 맞이해주었다.

내 말을 잘 믿지 않으려는 눈치였다. 생김새로 보나 하고 다니는 꼴로 보나, 영락없이 공사판 막노동꾼에 딱 어울리는 나 같은 녀석이 공부를 한다는 게 쉽게 상상이 가지 않았을 것이다. 그저 1년 동안 어디 다른 현장에서 일하다 왔겠거니 하고 생각했다. 어느 직업이나 마찬가지겠지만 막노동 역시 대우나 조건이 조금 좋은 데가 있으면 1년에도 몇 군데씩 옮겨 다니는 경우가 허다하기 때문이다.

고려대학교 합격자 발표가 먼저 났다. 점심시간쯤 서울에 있던 동생한테 전화를 걸어보니, 녀석은 대뜸 농담 삼아 이렇게 말했다.

"히야, 그냥 붙으면 우짜노?"

장학금은 받고 붙어야지 '그냥' 붙으면 어떡하느냐는 얘기였다. 아저씨들에게 얘기했더니, 그제야 농담이 아니라는 걸 알고는 깜짝 놀랐다.

"그라믄 인자 승수 니가 고대생이 되는 기가?"

"그건 아직 잘 모릅니더."

"왜, 합격 했다믄서?"

"한 군데 더 시험 친 데가 있거든요."

"어데? 니 진짜 서울대도 쳤나?"

"예."

하루 이틀 서울대 발표일이 다가왔다. 합격할 자신은 있었지만, 정작 발표일이 다가오자 또다시 초조해지기 시작했다. 만약 떨어지면… 고려대학교에 그 비싼 학비를 내면서 과연 다닐 수 있을까? 그렇다고 또다시 1년을 수험생 노릇을 할 수는 없는데… 진짜로 떨어지면 다 때려치우고 평생 노가다하면서 살아야 되나….

이윽고 발표일이 되었다. 초조함과 불안감은 극에 달했다. 어머니는 벌써 기도를 하러 새벽같이 산으로 올라가셨고, 나는 고민에 빠졌다. 일을 나가야 되나 말아야 되나. 오전 11시나 돼야 합격 여부를 알 수 있을 텐데, 그때까지 이렇게 빈둥거리고 있다가는 속이 새카맣게 타버릴 것만 같았다. 그래, 나가자. 나가서 잊어버리고 일이나 하자.

역시 생각대로 막상 현장에 나가서 연장을 집어 들자 그럭저럭 일에만 몰두할 수 있었다. 마침 나무토막 자를 게 있어서 한 시간 남짓 열심히 기계톱을 돌리고 있는데, 현장에 나와 있던 건설 회사 직원 한 사람이 내 이름을 불렀다.

"장승수 씨, 빨리 현장 사무실로 가보세요."

무심히 사무실을 향해 걸어가는데 이번에는 등 뒤에서 나를 부르는 소리가 들렸다.

"승수야!"

뒤를 돌아보았다. 우리 아저씨들 중에서 유일하게 호출기를 가지고 있던 김 씨 아저씨가 헐레벌떡 나를 향해 뛰어오고 있었다.

"승수야, 니 서울대 수석 합격했단다!"

글쎄, 이런 순간에도 그저 덤덤하게 한번 씩 웃어버리고 말면 얼마나 멋있어 보였을까. 하지만 나는 역시 그런 위인은 못 되는 모양이다. 진짜 좋아서 죽을 것만 같았다. 그 순간 내 정신이 아니었다.

미친 사람처럼 아저씨들을 껴안고 길길이 뛰다가, 문득 어머니 생각이 났다. 이런 날 버스를 두 번씩 갈아타고 집까지 갈 수는 없지 않은가. 아저씨한테 만 원짜리 한 장을 얻어서는 현장을 뛰쳐나왔다. 택시가 우리 집 근처에 다다르자 평소와는 달리 좁은 골목길에 차들이 북적대는 것이 보였다. 순간적으로 엉뚱하게도 우리 집 근처에서 무슨 사고가 났나 하는 생각이 들었다.

우리 집 앞에 서 있던 차들은 모두 방송국과 신문사 취재 차량이었다. 그제야 '사고'의 주인공이 바로 나라는 사실을 깨달았다. 대문을 들어서니, 집 안은 이미 북새통이 되어 있었다. 어머니를 에워싸고 있던 기자들이 일시에 "장승수 씨 맞지요?" 하면서 나를 향해 덤벼들었다.

다음 날, 전국의 모든 신문과 방송이 내 얘기를 다루었다.

"막노동 4수생, 서울대 수석 합격!"

"가난도 시련도 뛰어넘은 인간 승리의 산 표본!"

"막노동판에서 일군 영광!"

2

한계는 나의 스파링 파트너

나는 일을 잘하고 싶어
일을 열심히 하니
막노동판 최고의 '일꾼'이 되었고
공부를 잘하고 싶어
공부를 열심히 하니
서울대에 수석으로 합격했다.
'사람의 정신과 육체는
쓰면 쓸수록 강해진다.'
이것은 지난 몇 년간 일을 하고
공부를 하면서 내가 몸으로
터득한 확신이다.

나는 왜 서울대에 목매달았나

지난 3월 서울대가 서울대특별법 제정을 시도하면서 사회적으로 논란이 일자, 어느 시사 주간지는 '서울대 신드롬'에 대해 집중적으로 다루었다. 서울대 합격을 곧 성공이라 여기는 국민 정서를 지적하는 기사였다. 고난과 역경을 헤쳐 '서울대 합격'이라는 결실을 이루는 신파 드라마가 연초마다 신문 사회면을 장식하고 있다며, 막노동꾼인 내가 4전5기 끝에 서울대에 수석으로 합격함으로써 일으킨 '사회적 물의' 역시 우리 사회에 널리 퍼진 중증 서울대병의 징후 중 하나라는 것이었다.

"왜 그렇게 기를 쓰고 서울대에 들어가려 했나?"

합격한 이후 사람들에게 많이 받은 질문도 바로 이것이었다. 나 정도 성적이면 서울대가 아니더라도 4년 동안 학비 걱정하지 않고 다닐 수 있는 대학에 진작 들어갈 수 있지 않았느냐, 게다가 1994년까지만 해도 내신 성적 때문에 서울대 합격 자체가 불투명한 마당에 그토록 어렵던 집안까지 몰라라 하고 5년 동안이나 그 고생을 할 필요가 있었느냐는 이야기다. 정말 나는 일류병에 걸린 서울대 중독자였나?

물론 내가 처음부터 서울대를 목표로 공부를 시작한 것은 아니었다. 입시 공부를 처음 시작했을 때 모의고사에서 '하위권 4년제 대학'에 갈 수 있는 성적을 받고서도 그렇게 기뻐했던 나였다. 같은 해 여름쯤엔 중위권 대학에 갈 성적이 나왔을 때도 굳이 좋은 대학 안 가도 이렇게 재미있는 공부만 하면서 계속 살 수 있으면 좋겠다고 생각했다. 그러다가 공부를 계속할수록 꾸준히 성적이 올라 1년 만에 연고대를 바라볼 수 있게 되었다. 내신만 아니었다면 첫해에 내가 지원했던 고려대 정치외교학과는 무난히 합격할 수 있었을 것이다.

그 과정을 거치면서 나는 공부가 재미있는 일이기도 하지만 또 내가 이제껏 해본 일 중에서 가장 잘할 수 있는 일이라는 생각을 했다. 1년을 더 공부하니 당연히 결과도 더 좋아야 한다고 생각했다. 낙방을 거듭하고 입시 공부가 3년째, 4년째로 접어들면서는 서서히 오기 같은 것이 발동했다.

'땀 흘려 일하면 삼대가 빌어먹는다'는 막노동판에서 일당 한 푼 더 받는 것도 아니면서 근육에 이상이 생길 정도로 미친놈처럼 일했던 것과 마찬가지로, 대학에 가겠다고 마음먹고 몇 년 고생한 터에 이왕이면 끝까지 해내고 싶은 욕심이 생기는 것은 어쩌면 당연한 일이 아니겠는가.

'되든 안 되든 일단 부딪쳐보고, 한번 매달리면 끝까지 물고 늘어진다.'

이런 '싸움 근성'은 고등학교 2학년 이후 나를 지탱해온 중요한 삶의 방식이었다. 그러므로 이것은 나의 세 번째 싸움이었던 것이다.

첫 번째는 말 그대로 주먹질이 오가는 몸싸움, 두 번째는 막노동판에서 살아남기 위한 육체와의 싸움, 그리고 세 번째가 대학에 들어가기 위한 공부와의 싸움. 스무 살이 넘어서야 내가 가장 해보고 싶은 것을 찾았고 스물네댓이 되도록 그것에 매달리고 있는데 결국 여기에서마저 좌절하고 만다면 나 자신을 감당하기 어려울 것만 같았다. 그것은 단순한 입시가 아니었고 내 삶을 살아가는 데 필요한 내 존재에 대한 최소한의 믿음이었던 것이다.

그리고 마지막으로, 나로 하여금 그토록 서울대학교에 집착하도록 만든 것은 역설적이게도 내가 처해 있던 조건이 서울대 학생이 되기에는 적합하지 않았다는 데 있다.

고등학교 성적도 별로 좋지 않았다. 머리도 그다지 뛰어나지 않았다. 아마 나 같은 고등학교 성적으로 서울대에 들어온 사람은 나밖에 없었을 것이다. 상식적으로 볼 때 나는 '서울대생감'이 아니었던 것이다. 내 뜻과 상관없이 내 한계를 규정짓는 이런 조건들이 싫었다. 이건 막노동을 할 때도 마찬가지였다. 주어진 신체 조건 때문에 일 못하는 놈이라는 소리를 듣는 게 싫었다.

나는 서울대를 '출세'나 '성공'의 지름길로 생각하고 매달리지 않았다. 나 자신에 대한 믿음을 회복하고 나에게 주어진 규정을 뛰어넘기 위한 극단적인 싸움의 한 방식이었을 뿐이다. 아직 무엇을 하고 살지 확실한 진로도 결정하지 않은 마당에, 무엇에 성공했단 말인가.

서울대생은 누구라도 될 수 있다

수석 합격 발표가 나던 그날부터 이 글을 쓰고 있는 지금에 이르기까지, 나에게는 많은 변화가 일어났다. 아니, 변한 것은 내가 아니라 나를 둘러싼 주변이라고 해야 옳다. 그때나 지금이나 나는 변함없이 못생기고 조그맣고 할 줄 아는 거라고는 막노동판의 삽질과 공부밖에 없는, 지극히 평범한 젊은이에 지나지 않기 때문이다.

그런 내 얼굴과 살아온 이야기가 대한민국 거의 모든 신문과 잡지를 장식했다. 텔레비전에 내 얼굴과 목소리가 나오는가 하면, 급기야 팔자에 없는 CF 모델까지 해달라는 얘기를 들었다. 어디 그뿐인가, 평소에는 감히 먼발치에서 얼굴 한번 뵙는 것만으로도 일생일대의 영광으로 남았을 유명 인사들과 높은 분들을 만나서 듣도 보도 못한 음식을 대접받기도 했다.

그 모든 '사건' 중에서도 가장 기억에 남는 것은 〈스타가 되기까지〉라는 제목의 텔레비전 프로그램에 출연한 일이다. 그 프로그램에 출연해달라는 제의가 왔을 때만 해도 나는 이런저런 행사에 지칠 만큼 지쳐 있었기 때문에 더 이상 어디든 불려 가고픈 마음이 없었다.

그러나 방송국 구경이나 한번 해보겠다는 생각으로 PD의 요청에 따라 방송국으로 갔다가, 나와 함께 출연할 연예인이 인기 절정의 여자 탤런트라는 말에 그만 혹해서는 앞뒤 생각 없이 출연을 승낙하고 말았다. 그러나 나의 행운은 거기서 그치고 말았다. 정작 촬영이 시작되고 나니 파트너가 탤런트 주현 씨로 바뀌었다는 것이 아닌가. 주현 씨에게는 대단히 미안한 말씀이지만, 그때 나는 엄청나게 실망했다.

아무튼 이런 속사정과는 무관하게 촬영은 순조롭게 진행되었다. 촬영 팀이 대구까지 내려와 나의 '직업 변천사'를 압축해서 찍어 가기도 했고, 주현 씨하고 허름한 선술집에서 소주를 한잔씩 하며 두런두런 이야기 나누는 장면도 찍었다. 처음에는 분위기가 다소 어색했지만, 진짜 소주가 한 잔 두 잔 들어가자 이웃집 아저씨 같은 주현 씨 특유의 분위기에 이끌려 자연스럽게 많은 이야기를 나눌 수 있었다.

그때 주현 씨가 한 얘기 중에서 유난히 기억에 남는 게 하나 있다. '길 다닐 때 돌 맞지 않도록 조심하라'는 말이다. 어떻게 했길래 공부를 그렇게 잘하느냐는 물음에 열심히만 하면 누구든 잘할 수 있다고 했다가 들은 얘기다.

"세상에 열심히 공부하는 애들이 얼마나 많냐? 그럼 걔들이 다 서울대 들어가야 되는데 어디 걔들이 다 그러냐? 너 그런 말 하다 열심히 공부하는 애들한테 길 가다 돌 맞아!"

그러나 나는 아직까지 돌에 맞지 않고 있다. 내 말이 사실이기 때문이다.

내가 이처럼 누구라도 서울대에 입학할 수 있다고 장담하는 것은 대학교 입학시험의 출제 대상 영역과 그것으로 측정하고자 하는 사고력이라는 것이 배움의 단계에서는 기본적인 수준이라고 할 수 있는 고교 과정에 불과하기 때문이다. 즉 그것을 공부하는 데 유별난 지적 능력이 필요한 것이 아니라는 말이다. 공부를 하는 학생들은 수학이 어렵니 과학이 어렵니 하지만 실상 어려운 것이 전혀 없다.

어렵다고 생각되는 것은 기초적인 것부터 시간적 여유를 갖고 차근차근 생각해보지 않고 무작정 복잡한 것부터 급하게 알려고 하기 때문이다. 고등학교 과정 중 너무 어려워서 도저히 무슨 말인지 모르겠다고 할 만한 것은 절대 없다.

그다음은 노력이다. 성적을 잘 받기 위해서는 당연히 열심히 공부해야 한다. 앞 장에서 언급한 나의 성적 향상 과정은 자칫 내가 공부하는 데 남다른 능력을 타고난 것처럼 보이게 할 소지가 있다. 아무것도 모르던 녀석이 한 달 공부하니까 200점을 맞았다고 하고 또 몇 달 더 공부하고 나니 250점을 맞았다고 하고 또 좀 있으니 280점을 맞았다고 하니까 말이다. 그러나 이것은 틀림없는 사실이다.

내가 어떻게 해서 그토록 열심히 공부할 수 있었는지 이야기해보자. 내가 학원을 들어간 첫해에 죽어라고 공부만 할 수 있었던 것은 공부 말고는 달리 하고 싶은 것이 없었기 때문이다.

많은 사람들은 공부가 지겨운 것, 하기 싫은 것이라고 생각한다. 그러한 판단의 속을 조금만 들여다보면, 정작 공부가 하기 싫은 것이 아니고 공부 말고 다른 것이 하고 싶다는 생각이 엉뚱하게 공부가 하기 싫다는 말로 잘못 표현되는 것임을 알 수 있다. 그러나 그

표현이야 어찌 됐건 공부보다 더 하고 싶은 일이 있다면 공부를 열심히 하지 못하게 되는 것은 당연한 이치다.

내가 학교에 다니면서 열심히 공부하지 않은 것도 이와 같은 맥락에서 설명할 수 있다. 그때는 공부라는 것을 별로 하고 싶다는 생각이 들지 않았다. 그보다는 친구들과 어울려 놀러 다니는 것이 더 하고 싶었다. 그래서 나는 그 논다는 것에 신물이 날 정도로 놀아봤고, 그러고 나니까 내 속에 억눌려 있던 놀고 싶다는 욕구가 해소됨과 동시에 내 마음의 욕구 체계가 비로소 정상 상태로 되돌아왔던 것이다.

즉 공부라는 것이 무작정 하기 싫다는 생각이 드는 것이 아니라 한번 해볼 수도 있다는 생각이 들었다. 요컨대 나는 공부라는 걸 진짜 내가 하고 싶어서 했다. 자신이 하고 싶어서 하는 일이라면 누군들 열심히 하지 않겠는가.

또 공부를 하다 보니 공부가 세상의 어떤 놀이보다도 재미있는 것임을 알게 되었다. 공부는 정말로 재미있었다. 고등학교 교과서를 진지하게 보기 시작했을 때 나를 놀라게 한 건 그 속에 내가 몰랐던 것이 너무 많다는 것이었다. 내가 이런 것들도 모르고 세상을 살았구나 싶은 생각이 충격적으로 다가왔고 많이 알아야겠다는 생각이 들기 시작했다. 그때부터는 고등학교 교과서를 공부한다는 것이 대학에 들어가기 위한 수단에 그치는 것이 아니라 그 자체가 목적이 될 수 있었다.

몰랐던 것을 알게 된다는 것은 분명히 즐거운 일이다. 공부하는 것에서 신명에 가까운 즐거움과 쾌감을 느끼는 단계에 이르면 머리도 그때만큼은 보통 이상의 능력을 갖게 된다. 처음 공부를 할 때 나는 이런 경험을 자주 하곤 했다. 가령 국사책이나 사회책 같은 것을 정리도 하지 않고 또 밑줄도 한번 긋지 않고 줄줄 읽어두기만 해도 하루쯤 지나면 저절로 머릿속에서 정리되어 암기가 되어 있곤 했다. 물론 몇 년 동안 같은 공부를 반복하면서 그러한 앎의 즐거움은 퇴색되어갔지만 초기에 느낀 그 강렬한 즐거움의 기억은 공부에서 멀어지려는 내 마음을 다잡아주기에 충분했다.

그리고 또 하나. 공부에는 왕도가 있는 법이므로 그 왕도를 찾아가야 한다. 그것은 일종의 요령이라 할 수도 있고 굳이 이름을 붙이자면 공부 방법이라고도 할 수 있다. 어떻게 그 왕도를 찾아갈 것인가.

누구도 공부를 잘하는 방법을 알고 시작하는 사람은 없다. 초등학교 때부터 줄곧 1등만 한 학생이라고 해도 그 역시 처음부터 1등하는 공부 방법을 알고 있었던 것은 아니다. 공부 방법이라는 것은 공부를 해나가면서 차츰차츰 혼자 터득해가는 것이다. 그러기 위해서는 늘 자신이 공부해온 방식을 되돌아보고, 문제점을 찾아내고, 나아가 더 좋은 공부 방법을 찾아보려고 하는 마음가짐이 필요하다.

공부를 하면서 가장 어려웠던 과목은 수학이었다. 처음에 수학 공부를 할 때는 공식 정도만 알고 있으면 그다음부터는 많은 문제를 풀어 문제를 보고 생각해내는 능력을 키우는 것이 수학 공부를 잘하는 방법일 거라고 생각했다. 그래서 무작정 문제집만 많이 풀었다. 그러나 그렇게 많은 문제를 풀어도 수학 실력은 늘지 않았고 여전히 수학은 자신 없는 과목에 속해 있었다. 어떻게 수학을 공부해야 할까 궁리한 끝에 기초를 다지기로 했다. 그래서 정석 수학을 보기 시작했다. 그러나 정석 수학만으로는 기초가 잘 닦이지 않는다는 생각이 들었고 그때부터는 수학 교과서를 보았다. 지금까지 경험에 따르면 수학 교과서를 보는 방법이 가장 좋은 수학 공부법이라고 생각되지만 이후 만일 수학 공부를 더 하게 된다면 이보다 더 좋은 공부 방법을 찾을 수 있을지도 모른다.

이러한 시행착오 학습에서 중요한 것은 자신의 공부 방법에 개방적 태도를 가져야 한다는 것이다. 즉 자신이 하는 방법이 좋지 않은 방법일 수 있으며 다른 사람들이 말하는 새로운 방법이 더 좋을 수 있다는 생각을 가져야 한다. 그래서 언제든지 필요하다고 생각될 때면 새로운 방식, 남의 방식을 받아들일 수 있어야 한다. 내가 문제만 풀던 수학 공부 방식에서 기초를 다지는 쪽으로 공부 방법을 바꾸게 된 것도 나보다 수학을 잘하는 같은 반의 한 아이가 "형, 어차피 시험문제라는 것이 다 응용문젠데 문제만 많이 푸는 것보다는 차라리 기초를 확실히 하는 편이 낫지 않을까요?"라고 충고해 준 것이 결정적 동기가 되었다. 나는 나보다 더 공부를 잘하는 학생을 보면 그가 어떻게 생활을 하고 또 공부를 하는지 보고 배우려고 애썼다.

24시간 공부에 매달리는데도 성적이 잘 안 오르는 사람이 있다. 대개는 자신의 공부 방법에만 집착해 아무런 반성이나 점검 없이 고집스럽게 밀고 나가는 형이다. 수능 시험의 사회과학 탐구 영역 같은 것은 문제집을 푸는 것보다는 교과서를 읽는 것이 훨씬 더 유익한 공부 방법이다. 내가 그렇게 하는 것을 실제로 보여주고 은근히 그렇게 한번 해보라고 충고를 해도 내 말에는 도무지 관심을 갖지 않으려 하는 학생들이 있었다. 나로서는 안타깝다는 생각밖에 들지 않았다.

흔히 어떤 일은 불가능한 일이라고 말한다. 그러나 실상 해보면 불가능한 일은 드물다. 서울대 학생이 이 세상에 어디 한두 명인가. 그 사람들이 해낸 일을 누구는 할 수 있고 누구는 할 수 없다는 것이 말이 되는가. 누구나 열심히 공부하기만 하면 서울대가 아니라 그보다 더한 공부도 할 수 있다.

'포비' 선생님의 매

고등학교 2학년 시절은 내게 여러 가지로 잊을 수 없는 해지만, 그때 담임선생님이었던 김동준 선생님과의 만남 또한 평생 잊지 못할 기억으로 남아 있다. 곧게 뻗은 머리칼이 안경 위까지 살짝 내려와, 당시 유행하던 만화영화 〈코난〉에 나오던 '포비'를 닮았다고 해서 우리는 '포비'라는 별명을 지어드렸다. 젊었지만 말수 적고 엄격하신 분이었다.

학기 초에 가정방문이 시작되었다. 나는 선생님을 처음 뵈었을 때부터 멋진 분이라고 생각했기 때문에 선생님과 단둘이 만날 수 있다는 사실에 무척 설렜다. 동네 입구에서 선생님을 만나 집으로 모시고 갔다. 어머니가 전기 재봉틀을 들여놓고 버선을 박던 때다. 선생님은 우리 집의 궁색한 살림살이를 보고는 자못 놀라셨다. 평소 쾌활하게 생활하는 내가 이토록 가난한 집에서 살고 있을 줄은 생각지 못하셨던 모양이다. 이후 선생님은 나에게 특별히 신경을 써주셨다.

1학년 때까지만 해도 그럭저럭 나오던 성적이 2학년 들어서는 바닥을 기기 시작했다. 급기야 5월 말 중간고사에서 독일어 시험에서는 빵점을 맞기도 했다. 그런 점수는 학교를 통틀어 나 하나였다.

100점 맞기도 어렵지만 빵점 맞기가 더 어려운 게 시험이다. 차라리 한 번호만 줄기차게 썼으면 빵점은 면했을 텐데, 그날따라 답이 다 싫은 것을 골라 적고 나왔고, 그게 모두 정답을 피해 간 것이다.

독일어 선생님은 어이가 없었던지 담임선생님께 내가 빵점 맞은 사실을 알렸다. 선생님은 나를 불러 이게 어찌 된 일이냐고 착오가 있는 건 아니냐고 물으셨다. 차마 드릴 말씀이 없었다. 이때부터 선생님은 내가 공부를 전혀 하지 않는다는 걸 눈치채셨다. 그러면서도 내 가정 형편이 어려워 포기한 줄 알고는 안타까워할 뿐 질책은 하지 않으셨다.

당시 나는 공부는 하지 않고 싸움질만 하고 다녔어도 학급 일에는 열성적이었다. 청소도 잘했다. 특히 주번일 때는 쉬는 시간에도 교실과 복도를 쓸 정도였다. 환경 미화 일에도 적극 참여했고 소풍이나 체육대회 때도 분위기를 이끌었다. 공부 못하는 것 빼고는 선생님 마음에 꼭 드는 학생이 되고 싶었던 것이다.

2학기 시험 시간에 뒤에 앉은 애와 커닝을 하다가 감독 선생님한테 들켰다. 그 자리에서 몹시 야단을 맞았고 교무실에 끌려가서 두 손을 들고 서 있으면서 오가는 선생님께 계속 야단과 매를 맞았다. 담임선생님도 이번만은 무척 화가 나셨다. 종례 시간에 둘이 교단에 불려 나갔다.

"대!"

칠판에 손을 얹고 매 맞을 준비를 하라는 뜻이었다. 내가 먼저 맞았다. 선생님은 벌겋게 상기된 얼굴로 굵은 몽둥이를 있는 힘껏 내리치셨다. 열 대가 넘어가고 스무 대가 넘어갔다. 스물두 대가 되자 도저히 더 이상은 맞아낼 수 없어서 쓰러지듯 주저앉았다. 남은 친구 차례였다. 매는 먼저 맞는 게 훨씬 낫다. 친구는 열 대를 맞고 울음을 터뜨렸다. 기어이 그 녀석도 스무 대가 넘게 맞았다. 우리는 절룩거리며 자리로 돌아갔다.

"너희 둘이 청소하고 교실에 남아 있어."

선생님은 교실 밖으로 나갔고 지켜보던 아이들은 공포에 넋이 나가 있었다. 청소를 끝내고 선생님이 오시기를 기다렸다. 우리 앞에 다가온 선생님은 일어나서 바지를 내려보라고 하셨다. 둘 다 엉덩이부터 종아리까지 피멍이 검푸르게 들어 있었다. 그걸 보고는 속이 상했는지 아무 말도 하지 않으셨다. 그때 선생님의 눈가에 순간적으로 몰려왔다 사라진 물기를 지금도 잊을 수 없다. 그날부터 우리는 일주일 동안 제대로 걷지도 앉지도 못했다.

내가 선생님을 좋아한 이유 중 하나는 나를 전적으로 믿고 내가 원하는 대로 해주셨다는 점이다. 그 시절 지각도 자주 했는데, 그럴 때마다 다른 친구들은 사고가 나서 차가 막혔다, 또는 버스가 오다가 펑크 났다는 핑계를 대곤 했다. 나의 경우 선생님은 이 말을 한 번도 의심하지 않으셨다. 오후 자습이 하기 싫어서 도망 갈 핑계를 대도 다 믿어주셨다. 말만 하면 다 믿고 들어주시니 나중에는 아예 거짓말을 못 하게 되어버렸다.

고2 겨울방학 때 학교를 자퇴할 마음을 먹고 선생님 댁으로 찾아갔다. 공부에는 관심도 없고 집안 형편도 어려운 데다 마침 동생은 공부를 잘하니 밖에 나가 돈이나 벌어 건강도 안 좋은 어머니 편안히 모시고 동생 뒷바라지나 해야겠다, 대충 이런 내용으로 말씀을 올렸다. 내 얘기를 듣고 나서 선생님은 이렇게 말씀하셨다.

"말릴 생각은 없다, 승수야. 하지만 지금은 방학 중이라서 학적 변동이 곤란하니까 방학 끝날 때까지만 기다려보자. 그때도 같은 생각이거든 그때 자퇴해라."

결국 나는 방학이 끝난 뒤 3학년으로 올라갔다. 학교를 졸업하고 나서 입시 공부를 다시 할 때, 선생님은 나의 내신이 엉망이어서 쉽사리 대학에 들어가지 못하는 걸 보고는, 또 돈이 없어서 공부를 계속하지 못하고 중간에 일하러 나간다는 걸 알고는 몹시 안타까워하셨다.

이번에 합격했을 때, 가족들과 차를 타고 가다 그 소식을 라디오를 통해 듣고는 핸들에서 두 손을 놓고 만세를 부르며 좋아하시다가 하마터면 큰일 날 뻔했다는 얘기를 사모님한테 들었다.

"다른 애들은 1년 하는 입시 공부를 너는 몇 년씩이나 했으니까 수석을 한 거다."

선생님을 찾아갔을 때 내게 이렇게 말씀하시며, 겸손함을 잃지 말고 대학 들어가서도 열심히 공부할 것을 당부하셨다.

"되도록 자주 찾아뵙겠습니다."

"나 안 찾아와도 상관없으니 네 갈 길이나 제대로 가라."

서울에 올라오기 전 선생님과 마지막으로 나눈 대화였다. 철없던 망나니 시절부터 지금까지, 내게는 아버지와 같은 분이다, 선생님은.

아버지와 우등상

흔히 한때 금송아지 한 마리쯤 안 키운 집안이 어디 있느냐고 하지만, 적어도 내 기억으로 우리 집은 금송아지는커녕 끼니 걱정에서 자유로워본 적이 없다. 그렇다고 내 부모님이 무능하거나 게을렀던 것도 아니다. 내가 아는 한 부모님, 특히 어머니는 이 세상 그 누구보다도 억척스럽게 일을 하셨고, 비록 많이 배우지는 못했지만 남다른 총기와 손재주를 지닌 분이다. 그런데도 우리 집은 번번이 어쩔 수 없는 불의의 사태가 돌출하는 바람에 늘 출발점 혹은 그보다 한두 걸음 뒤쪽으로 후퇴하는 악순환을 되풀이했다.

아버지는 옛날 사람치고는 상당한 '센스'를 가진 분이었다. 당신이 열여섯인가 열일곱 살 때 6·25전쟁이 터졌다. 전쟁이 끝나자 고향인 왜관에 미군이 주둔했다. 아버지는 영어를 배워야겠다고 결심하고 일주일을 들어앉아서 영어 공부를 한 끝에 곧 왜관에서 미국 사람과 영어로 의사소통을 할 수 있는 몇 안 되는 인물이 되었다.

아버지는 미군들의 잔심부름을 해주거나 그들이 낯선 이국에 적응하는 데 따르는 어려움을 해결해주는 식으로 미군들과 친분을 맺었고, 그 결과 부대에서 나오는 건축용 원목을 공급받을 수 있었다. 전쟁 뒤끝이라 폐허가 된 집과 건물을 복구하기 위해서는 엄청난 양의 목재가 필요했지만, 온 산이 벌거숭이가 되어 땔감마저 돈을 주고 사야 할 만큼 나무가 귀한 시절이었다.

당연히 아버지의 목재는 금값과 맞먹을 정도의 가격으로 거래되었고, 덕분에 아버지는 상당한 재산을 모을 수 있었다. 어린 시절 할머니에게 들은 바에 의하면 그 무렵 우리 집에는 돈이 가득 든 커다란 자루가 가득 널려 있었다고 하니, 말하자면 그때가 우리 집의 금송아지 키우던 시절이었던 셈이다.

그러나 아버지의 부는 오래가지 못했다. 할아버지가 노름에 손을 대면서 그 많던 재산이 눈 깜짝할 사이에 바닥을 드러내고 말았다. 예나 지금이나 노름해서 패가망신한 사람은 많아도 그걸로 부자가 됐다는 사람은 한번도 본 적이 없다. 노름판이 블랙홀도 아닐진대, 그쪽으로 흘러 들어간 돈은 모두 어디로 사라져버리는 걸까?

당신의 실수로 아들이 애써 벌어놓은 재산을 송두리째 날려버린 할아버지는 화병으로 일찍 세상을 떠나셨고, 다시 빈털터리가 된 아버지는 깊은 좌절의 늪 속으로 빠져들었다. 당시 아버지의 재능을 아깝게 여긴 몇몇 미군 친구가 아버지에게 미국으로 건너가 공부를 해보는 게 어떻겠느냐고 권하기도 했다지만, 별안간 홀어머니와 일곱 남매의 가장이 되어버린 아버지로서는 선뜻 그럴 수도 없었던 모양이다.

그렇게 20대를 흘려보낸 아버지는 서른이 훨씬 넘어서 어머니와 결혼을 하셨다. 우리 가족이 이 세상에 최초로 보금자리를 마련한 그 집이 생각난다. 지금은 아버지가 논 가운데 직접 지으셨다는 그 집을 중심으로 반듯한 동리가 형성되어 있지만 내가 아주 어렸을 때만 해도 우리 집 주변에는 여름이면 개구리 우는 소리 가득하던 논과 집 뒤를 지나던 철길밖에 없었다. 호롱불이 켜지는 밤이면 〈기찻길 옆 오막살이〉라는 동요의 가사가 딱 제격인 집이었다.

아버지가 다시 한번 마음을 다잡고 열심히 생활한 것은 왜관 읍내의 구(舊)장터라는 곳에 이사를 나온 뒤부터였다. 대구에서 경부선을 따라 북쪽으로 20분 낙동강가의 조그만 읍 소재지 왜관이 나와 내 동생이 태어나 어린 시절을 보낸 곳이다. 장마철이면 흙 거품을 일으키며 넘실대던 강물이 제방을 넘어와 온 동네가 물에 잠기곤 하던 기억이 생생하다.

그 무렵 어머니는 조그만 구멍가게를 열었고, 아버지는 화물 운송업체에서 자전거로 짐 나르는 일을 하셨다. 아버지가 퇴근하고 돌아올 저녁 무렵이면 동생과 나는 문 앞에서 아버지를 기다리고 있다가 50원짜리 동전을 하나씩 얻어서는, 그걸 어머니에게 내밀고 과자를 사 먹곤 했다. 두 분이 그렇게 열심히 일한 대가로 내가 초등학교에 들어갈 무렵에는 우리 동네에서 제법 큰 집을 한 채 장만할 수 있었다. 어머니는 여전히 그 집에 딸린 가게에서 장사를 하셨고, 아버지는 한쪽 귀퉁이 창고에 연탄 가게를 차리셨다. 그때가 우리 네 식구에게는 가장 행복한 시절이었다.

그러나 그 행복은 채 1년을 넘기지 못했다. 도시계획인가 뭔가가 시작되면서 머지않아 우리 집이 헐리게 된다는 소문이 온 동네에 파다하게 퍼졌다. 살 때보다 훨씬 못한 조건으로 황급히 그 집을 팔아치우고, 남은 돈으로 조그만 구멍가게 하나를 전세로 얻어 또 이사를 했다. 몇 년간의 피땀 어린 노력은 간 데 없고 도로 출발점으로 돌아가고 만 것이다. 그래도 어머니는 좌절하지 않고 새벽마다 청과물 시장에 나가 복숭아나 사과 같은 과일과 채소 따위를 떼어다가 억척스럽게 장사에 매달렸지만, 아버지는 그러질 못하셨다.

날이 갈수록 사는 일엔 마음을 멀리하고 대신 술과 노름으로 소일하는 경우가 잦아졌다. 어떤 때는 잔뜩 술에 취해서 가게의 물건을 닥치는 대로 부수기도 했고, 또 어떤 때는 어머니가 간신히 모아둔 돈을 몰래 빼돌려 노름판을 전전하기도 하셨다.

아버지의 방황을 더 이상 바라만 보고 있을 수 없었던 어머니는 곳곳에 아버지의 절망과 원한이 깃든 왜관을 버리고, 대구로 이사 가기로 결심하셨다. 내가 초등학교 4학년 때 일이다.

얼마 되지 않은 재산을 모두 처분하고 외가에서 빚까지 내 우리 네 식구는 대구 대명동 시장통의 단칸방으로 이사를 갔다. 그리고 모든 것을 투자해 다시금 가게를 열었다. 이번에는 단순한 구멍가게가 아니라, 비록 규모는 작지만 인근 구멍가게를 대상으로 물건을 납품하는 일종의 도매상점을 차린 것이다.

환경이 변하자 아버지도 다시 한번 재기를 시도했다. 어머니가 가게를 찾는 손님을 상대로 장사를 하는 동안, 아버지는 그토록 즐기던 술도 끊은 채 부근 가게에서 주문한 물건을 자전거로 배달하는 일에 전념하셨다.

그러나 오랜만에 찾아든 아버지의 안정도, 이제 열심히 살기만 하면 될 것 같아 만족해하던 어머니의 소박한 기쁨도 야속하리만치 짧은 시간에 산산이 부서지고 말았다. 이번에는 대구에서도 손꼽히는 대규모 유통 기업이 우리 가게에서 엎어지면 코가 닿을 만

한 거리에 커다란 슈퍼마켓을 연 것이다. 당시만 해도 그렇게 규모가 큰 매장은 흔하지 않았다. 당장 나만 해도 가게 하면 으레 먼지가 뽀얗게 내려앉은 과자 부스러기나 몇 개 진열해놓은 코딱지만 한 구멍가게를 떠올리곤 했는데 없는 물건이 없이 산더미처럼 쌓아놓고 화려하게 꾸민 슈퍼마켓은 정말이지 환상적인 곳이었다.

가격이면 가격, 서비스면 서비스, 모든 면에서 상대가 되지 않는 부근의 구멍가게와 소형 도매상은 추풍낙엽처럼 나가떨어졌고, 우리 가게 역시 예외일 수는 없었다. 가게가 개점휴업 상태로 접어들자 아버지는 다시 술에 빠졌고, 어머니는 어머니대로 아버지와 부질없는 싸움을 계속해야 했다.

1981년 6월 30일, 초여름을 맞이해 무더위가 하루하루 기승을 더해가던 그날이 바로 나에게는 하늘이 무너진 날이 되어버렸다. 그날도 아버지는 술에 취해 여느 때처럼 당신의 허무와 절망을 애꿎은 어머니에게 쏟아내셨다. 눅눅한 습기와 두 분의 땀내로 가득 찬 좁다란 단칸방에서 쉴 새 없이 터져나오는 고함 소리를 들으며, 안채의 주인아주머니 손에 맡겨졌던 동생과 나는 아스라이 잠 속으로 빠져들었다.

얼마나 갔을까, 문득 잠결에 어머니의 울음소리가 한여름 밤의 정적을 비집고 들려왔다. 이 세상 온갖 슬픔과 좌절과 분노가 알알이 녹아든 듯한 어머니의 그 낮고 탁한 통곡 소리…. 병원 응급실로 실려 간 아버지는 꼭 걸어서 돌아오실 줄로만 믿고 있던 소망을 여지없이 무너뜨리며 그 밤이 다가도록 끝내 돌아오시지 않았다.

아버지는 그렇게 가셨다. 사인(死因)은 갑작스러운 심장마비. 송

진 냄새 풋풋한 육송관 하나 없이, 붉은 천 하나 달랑 외로이 몸에 덮고 그 깊은 땅속으로 내려가시던 그때야 비로소 이제 다시는 아버지를 볼 수 없다는 사실을 본능처럼 느끼고 전율했다.

나는 아버지에게 자그마한 기쁨조차 안겨드리지 못한 못난 자식이었다. 아버지는 장남인 내가 똑똑하게 크기를 바라셨다. 번번이 기대에 부응하지 못하면서도 매년 학년이 바뀔 때면 혹 우등상을 타 오지나 않을까 멀리 길이 보이는 집 앞 언덕에 올라 내가 귀가하기를 기다리셨다. 1학년 때도 2학년 때도 마찬가지였다. 아버지가 살아 계시던 마지막 학년 말, 초등학교 3학년 때도 나는 역시 우등상을 타지 못했다.

풀이 죽어서 앞으로 가고 있는지 뒤로 가고 있는지도 모르게 겨울 햇빛이 내려앉던 먼지 나는 길을 걸어서 집 앞에 다다를 무렵, 저만치 언덕에서 나를 기다리던 아버지의 모습이 눈에 비쳤다. 아버지도 이내 나를 보셨다. 그리고 그 짧은 순간, 나의 풀 죽은 발걸음에서 이번에도 역시 못 탔다는 것을 알아차린 아버지가 힘없이 돌아서셨다. 그 뒷모습을 나는 영원히 잊지 못할 것이다.

초등학교 6학년 때 '소발에 쥐잡기' 식으로 우등상을 탄 적이 있었다. 그 상장을 받아 든 순간 나의 머릿속에는 그날 아버지의 그 뒷모습이 떠올랐다. 그 모습이 가슴 깊은 곳에 응어리질 대로 응어리져서 평생을 가도 삭지 않을 슬픔이 되리라는 것을 어린 마음에도 예감했다. 훗날 신경숙의 《깊은 슬픔》을 읽으면서 인간의 불가피한 죽음에 의해 산 자들이 짊어질 수밖에 없는 이 깊은 슬픔의 감각이 되살아나 한동안 가슴이 저렸다.

일이 꼬여도 이렇게 꼬일 수가

아버지가 돌아가신 이후, 집안 형편은 더욱 어려워졌다. 그때부터 어머니의 한층 파란만장하고 눈물겨운 생존 투쟁이 시작되었다. 어머니는 내가 초등학교 5학년 때, 아는 분의 소개로 대구 근교 반야월이라는 곳에 있던 자동차 운전 학원의 구내 간이식당에서 장사를 하게 되었다. 망가진 버스의 내부를 개조해서 간신히 몇 사람 밥을 먹을 수 있게 만든 허름한 곳이었다. 나는 학교가 끝나면 동생을 데리고 어머니를 찾아가곤 했다.

같은 대구 시내이긴 하지만 워낙 거리가 먼 데다, 동생은 차를 타면 어김없이 멀미를 했기 때문에 우리 두 형제에겐 그 길이 여간 힘에 부치는 여정이 아니었다. 그래서 어머니에게 가지 못하는 날이면 밥도 제대로 챙겨 먹지 못하고 동생하고 둘이서 꼬박 굶은 채로 밤이 늦어서야 돌아오시는 어머니를 기다리던 생각이 난다.

어머니는 꼼꼼하고 손재주가 있어서 다른 건 다 잘하지만, 요리 하나만은 내가 생각해도 별로다. 이건 어머니도 스스로 인정하시는 바다. 유복한 집안에서 7남매의 막내로 자란 어머니는 시집오기 전까지만 해도 손에 물을 묻힐 일이 별로 없었다고 하니, 요리 역시 제대로 배울 기회가 없었던 것이다.

그렇지만 어머니 음식 솜씨가 신통치 않다는 것은 우리에게는 아무런 문제도 되지 않았다. 어차피 맛있게 만들어 먹을 만한 거리도 별로 없었으니까. 그러나 그런 분이 식당을 한다는 것은 아무래도 문제가 될 수밖에 없었다. 결국 얼마 가지 않아 식당 일을 그만둔 어머니는 대구교육대 근처로 집을 옮겼다. 허름한 만화방과 방한 칸이 딸린 전셋집이었다. 어머니는 만화방을 하는 한편 오후에는 학교에서 돌아오는 우리 형제에게 가게를 맡기고 학원에 나가 한복 만드는 일을 배웠다.

학원 과정을 마칠 무렵 어머니는 잘되지도 않던 만화방을 아주 그만두고 판자촌으로 또 이사를 했다. 그 집에서 어머니는 새롭게 의욕을 발휘하며 열심히 한복 만드는 일에 전념했다. 그때만 해도 어머니는 30대 후반의 젊은 나이였고, 건강에도 별문제가 없었다. 어머니는 학원을 통해 알게 된 구미의 어떤 아주머니에게서 하청 받아 일을 했다. 주문이 오면 밤을 꼬박 새워 하룻밤에도 몇 벌씩 치마저고리를 만들었고, 그렇게 지은 옷은 다음 날 내가 구미로 가져가서 '납품'을 했다. 그 시간에 어머니는 또 다른 옷을 만들어야 했으므로.

어머니의 일거리가 점점 늘어나고, 게다가 그것이 집 안에서 하는 일이었기에 모처럼 우리 세 식구는 가난했지만 정신적으로는 안정을 되찾을 수 있었다. 만약 그때 어머니의 한복 일이 조금만 더 잘 되었더라면 아마 번듯한 한복점이라도 내 그럭저럭 먹고사는 걱정은 떨쳐버릴 수 있었을지도 모른다. 그러나 이번에도 우리의 희망은 전혀 예기치 못한 데서 구멍이 뚫려버리고 말았다.

120

깨끼옷이 유행하기 시작한 것이다. 깨끼옷은 옷감도 고급 비단의 일종인 사(紗)를 쓸 뿐만 아니라 바느질도 곱솔이라 하여 두 번을 접어서 박아야 하기 때문에 공임이 많이 드는 고급스러운 옷이다. 그런데 어머니는 이 깨끼옷을 지을 줄 모르셨다. 한복 학원에 다닐 때 비싼 옷감을 감당할 수가 없어서 실습을 해보지 못했기 때문이었다.

일감이 줄어들어 결국 한복 짓는 일로도 생계유지가 불투명해지자, 어머니는 다시금 집을 옮겨서 구멍가게를 시작했다. 대구로 나온 지 꼭 3년 만에 어머니는 고생만 실컷 한 채 고스란히 원점으로 되돌아가고 만 셈이었다. 그동안 달라진 것이 있다면, 아버지를 영원히 돌아올 수 없는 길로 떠나보낸 것뿐이었다.

이번에 새로 얻은 가게는 큰길에서 동네로 들어가는 소방 도로 끄트머리의 언덕배기 길모퉁이에 자리하고 있었다. 가게가 남향이었기 때문에 거의 하루 종일 환한 햇살이 비춰 들던 기억이 난다. 이 가게에서는 담배도 팔았는데 어머니는 2km 남짓 되는 언덕 아래 창고에서 담배가 가득 든 상자를 머리에 이고 땀을 비 오듯 흘리며 비탈길을 올라오곤 했다. 그때가 아마 1983년이었을 텐데 북한의 이웅평 중위가 비행기를 몰고 남쪽으로 넘어온 사건이 있었다. 한바탕 요란한 사이렌 소리와 함께 '실제 상황'임을 강조하는 다급한 마이크 소리가 전국에 울려 퍼졌다. 그 바람에 동네 사람들이 라면을 비롯한 생필품을 마구잡이로 사들이느라 우리 가게도 잠시나마 반짝 대목을 누렸던 기억이 있다.

자식들이 점차 커감에 따라 돈 들어갈 곳이 많아지자, 구멍가게에서 나오는 수입을 가지고는 도저히 자식들 뒷바라지하기 어렵다고 생각한 어머니는 달리 살 방도를 찾기 시작했다. 우리가 세 들어 살고 있던 집 주인이 세탁소를 하고 있었는데 그들이 어머니에게 자기네 세탁소를 인수해서 운영해보는 게 어떻겠느냐고 권했다. 구멍가게보다는 수입이 나을 거라는 생각에 어머니는 다림질과 옷수선법, 드라이클리닝하는 법 등을 배운 뒤 세탁소를 차렸다. 내가 중학교 2학년 때였다.

주변에 아파트와 주택단지가 인접해 있어서 처음에는 장사가 제법 괜찮게 되었다. 물론 그러기까지는 어머니의 고생이 정말 말이 아니었다. 옷 수선 정도는 어머니가 예전부터 재주가 있어서 그리 힘들지는 않았지만, 당장 뜨거운 수증기가 쉴 새 없이 뿜어져 나오는 다리미를 들고 옷을 다리는 것은 힘에 부치는 일이었다. 게다가 옷가지가 드라이클리닝 기계에 한번 들어갔다 나오면 기름물을 흠뻑 빨아들여서 천근만근 무겁게 느껴지게 마련이다. 그걸 탈수기로 옮겨서 물기를 짜내고, 다시 천장에 달린 옷걸이에 일일이 걸어 말리는 일은 말 그대로 중노동이었다. 호황은 역시 오래가지 않았다.

인근에 첨단 자동 설비와 깔끔한 환경을 갖춘 새로운 세탁소들이 생겨나기 시작한 것이다. 그뿐만 아니라 그들은 특유의 톤으로 "세탁, 세탁"을 외치며 가가호호를 누비고 다니는 영업 사원을 고용했고, 세탁이 끝난 옷가지를 집집마다 배달해주기까지 했다. 그러나 있는 돈을 남김없이 긁어모아 세탁소를 인수하는 데 모두 털어넣은 어머니로서는 새로운 설비나 인력에 투자할 여력이 조금도 없었다. 결과는 뻔했다. 그나마 어머니와의 안면 때문에 마지못해 우리 세탁소를 찾아오던 단골손님들조차 돌아서기 시작했다. 다리미에 수증기를 끓여 올리는 연탄 화덕에는 불이 꺼지고, 높다란 천장에 매달린 빈 옷걸이들은 어머니의 깊은 한숨에 따라 스산하게 일렁거릴 뿐이었다.

그동안 어떤 고난이 와도 훌훌 털어버리고 오뚝이처럼 일어나곤 하던 어머니도 이번만큼은 적잖은 충격을 받았다. 세탁소 시절을 통해 어머니는 돈 말고도 두 가지를 더 잃으셨다. 하나는 신앙, 또 하나는 건강이었다.

어머니는 소녀 시절부터 독실한 가톨릭 신자였다. 우리 형제도 갓난아기 때 세례를 받았다. 그런 어머니가 대구로 나온 다음부터 워낙 이사를 자주 다니는 바람에 마땅히 교적을 둘 만한 성당도 없을뿐더러 아버지가 돌아가신 다음부터는 당장 먹고사는 일에 급급한 나머지 주일에도 성당에 나가지 못하셨다.

또 젊어서부터 몸을 돌보지 않고 온갖 험한 일에 매달린 탓인지 '좌골신경통'이라는 병이 어머니의 육신을 죄어오기 시작했다. 밤마다 다리가 쑤신다며 신음하는 어머니를 위해 파스도 붙이고 안티푸라민도 발라드렸지만 그런 것으로는 큰 도움이 되지 못했다. 신경통뿐만 아니라 진찰을 받아보면 특별한 병명이 나오지 않는데도 온몸 어느 한구석 안 아픈 데가 없을 정도로 어머니의 건강은 크게 나빠졌다.

당시 이웃에 과수댁 아주머니가 살았는데 무녀였다. 어머니의 얘기를 들은 그 아주머니는 어머니에게 신이 내리고 있다는 진단을 내렸다. 어머니는 가톨릭을 포기한 대신 점차 토속신앙에 빠지기 시작했다.

무당과 박수가 수시로 집을 드나들며 친가와 외가 쪽 윗대 조상신들, 그리고 아기 때 죽었다는 어머니의 여동생 신들을 좋은 곳으로 천도하는 굿과 제사를 지냈다. 그때마다 넉넉지 않은 집안 형편에 더더욱 주름살이 늘어간 것은 말할 필요도 없었다. 더러는 어머니 혼자서 일주일씩 산으로 들어가 기도를 드리고 오기도 했다. 그래도 어머니의 신병(神病)은 좀처럼 낫지 않았다.

급기야 내림굿이라는 것을 벌이게 되었다. 대구 팔공산 중턱의 '굿당'이라는 곳에서 초저녁부터 시작된 굿판은 애잔한 소쩍새 울음이 그치고 샛별이 스러질 때까지 계속되었다. 굿당 앞마당에 세운 기다란 대나무 끝에 오색 천 조각을 묶어두었는데, 그 한쪽 끝을 잡고 있는 어머니에게 조상신이 한 위 한 위 내려옴을 상징하는 의식이 진행될 때는 원래 귀신 같은 것을 믿지 않는 나조차 왠지 등줄기가 쭈뼛해지는 느낌이었다.

달빛만이 괴괴한 산중에 끝없이 울려 퍼지던 북소리와 징소리, 그리고 정말로 신이 들기라도 한 듯 유난히 창백해 보이던 어머니의 얼굴은 다분히 괴기스러운 데가 있었다. 그 장면을 지켜보던 나는 어린 마음에도 어머니가 얼마나 답답하고 힘들었으면 이런 굿판까지 벌이게 되었을까 하는 안타까운 감정이 일었다.

내림굿을 하고 난 다음에도 어머니에게는 별다른 변화가 일어나지 않았다. 결국 어머니는 2년을 채 버티지 못하고 세탁소를 처분했다. 몇 차례에 걸친 굿 비용이다 뭐다 해서 세탁소에 들어 있던 전세금을 절반 이상 야금야금 갉아먹은 후였다. 게다가 권리금도 돌려받지 못했다. 다시 대구고등학교 뒷담 근처의 셋집으로 이사를 갔다. 대구에 나와서도 숱하게 이사를 다녀보았지만, 이 집처럼 험한 집은 처음이었다. 흙벽돌로 얼금얼금 지은 초라한 일자형 한옥, 차라리 움막이라는 표현이 더 적절한 그 집의 한쪽 귀퉁이 2평 남짓한 단칸방으로 이사를 오던 날 그토록 강하게 살려고 발버둥 쳐온 어머니도 기어이 자식들 앞에서 눈물을 보이고야 말았다.

이 집으로 이사를 온 후 어머니는 다시 한번 마음을 추슬러 염색 공장에 다니기 시작했다. 그러나 그 일은 이미 쇠약해진 어머니 몸으로는 도저히 무리였다. 주인아주머니를 따라다니던 그 염색 공장을 그만두고 가정집에 차린 조그만 버선 공장에서 재봉틀 밟는 일을 하셨다. 재봉틀은 한복을 만들거나 세탁소를 할 때부터 많이 다뤄보았기 때문에 얼마 안 가 집에 전기 재봉틀을 한 대 들여놓고 집에서 일을 하셨다. 재단이 되어 있는 버선 원단을 가져다 박는 일이었다.

좁은 방 안에는 밤낮없이 전기 재봉틀 돌아가는 소리가 울려 퍼졌고, 원단과 완성된 버선 등이 무릎 높이로 방바닥에 쌓여 있어 정리 정돈은 엄두도 낼 수 없었다. 덕분에 좋은 점도 있었다. 밤에 잠을 잘 때 요를 깔지 않아도 그냥 아무 데나 누우면 푹신한 침대에 누운 듯했으니까. 그러나 버선의 안감과 겉감을 붙여놓은 핀이 온 방 안에 나뒹굴어서 세 식구가 이에 찔리는 경우가 부지기수였다.

어머니가 잠깐씩 쉬는 동안 내 손으로 박아낸 버선도 꽤 많았다. 어머니를 돕는 것도 돕는 거지만, 발판을 밟으면 드르륵 하고 돌아가는 재봉틀이 신기하기도 했고 재단된 선을 따라 박음질이 되도록 손바닥으로 천을 살며시 누른 채 요리조리 움직이는 것이 재미있기도 했다.

사람들은 내가 아직 젊은 나이에 열 손가락이 꽉 차는 다양한 직업을 전전했다는 사실에 놀라워하지만, 어머니에 비하면 새발의 피다. 또 어머니는 그 하나하나를 말 그대로 몸이 부서지도록 있는 힘을 다해 일했다.

그렇게 일한 대가로 어머니는 과연 얼마나 잘살았는가? 수석 합격한 이후 각지에서 답지한 성금과 장학금을 모두 합치면 대략 2,000만 원이 된다. 이것은 우리 집 전 재산의 두 배에 가까운 액수다. 말하자면 나는 시험 한번 잘 친 대가로 우리 가족에게는 실로 천문학적인 액수의 돈을 벌어들인 셈이다.

결국 나로서는 '누구나 열심히 노력하면 잘살 수 있다'는 말을 인정할 수 없다는 결론에 이른다. 그렇다면 거꾸로 '누구나 열심히 노력해도 잘살 수 없다'는 명제는 참이 되는가? 그건 또 아니다. 그렇다면 도대체 뭔가? 누군가가 '세상은 열심히 노력하는 사람만 출발점에 세워준다'는 말을 한 적이 있다. 열심히 노력하는 것은 기본이다. 우리가 어렸을 때 읽은 위인전의 주인공 가운데 열심히 노력하지 않은 사람이 단 한 사람이라도 있었던가.

이따금 노력하지 않고도 성공한 듯 보이는 사람들이 있다. 두 가지 가운데 하나인 경우다. 우리가 보기에는 별로 노력하지 않은 것 같지만, 정작 본인은 뼈 빠지게 노력한 경우. 또 하나는 비록 겉보기에 성공한 것 같지만, 정작은 성공이 아닌 경우. 결론적으로 말해서 진정한 성공을 거두기 위해서는 열심히 노력하는 것만으로는 충분하지 않다. 그건 시작일 뿐이다.

내 어머니는 '인생은 새옹지마'를 되뇌면서도 곧잘 이렇게 하소연하신다. '일이 안 풀려도 이렇게 안 풀릴 수가 있는가?' 구멍가게부터 시작해 도매상점, 만홧가게, 한복 만드는 일을 거쳐 세탁소에 이르기까지 있는 힘을 다해 살아왔지만, 간신히 기반을 좀 잡는가 싶으면 어김없이 운명의 여신은 철저하게 어머니의 희망을 짓밟았다.

지금 생각해보면 어머니의 이러한 연이은 고난을 단순히 운명 탓으로 돌릴 수만은 없을 듯하다. 구멍가게도 일종의 장사이고 사업인 이상, 미래를 내다보는 최소한의 안목과 변화의 물결 속에서 살아남기 위한 최소한의 재투자 자본이 뒷받침되어야 한다. 그러나 가진 것이 아무것도 없는 상태에서 당장 먹고는 살아야겠으니, 궁리나 계획 따위는 생각할 겨를도 없이 주변 사람들의 말만 믿고 덥석 시작한 가게는 판판이 실패로 돌아갈 뿐이었다.

설익은 첫사랑의 추억

이제 와서 생각해보면 그 시절 습한 냄새 가득하고 어둠침침했던 물수건 회사에도 시퍼런 풋사과만큼이나 설익은 첫사랑의 추억이 어려 있는 듯하다. 동갑내기 경리. 나는 사실 그 당시에는 '사랑'이라는 단어조차 떠올리지 못했다. 그저 한 회사에서 같이 일하는 동갑내기 친구 정도로만 생각했을 뿐이다.

그녀는 키가 훤칠하게 크고 몸매가 늘씬하기는 했지만, 보는 사람이 첫눈에 반할 정도로 빼어나게 예쁜 얼굴은 아니었다. 그래도 짙은 화장과 화려한 옷차림이 전혀 거부감을 주지 않는, 성격도 밝고 활달한 아가씨여서 나와 죽이 잘 맞는 편이었다.

그 회사에 들어간 지 얼마 안 되었을 무렵, 평소보다 조금 일찍 배달을 마치고 사무실로 돌아와보니 정전이 되었는지 평소에도 햇빛이 들지 않는 사무실이 한밤중처럼 어두컴컴했다. 마침 다른 직원들은 모두 자리를 비우고 없었고, 그녀 혼자서 자기 책상에 촛불을 켜놓고 엎드려 있었다. 내가 들어서는 기척에도 고개를 들지 않는 걸 보니, 엎드린 채 그대로 잠이 들어버린 모양이었다. 그녀를 본 순간 나는 갑자기 정신이 아득해지는 것을 느꼈다. 상체를 굽히고 책상에 엎드린 자세 때문에 몸에 착 달라붙는 얇은 블라우스가

당겨 올라가 허리의 맨살이 그대로 드러나 보였던 것이다.

요즘 길거리에서 배꼽티를 입은 여자애들이 흔히 드러내놓고 다니는, 그냥 잘록한 허리에 지나지 않았는데 그때는 왜 그리 예사롭게 보이지 않았는지 모르겠다. 아무튼 나는 하염없이 그녀의 허리를 바라보며 혹시 이 아이와 내가 어떤 인연을 타고난 것은 아닐까 하는 부질없는 생각을 해보았다.

그러나 적어도 겉으로는 서로를 이성으로 생각하지 않는 자연스러운 친구 사이로 지냈다. 전날 술을 많이 먹어 아침도 못 먹고 출근해서 비실거리면 내가 내색하기도 전에 어떻게 알아차리고는 라면을 끓여주기도 했고, 나 역시 그 답례로 이따금 퇴근길에 그녀를 내 오토바이 뒤에 태우고 집까지 데려다주기도 했다.

그렇게 서로 정을 붙여가는 동안 여름이 지나고 가을이 지나갔다. 함께한 시간이 꽤 많았고 서로 적지 않은 이야기도 나누었지만, 나는 그녀의 사생활이나 머릿속에 든 생각은 전혀 알지 못했다. 그저 나만큼이나 찢어지게 가난한 집안의 딸이라는 것, 부모님은 시골에 계시고 동생과 둘이서 자취를 하고 있다는 것 정도만 어렴풋이 짐작할 뿐 고등학교를 나왔는지조차도 모르는 상태였다. 그녀도 마찬가지였다.

한편 하루하루 시간이 지날수록 그녀의 근무 태도는 같은 동료인 내가 보기에도 영 마음에 들지 않았다. 지각을 밥 먹듯이 하고, 아예 전화 한 통 없이 결근을 해버리는 날도 적지 않았다. 그럴 때마다 사장은 저놈의 계집애 못쓰겠다고, 쫓아내버려야겠다고 투덜거리곤 했다.

그러나 나는 그런 그녀의 마음을 어느 정도 이해할 수 있었다. 저나 나나 한창 좋은 것만 보고 멋진 일만 하고 싶을 나이에, 칙칙한 물수건 공장의 경리 일이나 보고 있어야 하는 처지가 누군들 만족스럽겠는가. 게다가 그녀의 월급은 나보다도 훨씬 더 적었다. 이런 연민의 감정 때문이었는지 겨울이 오면서 우리 둘 사이는 누가 먼저랄 것도 없이 깊어갔다. 눈이 아프다고 몇 날을 투덜거리던 그녀를 오토바이 뒤에다 태워서 안과까지 데리고 갔다 온 날 다음부터는 생각 이전에 느낌이 이미 이전과는 달라져 있었다.

그러던 어느 날, 겨울비가 촉촉이 내리는 날이었다. 내가 오전 배달을 마치고 사무실로 들어왔는데도 그녀는 출근을 하지 않고 있었고, 사장은 머리끝까지 화가 나서 당장 그만두게 하겠다며 길길이 날뛰고 있었다. 나는 괜스레 마음이 심란해져서 노란 비옷을 벗지도 않고 도로 사무실을 나와버렸다. 그러고는 문 앞에서 그녀가 나타나기를 기다렸다. 그녀가 이렇게 쫓겨나버리면 앞으로 두 번 다시 만나지 못할지도 모른다는 생각을 하자, 도저히 가만히 앉아 있을 수가 없었다.

얼마나 지났을까, 저만치 그녀의 모습이 보였다. 까만 코트에 무릎까지 올라오는 부츠를 신은 그녀는 몇 시간 지각쯤이야 안중에도 없는 듯 빗줄기와 장난을 치며 느긋하게 걸어오고 있었다. 그러고는 나를 발견하자, 해맑간 얼굴 가득 환한 웃음을 지어 보이는 것이었다. 나는 얼른 그녀에게 뛰어갔다.

"야이 가시나야, 니 지금 정신이 있나 없나? 지금 시간이 몇 신데 인자 오마 우야노. 사장님이 화가 나서…."

나는 다급한 목소리로 사무실 분위기를 대충 설명해준 다음, 무조건 다음부터는 안 그러겠다고 싹싹 빌라고 했다. 그러나 그녀는 태연했다.

"누가 겁나나? 그만두라 하면 그만두지 뭐."

그녀는 멍하니 입만 벌리고 있는 나를 남겨둔 채 사무실로 들어 갔다. 차마 뒤따라 들어가볼 엄두가 나지 않았다. 그냥 바깥에 선 채 담배 한 대를 다 피울 무렵이 되자, 아니나 다를까 그녀가 사무실 문을 쾅 닫고 도로 나오는 것이 아닌가.

우리는 함께 근처 다방으로 들어갔다. 둘 다 아무 말이 없었다. 겉으로는 큰소리를 쳤지만 하루아침에 실업자가 되고 보니 그녀도 속이 많이 상한 모양이었다. 한동안 말없이 커피만 홀짝였다.

"며칠 있다가 내 연락하꾸마!"

작별 인사도 제대로 하지 못하고 그녀를 택시에 태워 집으로 보내고 돌아섰다. 그렇게 마음이 허전할 수가 없었다. 곁에 있을 때는 몰랐는데 정작 떠나버리고 나자 그녀의 빈자리가 유난히도 커 보였다. 좀처럼 사무실에 들어가고 싶지가 않았다.

이런저런 생각으로 머릿속은 멍하고 마음은 쓸쓸하기만 해서 아직 배달을 나갈 시간이 되지도 않았는데 그저 회사에 있고 싶지가 않아서 오토바이에 물수건 상자를 싣고 나왔다. 비가 내리고 있었기 때문에 빨리 달릴 수가 없었다. 날씨가 좋았더라도 마음에 힘이 없어 신나게 달리지는 못했으리라.

멍한 상태로 한참을 달리다 들러야 할 거래처를 지나왔다는 생각이 들어 아무 생각 없이 브레이크를 밟았다. 이전 같으면 있을 수 없는 일이었다. 그 순간 뒤에서 찢어지는 듯한 급브레이크 밟는 소리가 들리더니, 뭔가 부딪혀 오는 충격과 함께 나는 오토바이와 나뒹굴었다.

그 후로도 몇 번 그녀를 찾아갔지만 번번이 만나지 못했다. 한참이 지나서야 그녀를 만나 집 근처 포장마차에서 함께 소주잔을 기울이며 이야기를 나누었지만, 둘 다 우리 사이에 어떤 관계가 이루어지기에는 때가 너무 늦어버렸다는 사실을 직감하고 있었다. 나는 그녀에게 대학에 들어갈 결심을 이야기했다. 얼마 지나지 않아 그녀는 새로운 직장을 구했다고 했고, 내가 회사를 마치고 찾아가면 그녀의 동생이 나와서 언니는 출근을 했다며 나를 돌려보내곤 했다. 도대체 무슨 직장이길래 남들은 다 퇴근하는 시간에 출근을 한다는 걸까.

1991년 2월 초, 몇 번의 헛수고 끝에 겨우 그녀를 다시 만났다. 화장은 더욱 짙어졌고 옷차림은 더욱 야단스러웠다. 겨울 오후의 희미한 햇살이 내리쬐는 비포장도로 한편에서 자동차가 한 대씩 지나갈 때마다 일어나던 뿌연 흙먼지를 고스란히 뒤집어쓴 채 몇 마디 말도 나누지 못하고 돌아서는 내게 그녀는 빈 일기장을 한 권 내밀었다. 그 일기장에는 노천명 시인의 시 한 편, 그리고 나의 새로운 결심을 축복해주는 말 한마디가 쓰여 있었다.

'넌 강한 사람이야. 그러니까 네가 원하는 건 뭐든지 할 수 있을 거야.'

첫사랑이라 부르기엔 너무나 아쉬움이 많은, 그러나 한때 내 젊은 가슴을 설렘으로 가득 채웠던 것만은 분명한 그녀와의 만남은 그것이 마지막이었다.

노가다의 매력

"저 몸뚱이 가지고 우예 평생 일로 밥 먹고 살겠노."

어머니는 막노동을 하는 내게 종종 이렇게 말하셨다. 왜소한 체격으로 공사판을 돌아다니는 내가 당신 보기에도 무척 안쓰러웠던 모양이다. 내가 공부를 하는 것을 누구보다 환영하고 마음의 지지를 보내신 것도 이런 이유 때문이었다. 대학에 가면 공사판을 안 돌아다녀도 먹고살 길이 있을 거라 생각하신 것이다.

실제로 합격하고 난 후 기자들이 많이 물었던 것도 체구가 작은데 왜 하필이면 가스 배달이나 막노동 같은 힘든 일만 골라 했느냐는 것이었다. 가장 솔직한 대답은 짧은 기간에 상대적으로 많은 돈을 벌 수 있기 때문이라는 것이었다. 특별한 기술도 없고 '가방 끈'도 짧은 내가 오랫동안 한 직장에 머무르지도 못하는 형편에서 달리 할 일이 있을 리 없었다.

하지만 이전부터도 나는 '노가다'에 대한 막연한 환상 같은 것을 가지고 있었다. 세상에 할 일이 없어서 그깟 막노동 일에 환상을 품느냐고 생각하는 사람이 있을지 모르겠지만, 천만의 말씀이다. 나는 지금도 신체 건강한 남자라면 한 번쯤 막노동을 해보는 것도 나쁘지 않다고 굳게 믿고 있다.

물론 머리를 써서 무언가를 새롭게 창조해내는 것도 멋있는 일이다. 그러나 그것은 보통 사람은 어지간해서는 쉽게 맛볼 수 없는 쾌감이다. 또 그 성과도 리얼 타임으로 탁탁 튀어나오지 않는 경우가 많다. 그러나 육체노동은 다르다. 내가 내 몸을 움직이고 힘을 쓰면 없던 건물이 올라가고 다리가 생긴다. 물론 일개 잡부에 불과한 내가 그 속에서 차지하는 비중은 미미하지만, 땀에 흠뻑 절어 정신없이 일을 하다가 문득 고개를 들어보면 마치 담벼락 밑에 심어놓은 옥수수처럼 눈에 띄게 자라난 건물이 탄성을 자아낸다.

물수건 배달을 할 때, 특히 오락실 홀맨 노릇을 하던 시절에 그런 생각을 많이 했다. 이런 일들도 반드시 필요하고 누군가 해야 할 일이긴 하겠지만, 왠지 창조적인 일은 아닌 것 같다고. 단순히 여기에 있는 물건을 저기로 옮겨놓고, 혹은 사람들의 시중을 들면서 돈을 버는 것보다는 조그만 힘을 보태 뭔가 생산적이고 창조적인 일을 하고 싶다는 것이 내 생각이었다. 어차피 원시시대에는 누구나 힘든 육체노동을 하지 않으면 살아남을 수 없었다. 따라서 막노동이야말로 가장 자연에 가까운 행동이고, 나도 그 단순함과 원시성에 매력을 느꼈던 것이다.

막노동 일이 처음부터 쉽지는 않았다. 울산 공사장에서 일 못한다고 반장에게 구박깨나 받은 적도 있었다. 그러나 점차 일이 몸에 익으면서는 사정이 달라졌다. 열심히 하다 보니 잘됐는지, 잘돼서 열심히 하게 됐는지는 확실치 않지만, 누구보다 신나게 일했다. 보통 현장 일을 하는 사람들 사이에서는 한 달에 20일 정도 일하면 많이 하는 편이다. 몸을 쓰는 직업이다 보니 무리할 수도 없다. 술을 자주 먹는 아저씨들은 하루씩 걸러가며 일을 나오기 일쑤다. 나의 경우 현장에서 일할 때면 한 달에 28~29일씩은 나갔다. 비가 오는 추석 전날에도 성주까지 가서 일을 할 정도로, 일거리만 있으면 아무리 피곤해도 나갔다. 돈을 빨리 벌어놔야 한다는 조급한 현실 때문이기도 했지만, 내 몸이 막노동을 거부했다면 있을 수 없는 일이다.

1994년 4월, 갑작스러운 사고로 택시 운전을 그만두고 다시 공사 현장으로 돌아간 첫날 나는 환희에 가까운 해방감을 맛보았다. 갑갑한 택시 운전석에 앉아 몇 시간씩 짧은 다리일망정 한번 펴보지도 못하고 손님 한 사람이라도 더 태우려고 신경을 곤두세우며 식사시간을 놓쳐서 쓰린 속에다 담배만 줄창 피워대던 것에 비하면, 햇빛 좋고 공기 좋은 산에 와서 나무 심는 일은 소풍 나온 것이나 마찬가지였다. 안 하다가 하는 삽질이라 허리도 아프고 삽날이 땅속에 폭폭 들어가지도 않았지만, 따뜻한 햇볕과 푸른 하늘, 맑은 공기가 있는 곳에서 마음껏 내 몸을 움직일 수 있다는 것이 그렇게 즐거울 수가 없었다. 함께 일하던 아저씨들의 말처럼 나는 체질적으로 '노가다꾼'이었던 모양이다.

막노동과 술은 떼려야 뗄 수 없는 관계다. 거의 하루 종일 술에 취해 있어 술 힘으로 일을 한다고 해도 과언이 아닐 정도다. 새벽 6시면 집에서 나와야 하기 때문에 아침은 제대로 챙겨 먹지 못한다.

그렇게 현장에 나와서 9시 반까지 일을 하고 나면 오전 새참 먹을 시간이다. 특별히 괜찮은 현장이 아니면 대개 배추 이파리 한두 개가 들어간 멀건 국수 한 그릇이 나온다. 라면이라도 끓여주는 집은 그래도 양반에 속한다.

당장 배가 고프고 그나마 안 먹으면 일을 못 하니까 마지못해 먹는 것이지, 아무리 막일꾼에게 주는 음식이라지만 이 국수와 현장참집의 점심은 공사판에서 일하는 사람이 아니면 차마 먹어내기 힘들 정도로 험한 음식이다. 이 국수를 한 그릇 해치우고 소주를 마신다. 맥주를 부어 먹는 큰 유리잔이나 아니면 스테인리스 밥그릇에 두 잔이나 세 잔 정도로 나눠서, 한 사람이 한 잔씩 입 안에 털어 넣고 김치 한 조각 입에 넣으면 그걸로 끝이다.

이렇게 해서 술기운이 얼얼한 가운데 두어 시간 일을 하고, 12시가 되면 점심시간이 된다. 점심을 한 그릇 먹고 또 소주를 글라스 하나 가득 부어서 쭉 들이켜고 나무 그늘 밑으로 들어가 늘어지게 낮잠을 한숨 잔다. 아파트 현장 같으면 아파트 안에 들어가 미장이 끝난 차가운 시멘트 바닥에 눕는다. 감촉이 서늘해서 낮잠 자기 안성맞춤이다. 낮잠도 이렇게 규칙적으로 계속 자다 보면, 점심시간이 끝나는 1시가 되면 정확하게 눈이 떠진다.

한여름 같으면 그늘에서 땀이 다 식고 겨우 좀 시원해질 만해서 또 작열하는 태양 아래로 나가서 일을 해야 한다는 게 그야말로 죽기보다 싫을 지경이다. 그래도 정작 나가면 그럭저럭 일을 하게 된다. 그렇게 또 두어 시간을 보내고 오후 3시 30분이 되면 오후 참 시간이 된다. 역시 국수 한 그릇과 소주. 오후 참 때쯤 되면 그때까지 먹은 술이 적어도 소주 한 병은 넘는다.

해는 저물어가고, 술기운은 오르고, 근육엔 피로가 쌓인다. 이럴 때 잠시 일손을 멈추고 황혼이 깔리는 하늘이라도 한번 올려다보면, 미풍이 귀밑머리를 솔솔 날리는 듯한 느낌과 함께 말할 수 없이 감상적인 기분에 빠지곤 한다. 땅을 딛고 선 두 발과 끝없이 펼쳐진 하늘을 향한 시선을 축으로, 하늘과 구름이 빙빙 돌며 흐르는 것 같은 환상에 빠져든다.

일이 끝나면 또 술이다. 현장 근처의 동네 구멍가게 앞마루나 어느 시장통의 멍게 해삼 좌판에서 소주를 한잔 걸치고, 기분이 내키면 거기서 2차 3차 계속 이어진다. 무엇 때문에 술을 먹는가. 이유는 없다. 그냥 다들 마시니까 나도 마실 뿐이다. 술에 취한다고 없던 흥이 생기거나 시름이 사라지는 것도 아니다. 그냥 먹고 취할 뿐이다.

그렇게 술에 취해 집으로 돌아오면, 땀과 먼지로 절은 몸을 씻을 틈도 없이 그냥 쓰러져 자기 바쁘다. 다시 하루가 밝아오면 또 일을 나가고 술을 먹고 떠들고 삽질을 하고 돌을 져다 나른다. 생각이란 끼어들 틈이 없다. 완전히 자연의 시간 속에서, 자연을 대상으로, 자연적인 내 육체를 이용해서 살아갈 뿐이다. 내겐 분명 매력적인 일이 아닐 수 없었다.

대학에 들어간 이후 이런저런 핑계로 동급생들과 그리 많은 시간을 함께하지 못해 늘 미안한 마음을 갖고 있는데, 방학 때나 언제 기회가 되면 뜻 맞는 아이들 몇 명과 함께 옛날 같이 일하던 아저씨들을 찾아가 막노동을 한번 해보면 어떨까 하는 생각을 하고 있다. 이런 기회 아니면 서울대 법대 다니는 학생들이 평생 가야 삽자루 한번 잡아볼 일이 있겠는가.

성수대교가 무너지던 날

아무리 노가다가 매력적인 일이라 할지라도 언제나 마냥 즐겁기만
할 수는 없는 법. 특히 전날 술을 많이 먹어 유난히 일어나기가 싫
은 아침이면 비라도 좀 쏟아지지 않나 하고 은근히 하늘만 바라보
는 경우도 많다. 비는 막노동꾼에게는 참 묘한 자연현상이다. 정상
적으로 하면 '비 오는 날은 공치는 날'이다. 비 덕분에 힘든 노동을
하루 쉰다는 것은 좋은 일이다. 그러나 하루를 쉬면 그만큼 수입이
적어지기 때문에 마냥 좋아할 수만도 없다.

그나마 아침부터 비가 쏟아지면 속이라도 편하다. 아무리 돈을
벌고 싶어도 오는 비를 어떡하겠는가. 하지만 일을 하는 중간에 빗
방울이 떨어지기 시작하면, 막노동꾼에게는 그것만큼 신경 쓰이는
것도 없다. 하루 일과 가운데 어느 시점에서 비가 내리는가에 따라
노가다의 희비가 엇갈린다. 마치 야구 경기를 하다가 비가 오는 경
우, 몇 회까지는 '노게임'이 되고 몇 회부터는 그때까지 점수로 경
기가 성립되는 것과 비슷하다.

그래서 참이나 점심 먹는 시간이 중요하다. 먹는 시간이 기준이
되기 때문이다. 막노동꾼의 하루는 오전과 오후, 두 번의 참과 점심
식사 시간을 기준으로 4등분된다. 따라서 점심을 먹고 나서 오후

참을 먹기 전에 비가 와서 일을 중단했을 경우에는 하루 일당의 절반이 나온다. 물론 오전 참을 먹고 점심 먹기 전까지는 4분의 1, 오후 참만 먹고 나면 무조건 하루치 일당을 받게 된다.

자못 원시적인(?) 이런 일당 계산 방법 때문에 날씨가 잔뜩 찌푸린 날이면 막노동꾼의 신경도 한껏 곤두선다. 그래서 때로는 비가 올 것 같으면 참이나 점심을 서둘러 먹어치워버리기도 한다.

성수대교가 무너지던 날, 그날도 아침부터 부슬비가 내렸다. 사무직으로 근무하는 사람들은 하루쯤 결근을 해도 월급은 그대로 나온다. 하지만 막노동꾼은 일을 하지 않으면 아무도 돈을 주지 않는다. 너무 피곤해서 하루 쉬고 싶은 마음이 간절한데 차라리 비가 억수같이 내려서 도저히 일을 못 하는 상황이라면 모를까, 비를 핑계 대며 일을 나가지 않기에는 왠지 개운치가 않은 부슬비가 내리는 바람에 갈등을 느끼고 있었다.

그러던 차에 오야지(나 같은 일꾼들을 데리고 공사판을 다니며 현장 측에서 일감을 하청받는 업자)에게서 급하게 콘크리트 칠 일이 있으니까 빨리 나오라는 연락이 왔다. 신축 건물의 현관 앞 보도에 기초 콘크리트를 치는 일이었다. 이런 콘크리트에는 사실 강도라는 게 별로 의미가 없기는 하지만, 원래 비가 오는 날에는 콘크리트를 치지 못하게 되어 있다.

레미콘(Ready Mixed Concrete)은 용도에 따라 강도가 정해져 있다. 가령 아파트 벽면의 콘크리트 강도는 210kg중/cm^3 하는 식이다. 이 강도라는 것은 주로 레미콘을 이루는 모래와 시멘트, 그리고 물의 비율에 따라 결정된다. 그런데 일정한 강도로 제조된 레미콘이 굳기 전에 비가 와서 물이 들어가면 강도가 떨어지는 것은 당연한 이치다. 그러므로 비가 올 때는 콘크리트를 치면 안 되는 것이다. 그러니까 그날 우리는 엄밀히 따지면 일종의 부실 공사를 한 셈이다.

그렇게 비옷을 입고 일을 하다가, 오전 참을 먹으러 들어간 분식점에서 성수대교 붕괴 소식을 들었다. 물에 빠지지 않고 안전하게 건너다니라고 만든 다리가 이런 믿음을 배반하고 무너지다니, 있을 수 없는 일이었다. 그 바람에 많은 중·고등학생들이 꽃다운 생명을 잃었다.

그 뉴스를 보고도 우리는 오후 들어 더욱 굵어진 빗줄기를 맞으며 저녁까지 콘크리트를 쳤다. 원칙대로 하면 그래서는 안 된다는 것을 안다. 하지만 그 원칙이란 게 이른바 '유도리'라는 것 앞에서는 너무나 무기력하다. 당장 나만 해도 비 오는 날 콘크리트를 치면 안 된다는 것을 알지만, 일개 잡역부인 내가 하라고 하면 해야지 어떡하겠는가. 아마 성수대교도 그래서 무너졌을 것이다.

사회 공부를 하다가 '문화 지체(cultural lag)'를 공부할 때도 나는 성수대교를 떠올렸다. 이 다리는 '트러스트 공법'이라 하여 당시로서는 최첨단 기술을 동원해 만든 다리라고 했다. 기술은 첨단인데 정작 다리를 만드는 사람들의 의식 수준은 그에 미치질 못하니 틈이 생길 수밖에 없지 않았을까.

사고 이야기가 나온 김에 한 가지 더. 대구에서 가스 폭발 사고가 났을 때 나는 유난히 착잡한 심정이었다. 사고가 난 상인동은 내가 택지 조성 공사에 참여했던 곳이다. 알다시피 사고는 지하철 공사장 부근에서 터 파기(나무가 땅속에 묻힌 뿌리 덕분에 비바람을 견디듯 건물도 땅속에 콘크리트로 기초를 하는데, 이때 땅을 파는 작업을 터 파기라고 한다)를 하던 포클레인 삽날이 땅속에 묻힌 가스관을 파열시켜서 일어났다. 포클레인도 가스도 나에게는 한때의 애환이 어린 분야다.

포클레인 기사들이 가장 겁내는 게 바로 '땅속에 뭐가 묻혀 있는지 모른다'는 점이다. 가스관, 수도관, 전화선…. 땅속에 온갖 게 다 묻혀 있다. 그런데 문제는 어디에 뭐가 묻혀 있는지 아는 사람이 아무도 없다는 점이다. 그저 필요할 때마다 땅을 파서는 필요한 걸 묻고 도로 덮어놓는다. 그러고는 다들 그냥 잊어버린다.

물론 경험이 많은 포클레인 기사들은 인접한 건물의 모습이나 주변 지형만 봐도 자신이 파야 하는 땅속에 하수도관이 묻혀 있는지 전기 파이프가 묻혀 있는지 직감으로 알아낸다. 그러나 인간의 직감이란 건 요행히 들어맞으면 다행이지만 안 맞아도 할 말이 없는 게 아닌가. 땅속에 워낙 거미줄처럼 엉망으로 각종 관이 묻혀 있으니, 조심하는 것만으로는 완벽하게 사고를 예방할 수 없다.

한번은 우리 일꾼들이 일을 하다가 무심코 도시가스 파이프의 중간 맨홀을 흙으로 덮어버린 적이 있었는데, 나중에 도시가스공사에서 직원이 나와 그걸 찾아야 된다고 설치는 바람에 그 일대를 벌집 쑤시듯 파헤쳤던 적도 있다. 지하 매설물 지도라는 것이 있어야 된다는 말은 들었지만, 나는 아직 한번도 그런 지도를 본 적이 없다.

막노동판을 쫓아다니면서 가장 절실하게 느끼는 점 가운데 하나가 바로 부실 공사 문제였다. 사람 힘으로는 도저히 어쩔 수 없다는 천재지변까지 예측하고 대책을 세우는 마당에, 건물이 무너지고 다리가 끊어지는 사고로 사람이 죽는다는 게 도대체 말이나 되는 소리인가. 몇 차례 상상을 초월하는 대형 사고를 겪은 이후 현장마다 '부실 공사 추방 원년'이니 '혼을 담은 시공'이니 하는 등의 현수막이 내걸리긴 했지만, 부실 공사의 구조적 요인은 여전히 남아 있는 느낌이다.

흔히 유명한 건설 회사에서 아파트를 짓는다고 하면 그 회사에 소속된 건설 팀이 각기 맡은 분야의 작업을 하는 것으로 생각하기 쉽지만, 사실 건설 현장에서 이루어지는 대부분의 작업은 하청 업자의 손을 거친다. 그런데 건설 회사에서 하청을 받은 사람은 또 다른 업자에게 하청을 주고, 이렇게 하청이 새끼를 치다 보면 중간에 가만히 앉아서 불로소득을 챙기는 사람이 생겨난다. 이런 사람들이 많아질수록 실제로 작업을 하는 말단 업자에게 돌아오는 공사의 단가는 낮아진다. 마치 농촌에서 생산비도 못 건진다고 그냥 갈아엎어버리는 농산물이 도회지의 소비자에게는 엄청난 가격으로 팔리는 것과 비슷한 현상이다.

게다가 이런 하청 계약이 한 건씩 이루어질 때마다 서로 물고 물리는 복잡한 로비 활동이 이어진다. 거기에 들어가는 돈 역시 누군가의 주머니에서 나온 생돈이 아니라 값싼 자재를 쓰거나 인건비를 아껴서 충당되리라는 것은 뻔한 이치다. 이따금 오야지에게서 누구에게 뇌물을 얼마 먹였다는 둥 술을 얼마치 샀다는 둥 하는 이야기를 들을 때마다, 결국 그 돈이 우리 일꾼들의 피와 땀이 밴 돈이라는 생각에 입맛이 씁쓸해지곤 했다.

이렇게 해서 현장 인부들의 의욕이 떨어지는 것도 문제지만, 그보다 더 큰 문제는 최종적인 공사업자에게 돌아가는 돈이 제대로 공사하기에는 턱없이 모자라 하루라도 빨리 끝내려고 일을 서두른다는 데 있다. 공사기간이 길수록 드는 돈도 많아지기 때문이다. 공사를 서두르면 당연히 원칙을 지키기가 쉽지 않다. 아직 완전히 굳지도 않은 콘크리트의 거푸집을 떼어내고 추가 작업을 하는 일 따위는 예사다. 이렇듯 인부들의 의욕은 떨어지고 공사는 서두르고 하다 보면 '혼이 담긴 시공'이 아니라 그야말로 혼 빠진 시공이 되기 십상이다.

이렇듯 가만히 앉아서 부당한 이득을 챙기려 드는 사람들과 조금이라도 더 이윤을 남기려 드는 자들에게서 부실공사의 근원이 생겨난다는 게 내가 현장에서 느낀 바였다. 결국 문제의 본질은 인간에게 있다. 사람이 바뀌지 않고서는 부실공사를 비롯한 세상의 많은 문제를 본질적으로 해결하기 어렵다.

피타고라스를 뛰어넘은 사람들

삼각형 공간에만 보도블록이 깔리지 않은 인도의 빈 공간을 블록으로 채우는 일을 해야 할 때였다. 함께 일하던 한 아저씨가 블록이 몇 개나 필요한지 알아보라고 했다. 멀리 떨어져 있던 블록을 괜히 많이 가져와서 다시 갖다 놓거나, 모자라서 두 번 걸음을 하지 말자는 얘기였다.

삽 한 자루의 길이는 1m다. 이것을 가지고 삼각형의 밑변과 높이를 잰 다음, 면적을 계산했다. 그러고 나서 한 뼘을 이용해(현장 일을 하다 보면 일일이 자로 측량을 할 수가 없는 경우가 많다. 그래서 가령 한 뼘은 20cm라는 것을 외워둔다든가 1m가 되는 보폭을 익혀둔다든가 해서 대충 길이를 재는 경우가 많다) 보도블록의 가로와 세로를 재서 면적을 구했다. 그리고 이 값으로 먼저 계산한 삼각형의 면적을 나누어 필요한 보도블록의 개수를 구했다. 겨우 암산을 마치고 고개를 들어보니 곁에 있던 아저씨가 담배를 피우며 지켜보고 있었다.

"인제 다 끝났나? 등신같이 그걸 갖고 뭘 그렇게 헤매노. 고 옆을 함 봐라. 고 네모(그림에서 점선 테두리가 된 부분) 안에 드가 있는 개수를 세리가 반으로 나누만 금방 될 낀데 어리하기는."

144

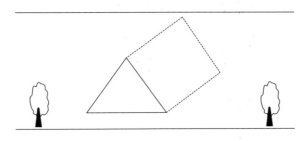

듣고 보니 과연 그랬다. 괜히 복잡하게 머리 굴려 고생한 나와 달리 이 아저씨는 경험과 요령을 통해 훨씬 간단하고 쉽게 풀어낸 것이다. 실제로 현장에서 일하다 보면 학교에 다니거나 배운 경험이 전혀 없다는 사실이 도저히 믿어지지 않을 정도로 뛰어난 융통성과 직관력을 발휘하는 아저씨들을 많이 본다. 지혜는 책이나 학교에서만 배울 수 있는 게 아니었다.

인생 막장에 다다른 거칠고 험한 사람들이 마지막으로 흘러드는 곳이 막노동판이라고 생각하는 경우가 많다. 인생에 대한 남은 꿈도 없고, 자신의 삶에 대한 소중함이나 애착 따위를 느끼지도 못할 뿐 아니라, 자신의 삶을 팽개친 채 돈 한 푼 벌면 술이나 먹고 노름이나 하는 그런 사람들….

물론 공사판에 이런 사람들이 전혀 없는 건 아니다. 하지만 적어도 그동안 내가 가까이했던 분들 가운데 이런 사람은 없었다. 오히려 막노동도 하나의 당당한 직업으로 여기고, 이를 발판으로 더 나은 삶의 기반을 마련하기 위해 열심히 살아가시는 분들이 더 많았다. 누구보다도 소박하고 착하며 결코 남에게 해가 되는 일은 하지 못하는 분들이었다.

강 부장님. 이제 막 마흔을 넘긴 나이지만 나와 함께 일하던 아저씨들 중에서는 가장 연장자였고, 우리 오야지와 가장 오랫동안 함께 일을 해서 '부장님'이라는 애칭으로 통한다. 웬만한 현장에 가면 반장이나 목수가 다 알아볼 정도로 막노동 경력도 오래된 분이다. 당연히 일도 못하는 게 없다.

그런데 이 분은 일솜씨가 야무지질 못하다. 게다가 제 자리를 챙길 줄도 몰라서 현장에 나가면 늘 뒷전으로 밀려난다. 또 술을 좋아해서 한창때는 아침 댓바람부터 소주 한 병을 한입에 털어 넣고 그러다 취하기라도 하면 일이고 뭐고 다 잊어버리고 현장 구석 어디 가서 한숨 자고 나오는 바람에, 부장님이 한참 보이지 않으면 으레 술 한잔 먹고 어디에서 자는 걸로 알고 찾지도 않는다.

나와 함께 일할 즈음에는 이미 술병으로 고생을 많이 한 탓에 이전처럼 많이 들지는 않았지만, 소주 한 잔을 입안에 털어 넣고 짓는 찡그린 표정, 무언가 먹어서는 안 될 것을 먹은 듯한, 그래서 그것이 배 속을 훑어 내리며 일으키는 통증이 얼굴에 배어나는 듯한, 그러면서도 그 속에서 짜릿한 쾌감을 느끼는 듯한…. 도저히 말로는 설명이 되지 않지만, 아무튼 이를 한번 본 사람이라면 누구나 사람이 왜 술을 먹는지 알 수 있을 것 같은 오묘한 표정은 그야말로 천하일품이었다.

강 부장님은 어떤 형태, 어떤 분야의 경쟁에서도 전혀 남을 이기고 싶은 마음이 없는 분이다. 그래야 할 이유도, 의지도, 능력까지도 없는 분이다. 그분에게 죄가 있다면 지금 같은 경쟁 사회에 태어난 것밖에 없지 않을까. 내가 생각해도 결국 공사판 말고는 이런 분이 달리 갈 곳이 있을 것 같지 않다. 하지만 누구보다 가족을 소중히 여기고, 남 손해 보게 하고 힘들게 하는 일은 결코 하지 못한다. 나에게도 간혹 술을 사주시던 사람 좋은 강 부장님. 이런 분들이 남에게 무시당하지 않고 잘살 수 있는 세상이라면 얼마나 좋을까.

노가다판에는 이런 말이 있다. '일할 때 땀 흘리고, 걸을 때 발뒤꿈치가 들리면 삼대가 빌어 처먹는다.' 어차피 하루 시간만 때우면 일을 남들보다 더하든 적게 하든 일정한 임금이 주어지므로 유일한 밑천인 몸을 상하게 하면서까지 뼈 빠지게 일할 것이 아니라 눈치나 봐가며 슬슬 시간만 때우면 된다는 뜻이다.

그러나 이것도 옛말이고 이제는 막노동판에서도 있는 힘껏 열심히 일하는 사람이 많다. 나도 그중 한 사람이다. 바쁜 일이라도 있으면 하루 종일 1,000m 달리기를 할 때처럼 숨이 차 헉헉거리면서도 속도를 늦추지 않고 일을 하곤 했다. 너무 무리하게 일을 한 탓에 근육에 이상이 생겨 병원 신세를 진 적도 있었다. 그러고도 한창 일할 때는 한 달에 평균 28~29일씩 일을 했다. 비가 와도 일거리만 있으면 비옷을 입고라도 일을 했으니까.

그런데 나보다 더 열심히 일하는 아저씨들이 있었다. 이용식 아저씨와 그분의 동서가 되는 박준석 아저씨가 대표적인 분들이다. 이 씨 아저씨야 체구도 좋고 누가 봐도 힘 하나는 남 못지않을 거라는 인상을 주는 분이니까 그렇다 치더라도, 박 씨 아저씨는 마른 체형에 키도 작은데 일단 현장에 나오기만 하면 잠시도 쉬는 모습을 볼 수 없다. 다른 사람들이 담배 한 대 피운다고 앉아 있을 때도 무얼 해도 하지 가만히 있질 않는다. 성실함을 타고난 분이다.

이분들의 이러한 성실함에도 배운 바가 많지만, 말없이 아랫사람에게 몸소 행동을 통해 일을 가르치는 모습은 감동적이기까지 하다. 무슨 일이든 자기보다 못하는 사람에게, 그것도 나이도 어린 아랫사람에게 일을 하라고 시켜놓고 나면, 대개는 마음에 들지 않게 마련이다. 이럴 때면 대번에 화부터 내고 야단을 치기가 일쑤다. 그러면 아랫사람은 자기 딴에는 열심히 한다고 했는데 야단만 맞는다는 생각에 잘하고 싶던 의욕도 사라져버리고 괜히 반감만 생기기 십상이다.

그런데 우리 박 씨 아저씨는 그런 분이 아니다. 내게 무슨 일을 하라고 시켜놓은 뒤 내가 일하는 게 영 신통치 않으면 슬며시 다가와서 아무 말 없이 자신이 그 일을 해치운다. 앞으로는 이렇게 하라든지 이것도 하나 못 하나 하는 얘기를 한마디쯤 할 법도 한데, 절대 그런 게 없다. 그냥 그렇게 대신 해주고는 또 자기가 하던 일을 계속한다. 말 그대로 말이 아니라 몸으로 가르치는 분이다.

대학 입학 후 대구에 내려갔다가 이분들 댁에 놀러 간 적이 있었다. 융숭한 대접을 받고 대구에 내려오고도 안 들르고 갔다는 소문이 들리면 죽을 줄 알라는 협박(?)까지 들었다. 지금이라도 당장 달려가 함께 어울려 일하고, 일이 끝나면 소주잔을 기울이며 두런두런 이야기를 나누고 싶은 아저씨들. 앞으로도 계속 공사판이나 전전하실 분들은 아니다. 그분들의 소박한 꿈이 이뤄지는 때가 조금이라도 빨리 왔으면 좋겠다.

아카시아, 그 천년의 사랑

서울대학교에는 나무가 많다. 학교를 둘러싸고 있는 숲도 숲이지만 교정 안에도 오가다 탄성을 내지르게 하는 나무들이 있다. 법대 도서관 앞의 거대한 메타세쿼이아가 그렇고, 미풍에 흔들리는 잎들 사이로 햇살이 잔뜩 부서지는 규장각 옆 키 큰 포플러나무가 그렇다. 연록의 무성한 잎들이 한없이 깊은 음영을 지어내는 느티나무들 앞에 빨간 장미꽃들이 활짝 피어 있는 것을 볼 때면, 혼자 보기엔 너무 아까운 풍경이라는 생각이 든다. 삭막한 서울 생활에 생기와 낭만을 불어넣어주는 게 바로 이 나무들이다.

나무에도 얼굴과 뒤통수가 있다는 사실을 나는 조경 공사를 하던 시절에 처음 알았다. 남쪽을 향해 자라난 부분은 다른 곳보다 잔가지도 많고 잎도 무성해서 보기 좋은 데 반해, 반대편은 사람의 뒤통수처럼 밋밋한 게 모양이 좋지 않다.

나무 역시 사람과 마찬가지로 제각기 특이한 개성이 있다. 은행나무와 플라타너스나무는 적응력과 생육력이 뛰어나다. 특히 플라타너스는 잔뿌리는커녕 잎도 가지도 달려 있지 않은 민둥 통나무 같은 것도 그저 땅에 꽂아놓고 물만 주면 잘 자란다.

그러나 소나무는 산에서 캐다 심어놓으면 대부분 말라 죽어버리는 경우가 많다. 심을 때 비료도 넣어주고, 막걸리가 퇴비 노릇을 하는지는 몰라도 아무튼 막걸리도 두어 병 부어주어야 한다. 심고 나서도 물을 자주 주고, 뜨거운 여름이면 잎에도 물을 뿌려 먼지도 씻고 온도도 내려주어야 한다. 그래도 잘 자라지 않고 잎이 황톳빛으로 말라가기라도 하면 병원 환자들처럼 수액을 몇 병 꽂아주기까지 해야 했다.

수십만 평이나 되는 택지에 조경 공사를 하려면 꽤 많은 나무가 필요하다. 조경 회사의 농장과 각지에서 채취한 나무들이 매일 대형 화물 트럭에 실려 들어오는데, 이렇게 들어온 나무들을 한번에 다 심지는 못하기 때문에, 일단 현장 사무소 곁에 마련된 가식장(假植場)에 촘촘히 심어놓는다.

12시에 점심을 먹고 나면 대개 잠깐씩 낮잠을 즐긴다. 나무들이 빽빽하게 들어찬 가식장으로 들어가 단풍나무 잎이 만드는 그늘 속에서 한숨 푹 자고 일어나는 것도 운치가 있었고, 특히 목련이 한창일 때는 막걸리라도 한 사발 들이켠 다음 목련나무 밑에 누워 은은한 향기를 맡으며 꽃을 보고 있노라면, 도연명이 말하는 무릉도원이 바로 여기구나 싶은 생각이 들곤 했다.

이때부터 나는 나무를 사랑하게 되었다. 어느 화사한 봄날, 바람에 섞여오는 향기에 고개를 들어보면 하늘 향해 피어 있는 하얀 목련. 겨우내 거무칙칙하게 엉켜 있던 가는 줄기에서 일시에 노란 물을 뿜어 올리며 세상을 노란빛으로 물들이는 개나리. 아직은 쌀쌀한 4월의 밤에 인적 드문 가로나 공원 주차장에서 가로등 불빛 아래 수많은 작은 꽃송이를 달고 묵묵히 서 있는 벚나무를 보면서 복받치는 설움을 느끼기도 했고, 야산을 홀로 산책하다 여남은 그루 무리 지어 솟아 있는 백양나무를 보고 탄성을 지르기도 했다.

5월이면 한창이던 보리밭도 사랑하고, 가을이면 노변의 밭 한 귀퉁이에 촌색시처럼 수줍게 핀 도라지꽃도 사랑한다. 숲의 귀족이라는 별명에 걸맞게 유난히 하얀 얇은 수피를 입고 섰던 자작나무. 사춘기 소녀처럼 서툴게 피어나던 코스모스.

결국 그들과 나는 동일한 존재임을 알고 있다. 나의 육체도 잠시후 흙이 되고 바람이 되고 먼지가 되어, 어떤 것은 나무의 뿌리로 들어가 아름다운 잎을 이루는 작은 세포가 되기도 할 것이다. 내가 바로 그들이고 그것들이 바로 나다. 의식은 잠시면 사라지고 말 덤으로 얻은 선물에 불과하다.

나무를 심으며 이런저런 개똥철학을 주워섬기던 나에게 유난히 잊히지 않는 나무가 하나 있다. 바로 아카시아다. 아카시아는 취할 것처럼 달콤한 꽃향기에도 사람들의 환영을 별로 받지 못한다. 번식력이 너무 강해 마치 야산의 무법자처럼 제멋대로 뿌리를 뻗어간다. 그 등쌀에 햇빛과 수분을 빼앗긴 주변의 다른 나무가 말라 죽을 정도다.

특히 무덤 주변에 아카시아나무가 보이기라도 하면, 성묘를 온 사람들은 '아카시아와의 전쟁'도 불사한다. 자칫 잘못하다가는 무덤 일대가 온통 아카시아로 뒤덮일 뿐만 아니라 그 뿌리가 관 속으로 파고드는 경우까지 있기 때문이다. 또 아카시아나무는 곧게 수직으로 자라지 않고 제멋대로 꾸불꾸불 자라기 때문에 목재로서도 별 쓸모가 없다. 이래저래 천덕꾸러기 신세를 면하지 못하는 셈이다.

1993년 4월, 대구와 경산을 잇는 고산국도 확장 공사가 이루어질 때였다. 조경 공사라 해서 나무를 심기만 하는 것은 아니다. 산을 깎아 도로를 내거나 건물을 지을 때면 가장 먼저 그 산에 들어가 잘려나갈 나무들 가운데 조경용으로 가치가 있는 것을 선별해서 채취해 오는 작업도 한다.

차들은 쌩쌩 달리고, 황사 바람은 미친 듯이 불어대는 가운데 며칠 동안 작업을 계속했다. 지나가던 차량들이 뿜어내는 매연 때문에 나무의 둥치와 그 까칠까칠한 잎새들이 새까만 분을 덮어쓰고 있어 몸을 가까이하면 온몸에 금세 그을음이 묻어날 것만 같던 가이즈카 향나무와 30년이 넘은 거대한 히말라야시다, 그리고 노변의 개나리에 이르기까지 수많은 나무를 뽑거나 잘라버리는 일을 하고 있었다.

그날은 도로변에 아카시아나무들이 숲을 이루고 있어서 이 나무들을 잘라내는 일을 주로 했다. 잘라낸다고 해서 사람이 톱을 들고 들어가서 잘라낼 만큼 여유롭게 일하는 것이 아니다. 포클레인의 그 무지막지한 바가지가 처참하게 나무들을 짓이겨버리는가 하면 아예 나무 밑동을 뿌리째 파내버리기도 한다. 우리 일꾼들은 포클레인 작업을 도와 잘린 나무들을 차에 실어내기도 하고 도로에 흘러나온 흙을 치우는 작업을 하고 있었다.

간간이 먹은 술기운이 피어오르고 있었고, 멀리 산기슭의 배나무 밭에는 하얀 배꽃이 한창이었다. 석양이 서쪽 하늘을 붉게 물들인 채 또 하루가 저물어가고 있었다. 삽질을 하느라 땅바닥에 처박고 있던 고개를 들었다. 그 순간 나는 쓰러질 것 같은 현기증을 느졌다. 아카시아 한 그루가 서 있었던 것이다. 아니 두 그루였다. 그러나 그들은 한 몸을 하고 있었다.

바지 하나를 두 연인이 같이 입은 듯 1m쯤 한 줄기로 자라던 그 아카시아는 위로 올라갈수록 두 줄기로 갈라져서 더 이상 벌어지지 않고 곧게 곧게 자라고 있었다. 세상 그 어떤 연인도 나눌 수 없을 것 같은 은근한 눈길을 주고받으며 마주 보고 선 채, 전생에 다하지 못한 사랑을 나무로 태어난 이승에서라도 다하겠다는 듯, 그래서 영원히 한 몸으로 살아가고 싶다는 소망을 하늘에 시위하듯.

그 나무의 주변에는 다른 나무들이 쓰러진 채 나뒹굴고 있었다. 분명히 그 아카시아도 그들과 같은 운명에 처해야 정상이었으리라. 그러나 그 무지막지한 포클레인 삽날도 죽음마저 극복한 그들의 지고한 사랑에는 차마 근접하지 못했던가 보다.

단원 김홍도의 그림 속에 있는 '나'

TV 드라마나 영화를 보면 녹색의 필드 위에서 바로 앞 몇 미터 떨어진 자그마한 구멍에 골프공을 또로록 굴려 넣고는 환호성을 지르는 모습이 나오곤 한다. 이 작은 구멍 주변을 '그린'이라 하는데 그곳의 잔디를 자세히 보면 풀잎이라는 게 믿어지지 않을 정도로 가늘고 촘촘하다.

한번은 멋모르고 이 그린 위에서 얼쩡거린 적이 있는데 대번에 골프장 직원이 뛰어와서 난리를 쳤다. 알고 보니 이 잔디의 가격이 평당 200만 원가량이라고 했다. 야단맞는 것도 무리는 아니다.

이따금 우리나라에서도 골프가 '대중 스포츠'로 자리 잡아야 한다는 이야기를 들을 때마다 그때 일이 떠오르곤 한다. 내가 일하던 골프장의 회원권 가격은 4,000만 원이었다. 명문 클럽이라고 하는 곳의 회원권은 더 비쌀 것이다.

도대체 이렇게 넓은 땅과 많은 돈을 들여서 지은 골프장에서 심신을 수양할 수 있는 사람이 우리나라에 몇이나 될까? 모르긴 몰라도 엄청나게 많은 모양이었다. 그러니 전국 방방곡곡 경치 좋고 공기 좋은 곳이면 어김없이 골프장이 들어서 있고 주차장에는 최고급 승용차가 즐비하지 않은가?

이곳에서 일을 하고 있노라면, 머릿속에는 국사책에서 본 단원 김홍도의 그림 한 점이 자꾸만 어른거리곤 했다. 그림 속 인물들은 장딴지까지 주섬주섬 걷어 올린 흙물이 든 무명고의와 가슴팍을 다 드러낸 헐렁한 적삼을 입은 채 힘겨운 노동을 하고 있다. 골프장에서 내가 주로 한 일도 중장비 없이 삽과 곡괭이로 땅을 파고 목도로 무거운 것을 옮기는 고전적인 막일이었으니 피차 비슷한 일을 했다고 할 수 있다.

이렇게 막노동을 하는 나도 그 시대로 치자면 노비 신세를 면치 못했을 텐데, 그런 시대에 태어나지 않은 게 다행스럽게 느껴지기도 한다. 그러나 따지고 보면 지금 우리 사회에도 엄연히 양반과 노비의 구분이 존재하는지도 모른다. 그 이름이 부자와 가난한 자로 바뀐 채 말이다.

부유하다거나 가난하다는 것, 또는 공부를 많이 했다거나 그러지 못했다는 것, 그래서 삶의 모습에 편차가 생긴다는 것을 과연 그 사람의 후천적 노력으로만 환원해 설명하고 정당화할 수 있을까? 그럴 수 없다고 생각한다. 예컨대 내가 이렇게 공부를 하여 대학에 들어올 수 있었던 것은 순전히 내가 남달리 노력했기 때문이기만 한 걸까. 물론 내가 노력을 하지 않았다면 오늘의 결과는 없었을 것이다.

하지만 그게 다일까? 왜 어떤 학생은 어릴 때부터 공부를 잘하고 또 그러기 위해 강인한 의지력을 발휘할 수 있는 데 반해, 왜 어떤 학생은 공부에는 애당초 관심을 갖지 않게 되는 것일까. 자극받을 기회조차 없이 시간을 놓쳐버리는 경우가 얼마나 많은가? 보다 본질적으로 불평등한 '경우의수'가 오늘날 서로 다른 삶의 질을 만들어내고 있는 것은 아닐까?

그러므로 남다른 재능을 발휘해 보통 이상의 부를 누리게 되었다든지, 혹은 남보다 강한 인내심을 발휘해 많은 고통을 참아내고 커다란 성공을 거둔 사람이라 해도, 운 나쁘게 그 시대와 사회에 적절하지 않은 조건을 가지고 태어나서 그 같은 성공을 누리지 못한 사람들의 삶에 대해 진정 어린 우호와 동정의 마음을 가질 수 있어야 할 것이다.

이러한 초(超)본성적인 윤리 의식이 제도화되어, 모든 사람이 자신이 가진 능력대로 열심히 살아가기만 하면 그 노력의 결과와는 상관없이 모두 잘살 수 있는 세상이야말로 우리가 꿈꾸어볼 만한 세상이라고 나는 생각한다.

가끔씩 일을 하다가 근처로 골프를 치는 사람들이 다가오면, 하던 일을 멈추고 그들의 눈에 잘 보이지 않는 곳에 숨어야 했다. 골프 치는 사람들에게 방해가 되지 않게 하라는 현장 측의 지시가 있었던 것이다. 그늘에 가서 담배를 한 대 피우고 있으면 먼 훗날의 역사책에 골프장에서 삽질을 하고 있는 내 모습이 이 시대 풍속화 중 하나로 그려져 있지나 않을까 하는 엉뚱한 생각이 들곤 했다.

더운 여름날이면 땀을 많이 흘리며 일을 해야 했기 때문에 굵은 소금을 준비해 가지고 다니며 모자란 염분을 보충해야 했다. 나는 아직 어리니까 그렇다고 치더라도 함께 일했던 성실한 아저씨들은 자신과 연배가 비슷한 사람들이 오히려 땀을 흘리려고 골프장에 나와 서성거리는 모습을 보면서 소금을 삼킬 때 어떤 기분이었을까.

아무리 정당한 노력으로 번 돈이라 해도 무절제한 사치는 합리

화될 수 없을 것 같다. 유한한 지구의 자원을 가지고 누군가가 지나치게 많이 누린다면, 그만큼 소외된 사람들에게 돌아갈 몫이 줄어드는 게 아닐까.

정신의 자유, 육체의 자유

가스 배달 일을 하던 시절, 유난히 힘든 거래처가 한 군데 있었다. 대구시 중심가에 위치한 고층 빌딩의 7층 구내식당이 그곳이다. 도심에는 가스 같은 위험물을 실은 차량이 다닐 수 없다는 법규 때문에 그 구내식당은 언제나 오토바이 기사들의 몫이었다. (나는 이 법규라는 것도 이해가 가지 않는다. 가스통을 오토바이에 싣고 다니는 것과 트럭에 싣고 다니는 것 가운데 어느 쪽이 더 위험할까?) 나 말고 둘 더 있던 오토바이 기사들은 이제 막 농업학교를 졸업하고 예전의 나처럼 오토바이가 타고 싶어서 가스집에 들어온 철없는 아이들이었다. 나도 그들보다 더 나을 것은 없는 처지였지만, 왠지 그 아이들을 보내는 것보다는 내가 가는 게 속 편할 것 같아서 그 구내식당엔 내가 배달을 갔다.

　물론 그 건물에는 엘리베이터가 있었다. 그러나 처음 내가 가스통을 둘러메고 건물 현관으로 들어서자, 대번에 경비 아저씨가 쫓아왔다.

　"야 인마, 너 지금 뭐 하는 거야?"

　"예? 구내식당에 가스 배달 왔는데예."

　"근데 왜 일루 들어와?"

158

"엘리베이터가 저짜 있잖아요."

"너 이 건물에 처음이냐?"

"예."

"우리 건물에선 가스통 들고 엘리베이터 못 타게 되어 있어. 저 뒤로 돌아가면 비상계단이 있으니 글루 올라가."

"예? 아니•아저씨, 7층까지 이걸 들고 어떻게 올라갑니꺼?"

"녀석아, 그거야 니 사정이지. 지금까지 다들 그렇게 올라갔어."

눈앞이 캄캄했다. 경비 아저씨와 실랑이를 벌이느라 잠시 가스통을 메고 서 있는 동안에도 벌써 다리가 후들거리는데, 7층까지 들고 올라가라니 어이가 없었다. 에라 모르겠다, 죽기 아니면 까무러치기지 뭐. 하는 수 없이 낑낑거리며 비상계단 쪽으로 가보았다.

건물 옆구리에 붙은 철제 비상계단은 경사가 최소한 70도는 되어 보였고, 폭은 좁은 데다 꼬불꼬불해서 도저히 올라갈 엄두가 나지 않았다. 그러나 나는 모질게 마음을 먹고 계단을 올라가기 시작했다. 비록 가스 배달 초보 시절이었지만, 계단을 올라가는 중간에 가스통을 내려놓고 한번 쉬기라도 해버리면 두 번 다시 그 통을 도로 질 수 없다는 것쯤은 알고 있었다. 이를 악물고 젖 먹던 힘까지 짜냈다. 1층도 다 올라가기 전에 벌써 숨이 턱에까지 차올랐다. 콰당탕탕탕…. 가스통과 함께 간신히 올라온 계단을 도로 굴러떨어지는 내 모습이 머릿속에 어른거렸다.

그러나 나는 해냈다. 무사히 7층까지 올라간 것이다. 7층에 도착한 순간 그대로 쓰러져 10분가량 꼼짝도 못 하고 누워 있었지만 말이다. 사람의 '무한한' 잠재력을 발견한 느낌이었다. 몇 번 그 건물에 배달을 다닌 다음에는 그냥 올라가도 숨이 찰 계단을 가스통을 진 채 뛰다시피 오르내릴 수 있었다.

막노동을 할 때도 이런 경험은 수없이 되풀이되었다. 곡괭이질도 보기처럼 쉬운 일은 아니다. 곡괭이의 무게 자체가 만만치 않기 때문에 처음에는 그걸 머리 위로 치켜들었다가 내리찍는 것만도 힘에 부쳤다. 당연히 뾰족한 곡괭이의 날은 내 겨냥과는 무관하게 엉뚱한 곳에 박히는 경우가 태반이었다. 그러나 나중에는 땅바닥에 10원짜리 동전을 하나 떨어뜨려놓고 있는 힘을 다해 풀 스윙을 해도 정확하게 날 끝이 동전을 찍는 경지에까지 이르렀다.

조경 공사 일을 그만두고 도로 경계석 까는 일을 한 적이 있다. 조경 공사보다 일당이 1만 원 센 4만 5,000원이라 해서 시작한 일이었다. 도로 경계석은 콘크리트로 만든 것과 고급스러운 대리석으로 만든 것, 두 종류가 있는데 길이는 모두 1m지만 높이에 따라 제일 큰 것은 무게가 100kg 가까이 된다. 트럭에 실려 온 이런 돌덩이가 군데군데 무더기로 쌓여 있으면, 그걸 하나씩 놓을 자리로 운반하는 것이 내가 처음에 한 일이었다.

두 사람이 마주 보고 서서 양쪽 끝을 들고 나르려면, 장갑을 두 켤레씩 끼어도 콘크리트의 날카로운 모서리 때문에 손바닥 껍질이 벗겨져서 쓰리고 아팠다. 일을 끝내고 돌아올 때쯤에는 숫제 손이 퉁퉁 부어오르곤 했다. 벗겨진 손바닥에 굳은살이 박이고 팔과 허리, 다리 등이 새로운 작업과 무게에 익숙해질 때까지 일주일 정도 고생을 해야 했다. 그러나 한 달 두 달 지나면서는, 몸무게가 고작 52~53kg밖에 나가지 않는 내가 내 몸무게의 두 배에 육박하는 경계석을 혼자서 등에 지고 나를 수 있게 되었다.

그해 여름이었다. 비 한 방울 내리지 않고 찌는 듯한 더위가 연일 계속되었다. 특히 대구 지방은 지리적인 특성 때문에 해마다 전국 최고기온을 기록하는 등 덥기로 소문난 동네가 아닌가. 30분 정도만 몸을 움직여도 티셔츠가 마치 물에 담갔다 꺼낸 것처럼 흠뻑 젖어서 웃통을 벗고 짜면 땀이 주르륵 흐르곤 했다.

그런 날씨 속에서도 공사 마감이 코앞에 다가와 있었기 때문에 다들 정신없이 일에 매달려야 했다. 일꾼들은 반으로 나뉘어 한 팀은 경계석을 놓았고, 내가 속한 나머지 한 팀은 잔디밭에 PVC 배수 파이프 묻는 작업을 했다. 시일이 촉박했기 때문에 아르바이트 학생이 몇 명씩 팀마다 합세해서 일을 거들었다.

삽질을 하느라 얼굴을 숙이고 있으면, 마치 김이 무럭무럭 오르는 냄비 위에 고개를 들이박고 있는 기분이었다. 그래도 작업 시간이 끝날 무렵에는 우리가 하던 일을 끝낼 수 있었지만, 그러고 나니 다들 기진맥진해서 서 있을 힘조차 없을 지경이었다.

잠시 쉬다가 경계석을 놓고 있던 아저씨들한테 가보았다. 벌써 해는 서산 너머 사라질 채비를 하고 있는데, 이쪽 작업은 아직 끝날 기미도 보이지 않았다. 경계석은 그냥 맨땅에 놓는 것이 아니라 먼저 레미콘을 깔고 그 위에 올려놓아야 한다. 그래야 레미콘이 굳으면서 경계석이 고정되고, 높이도 일정하게 맞출 수 있다.

일단 레미콘 차가 와서 경계석이 놓일 자리에 콘크리트를 부어 놓으면, 작업 시간이 끝났다 해도 그게 굳어버리기 전에 경계석을 다 놓아야 한다. 그러지 않으면 돌처럼 굳어버린 콘크리트를 다시 파내야 하기 때문이다. 따라서 보통 때 같으면 오후 참을 먹고 나면 더 이상 레미콘 차를 부르지 않는다. 그랬다가는 해 떨어지기 전까지 작업을 끝내지 못하기 때문이다. 그런데 그날은 작업이 무척 급했기 때문에 해가 떨어지거나 말거나 무작정 레미콘 차를 불렀던 모양이었다.

길이 1m짜리 경계석을 몇백 개씩 일직선이 되도록 가지런히 놓는 것은 쉬운 일이 아니다. 그래서 경계석을 놓는 사람들은 목수나 미장공처럼 현장에서는 기술자로 대우를 받는다. 70~80cm 정도 되는 철근의 한쪽 끝을 갈고리처럼 꼬부린 연장을 한 손에 하나씩 들고, 두 사람이 마주 보고 선 자세로 경계석 밑면을 들어 올린 다음, 수평과 높이를 맞춰서 걸어놓은 실을 기준 삼아 하나하나 놓아간다. 100kg에 육박하는 경계석을 둘이서 하루 종일 놓고 나면, 온몸에 힘이라고는 남아나질 않는다.

경계석 놓는 현장에서는 힘깨나 쓰게 생긴 아르바이트생들은 물론 우리 아저씨들조차 완전히 탈진해서 일손을 놓고 있었다. 부어놓은 레미콘이 메마른 여름 날씨에 빠른 속도로 굳어가는데도 다들 넋 나간 사람처럼 앉아만 있는 것이었다. 경험 없이 제 힘 하나만 믿고 겁 없이 공사판에 뛰어든 친구들은 아무리 체력이 좋아도 해 질 녘이 되면 손가락 하나 까딱할 수 없을 만큼 지쳐버린다. 이미 나도 수없이 경험해본 일이었다.

이미 레미콘 표면이 딱딱하게 굳어 있어서 그 위엔 경계석을 놓을 수도 없게 되어 있었다. 먼저 삽으로 레미콘을 파 뒤집어서, 아직 물기가 남아 있는 속 부분을 겉으로 끄집어내야 했다. 해본 사람

162

은 알겠지만, 삽질 중에서도 제일 힘든 게 레미콘을 뜨거나 고르는 일이다. 시멘트와 모래, 자갈과 물이 섞인 레미콘은 워낙 비중이 커서, 한 삽 무게가 흙이나 모래 같은 다른 물질의 대여섯 삽 무게와 맞먹는다. 게다가 굳어가는 레미콘에는 삽날이 잘 들어가지도 않는다. 삽을 목표 지점에 갖다 대고 있는 힘을 다해 발로 밟거나, 아니면 어깨 위로 높이 쳐들었다가 힘껏 내리찍어야 간신히 삽날이 들어간다.

나 역시 많이 지친 상태였지만 그냥 구경만 하고 있을 수는 없었다. 일꾼들 중에서 가장 힘이 좋은 이용식 아저씨와 내가 앞장서서 분위기를 잡은 다음, 우리 둘이서 굳어가는 레미콘에 달려들었다. 나머지 분들도 마지막 있는 힘을 다해 우리를 뒤따라오며 경계석을 놓기 시작했다.

나나 이용식 아저씨나 둘 다 삽질 하나는 도가 튼 사람들이다. 굳어가는 레미콘에 삽날을 대고 점프를 하다시피 붕 떠서 발로 밀어넣으며 레미콘을 뒤집어갔다. 숨이 차서 씩씩거리면서도 둘이서 마치 경쟁이라도 하듯 번개처럼 몸을 움직였다. 그 와중에도 서로의 빈 삽에다 레미콘을 한 무더기 떠서 끼얹는 장난을 하며 낄낄거리기도 했다. 순식간에 그 많던 레미콘이 깔끔하게 정리되었다. 아르바이트생들은 입을 쩍 벌리고 그런 우리를 멍하니 지켜볼 뿐이었다.

그날 저녁, 회식 자리에서 술잔이 몇 차례 돌고 나자 아르바이트생들이 하나하나 내 옆으로 다가와서는 술을 한 잔씩 권하더니, 도대체 그 작은 몸 어디서 그런 힘이 나오느냐며 팔뚝을 만져보기도 하고 가슴팍도 찔러보고 하는 것이었다.

나 역시 공사판에 처음 나갔을 때는 하루도 채 버티지 못해 비실거려야 했다. 그런 내가 지금은 어떤 공사장에 가서도 누구 못지않게 일을 해낼 수 있는 자신이 있다. 무엇이 나를 이렇게 변화시켰을까?

똑같은 질문을 하나 더 던져보자. 처음 대학 입시를 준비하기 시작했을 때, 나는 첫 모의고사에서 하위권의 4년제 대학에 겨우 들어갈 정도의 성적을 받고 감격해했다. 그런 내가 비록 5년이란 세월이 걸리기는 했지만 입시 공부 하나만은 그 누구보다도 잘할 수 있다는 자신감을 가지게 되었고 그것이 서울대 수석 합격이라는 결과로 나타났다. 이것은 무엇을 뜻하는가?

'사람의 정신과 육체는 쓰면 쓸수록 강해진다.'

이것은 지난 몇 년간 일을 하고 공부를 하면서 내가 몸으로 터득한 확신이다. 당장 나만 해도 예전에는 두 자릿수만 넘어가면 더하기도 암산이 안 되어 헤맸는데, 지금은 특별한 방법을 동원하지 않고도 두 자릿수 곱셈쯤은 어렵지 않게 암산할 수 있다.

내가 다니던 학원 근처에 중국 음식점이 하나 있었다. 평소에는 도시락을 두 개씩 싸 가지만 일요일에는 점심만 도시락으로 해결하고 저녁은 이 중국집에서 짜장면을 많이 먹었다. 그런데 이 중국집 주인아주머니가 내 시선을 끌었다. 식당 안에 북적거리는 손님들이 여기저기서 주문을 해대도 주인아주머니는 그걸 하나도 놓치지 않고 주방에 전달한다. 음식이 나오면 손님들한테 뭘 주문했는지 한번 물어보는 법도 없이 척척 식탁으로 가져다준다. 손님이 식사를 마치고 나오면 계산까지도 뭘 먹었는지 물어보지도 않고 일사천리로 끝내버리는 것이다. 보통 사람 같으면 일일이 적어가며 해도 헷갈릴 텐데, 워낙 숙달이 되어 있는지라 그건 아무런 문젯거리도 아니었다. 이분이 처음부터 이런 능력을 갖진 않았을 거다.

보통 사람은 물구나무도 제대로 못 서는데, 체조 선수들은 공중에서 서너 바퀴씩 휙휙 텀블링을 하는 걸 보면, 연습에 의한 능력의 계발이라는 것이 얼마나 무서운지 알 수 있다.

입시 공부를 처음 시작할 때는 수학 문제를 풀고 영어를 이해하는 것이 힘이 들었지만, 점차 실력이 쌓여감에 따라 더 어려운 것, 더 복잡한 것도 풀어내게 되었다.

그런 다음 이전에 쩔쩔맸던 문제들을 보면 그건 매우 쉬운 문제였다. 마치 장대높이뛰기에서 어떤 목표가 시도할 땐 한계지만 일단 뛰어넘고 나면 그다음부턴 아무것도 아닌 것과 마찬가지로.

이런 과정을 거치면서 나는 '자유'라는 것을 생각했다. 들 수 없던 돌을 들어 올리고 풀 수 없던 문제를 풀어냄으로써 얻게 되는 자유. 한계라는 벽에 부딪쳐 답답하게 꽉 막혀 있다가 그것을 뚫어냄으로써 확 트인 새로운 세계로 나아가는 자유.

이것은 생활 속에서도 마찬가지다. 입시와 싸워야 하는 수험생의 하루는 어마어마한 감옥이다. 한 치의 빈틈도 없는 일정의 틀은 마치 거대한 바윗덩이처럼 우리를 짓눌러서 가슴 답답하게 한다. 이런 빡빡한 일정이 계속 이어진다면 도저히 버텨낼 수 없을 것만 같다. 그러나 하루 이틀 참고 견디며 해나가다 보면 어느 순간 교실 의자에 가만히 앉아 있는데도 전혀 갑갑하지 않게 느껴진다. 하루 종일 말 한마디 하지 않고 공부만 하다 집으로 돌아가는 길인데도 마음은 오히려 편안하고 가벼워지곤 한다. 일단 극복하고 나면 그것은 더 이상 감옥도 한계도 아니다.

　사람은 정신적, 육체적 능력에서 큰 차이가 없다는 게 나의 생각이다. 그러므로 누구나 자신의 힘을 단련해 능력을 확장시키고 한계를 돌파함으로써 '자유'를 얻을 수 있다.

3

공부가 가장 쉬웠어요

공부는 이제껏
내가 해본 세상의 어떤 '놀이'보다
신나고 재미있었다.
모르던 것을 새로 알고
발견하는 기쁨도 기쁨이지만,
쓰면 쓸수록
내 머리가 좋아지고 있다는 것을
느끼는 것도 대단한 쾌감이다.

IQ 113, 내신 5등급, 늦깎이 5수생의 하루

일어나는 시간은 아침 7시. 스물다섯 살이 되어도 아침에 혼자 일어나지 못하는 것은 중·고등학교 때와 매한가지다. 아침을 거르는 일은 있어도 머리를 안 감는 날은 없다. 습관이 되어서 그런지 머리카락이 깨끗하지 않으면 머릿속까지 상쾌하지가 않아 공부에 방해가 되었기 때문이다. 감은 머리가 채 마르지도 않은 상태로 부리나케 버스 정류장으로 뛰어나간다. 이렇게 나의 하루는 시작된다.

버스를 타고 학원까지 가는 시간은 30~40분. 수학 문제를 암산으로 풀 때도 있고, 영어 단어를 외우는 때도 있다. 본고사에 문학 작품의 이해와 감상이라는 과목이 있었으므로 대구 시립도서관에서 단편소설집과 시집을 대출해서 보곤 했는데 이 책들을 주로 읽는 곳도 버스 안이었다.

버스에서 내려서 학원까지 가려면 10분 정도 걸어야 하는데, 이 시간도 그냥 보내지 않았다. 버스 안에서 해결되지 않은 문제를 계속해서 생각하거나, 머릿속으로 공부를 하지 않을 때는 일부러 힘껏 뛰어다녔다. '지각 대장'이라는 별명이 붙을 정도로 학원에 지각하는 경우가 많아서 그렇기도 했지만, 한편으로는 부족한 운동량을 그렇게 해서라도 보충할 심산이었다.

그렇게 학원에 도착하면 대략 8시가 된다. 이때부터 9시까지는 방송 수업 시간이었다. 그러나 나는 이 수업을 듣지 않고 혼자서 자습을 했다. 교실 안에 달려 있는 스피커로 나오는 소리가 어찌나 큰지 음파의 진동이 살갗으로 느껴질 정도였다. 이 소음 속에서 정신을 집중한 채 책을 본다는 것은 쉬운 일이 아니었다. 그렇다고 해서 방송 수업을 듣자니 다 아는 내용이어서 그럴 수도 없는 노릇이었고, 멍청히 아무것도 안 하고 앉아 있다는 것은 있을 수 없는 일이었다. 그러니 할 수 없이 책을 보아야 했는데, 이 덕에 집중력 하나는 확실하게 키울 수 있었다. 세상일에는 항상 음지가 있으면 그 반대편에는 반드시 양지도 있게 마련이다.

9시부터 12시 50분까지는 오전 수업 시간이다. 쉬는 시간 10분은 교실 의자에 그대로 앉아서 공부할 때도 있고 밖에 나가서 담배를 피우며 공부할 때도 있다. 나는 담배를 꽤 많이 피우는 편이기 때문에 학원이나 도서관에서도 한자리에 몇 시간씩 가만히 앉아서 공부를 하지 못한다. 대개 한 시간 혹은 두 시간 정도를 공부하고 나면 밖에 나가서 담배를 한 대 피우고 들어와야 한다.

담배를 피우면서 공부를 한다는 말이 이상하게 생각될지도 모르겠다. 사실 버스 안에서도 공부를 많이 했지만 나는 담배를 피우면서도 많은 공부를 했다. 공부란 꼭 책상에 앉아서만 하는 것은 아니라고 생각한다. 언제 어디서라도 머릿속에선 수학 문제를 풀고 있고 물리법칙을 생각하고 있다면 그것은 바로 공부를 하고 있는 것이다.

담배를 피우러 나가서도 마찬가지다. 아이들과 이야기를 하는 것이 아니라 먼 산을 보며 교실에서 공부하던 것을 '계속 이어서(to be continued)' 생각한다. 교실에 가만히 앉아서 생각을 계속하는 것보다, 이렇게 장소를 바꿔보면 한쪽으로만 나아가던 생각의 물꼬가 다른 쪽으로도 트여서 풀리지 않던 문제나 이해가 되지 않던 부분도 신기하게 해결되곤 한다.

내 탈선의 첫걸음이 되었던 담배란 놈이 사실 입시 공부를 하는 데는 많은 도움을 준 것 같다. 아이들은 대개 공부를 하다가 좀 쉬어야겠다 싶으면 곁에 있는 아이들과 이야기를 하거나 장난을 치느라 애써 차분해진 마음을 다시 들뜨게 만들어놓는다. 그러나 나는 쉬고 싶을 때 밖에 혼자 나가서 담배를 한 대 피우고 들어오면 그뿐이다. 시간도 적게 걸리고 차분해진 마음이 흐트러지지도 않는다.

나는 처음으로 입시 학원에 다닐 때부터 공부를 하다 이렇게 혼자 나와 생각하기를 좋아했고, 이 시간이 나에게는 더없이 소중하게 느껴졌다. 이렇게 좀체 아이들과 이야기를 하지 않고 늘 혼자 있는 내 모습이 안쓰러웠던지 같은 반 아이들 중 붙임성이 있고 싹싹한 몇몇 아이가 가끔씩 혼자서 담배를 피우고 서 있는 나에게 슬며시 다가와 저희 딴에는 나를 위한답시고 이런저런 이야기를 걸어오곤 했다. 어떨 때는 한창 막혔던 생각이 풀려가고 있어서 내 머릿속은 정신이 없는데, 이렇게 이야기를 걸어오면 사실 짜증이 나기도 했다. 고3 때 잠깐 공부를 한답시고 설쳐댈 무렵 쉬는 시간마다 한 친구에게 독일어를 물어보곤 했는데 그 친구가 귀찮은 나머지 시험 볼 때 다 보여줄 테니까 제발 그만 좀 물어보라고 말한 심정을 이해할 만도 했다.

점심을 먹고 담배를 한 대 피우고 나면 다시 책상으로 돌아와 공부를 한다. 저녁에는 대부분의 아이들이 도시락 대신 학원 밖으로 나가서 밥을 사 먹고 들어오는데 돈도 돈이지만 밖에 나가서 아이들과 저녁을 먹고 들어오면 도시락을 먹는 것보다 시간이 훨씬 많이 걸리기 때문에 거의 매일 점심과 저녁 도시락 두 개를 싸 가지고 와서 얼른 먹어치우고 다시 앉아서 공부를 했다.

그렇다고 해서 내가 반 아이들과 완전히 담을 쌓고 학원 생활을 한 것은 아니다. 아침에 학원에 오면 마주치는 아이들과 일일이 반갑다는 인사를 나누었고 쉬는 시간이면 나도 인간인데 한 번씩 아이들과 농담을 주고받기도 했다. 아이들은 공부를 열심히 할 뿐만 아니라 나이도 제일 많은 축에 드는 나를 "보스, 보스" 하면서 형님 대접을 해주었다.

그렇지만 일단 공부를 할 때면 마치 대화 공포증이라도 걸린 사람처럼 말을 하지 않으려고 애썼다. 집중해서 공부를 하는 것은 나의 정신이 책과 독점적 관계를 맺고 있는 상태다. 그런데 이야기를 하다 보면 정신이 외부로 쏠려버리기 때문에 원상 복귀시키려면 시간이 걸린다. 게다가 이야기는 또 다른 이야기를 불러와서 신경 쓸 거리를 마련하는 경우가 많으므로 이래저래 시간과 집중력을 낭비하게 된다.

대부분의 재수생은 한창 발랄하게 뛰어놀고 로맨틱한 사건에 빠져보고도 싶은 나이다. 이런 아이들이 나눌 수 있는 이야기라는 게 시시껄렁한 잡담 아니면 힘들다는 하소연, 혹은 어디 놀러 가자는 이야기밖에 더 있겠는가. 그런 이야기라면 차라리 안 하는 게 조금이라도 재수 생활을 덜 힘들게 하는 비결이라 생각했다.

야간 자습 시간에는 고독과 젊음의 정열이 뿜어내는 향기가 내 코밑에 감돌고 있는 느낌을 받았다. 그 향기와 어우러지던 하얀 형광등의 불빛조차 나는 아마 영원히 잊지 못할 것 같다. 분명 많은 아이들 속에 앉아 있었지만 나는 무한한 활자와 지식의 우주 속을 홀로 정신없이 쏘다니고 있었다. 내게는 내 인생을 송두리째 바쳐버린 간절한, 너무나 간절해서 목이 타고 눈물이 날 것만 같은 소망이 있었기에 문득 담배를 피우러 나가 어두운 밤하늘을 바라보고 있으면 한없는 고독과 마치 떠나버린 여인이 서 있던 자리의 비 맞은 풀잎 냄새와도 같은 향기가 밀려오곤 했던 것이다.

밤 열 시, 야간 자습을 끝내고 집으로 돌아가는 길이면 네온사인 찬란한 밤거리를 걸으며 홀로 중얼거린다.

"오늘도 이만하면 완벽한 공부의 하루였지!"

지식이 두 배 늘면 생활은 세 배 즐거워진다

골프장 공사를 할 때였다. 잔디밭의 스프링클러에 물을 보내는 PVC 파이프가 어딘가에서 파손돼 물이 땅속으로 다 흘러가버린 적이 있었다. 분명히 파이프가 부서진 것은 틀림없는데 문제는 그 넓은 잔디밭의 아래에 묻힌 파이프 가운데 어느 곳이 부서졌는지 알 수 없었다. 반나절 동안 짐작이 가는 곳을 파헤쳤지만 번번이 헛수고였다.

그러던 차에 나이가 많은 아저씨 한 분이 묘안을 냈다. 예전에 우물을 판다거나 산속에서 물을 구하기가 힘들 때 땅속에 든 물을 찾던 방법을 이용해보자는 것이었다. 그러고는 근처 잣나무의 가지 둘을 젓가락만 하게 꺾어 왔다. 나뭇가지 끝에서 3~4cm 되는 곳을 90도로 구부려, 구부린 부분을 주먹을 쥔 손의 엄지와 둘째손가락 사이에 가볍게 끼웠다. 이렇게 하고 나서 주먹을 쥔 두 손을 나란히 맞붙이고 나니까 앞으로 나란히 한 듯한 두 나뭇가지가 한들한들거렸다. 손이 흔들리지 않도록 살며시 걸으며 잔디밭 위를 이리저리 돌아다니다가 두 가지가 문득 엇갈리는 지점에 이르자 그 아래가 물이 있는 곳이라면서 그곳을 파보라고 했다.

그 아저씨가 하는 것을 보면서 나는 그게 어떤 원리일까 생각해보았다. 앞을 향해 5cm가량 떨어져 있는 두 나뭇가지에는 중력에 의해 끌어내리는 힘이 작용한다. 또 나뭇가지 사이에는 미미하지만 만유인력의 법칙에 따라 상호 끌어당기는 인력이 작용한다. 물체가 운동하지 않는다는 것은 힘이 작용하지 않기 때문인데 이 두 나뭇가지에는 두 힘이 작용하고 있다. 그런데도 운동하지 않는 것은 서로 직각 방향으로 작용하는 중력과 인력이 균형을 이루기 때문이다. 이것은 공전하는 지구에 작용하는 원심력과 지구와 태양 사이에 작용하는 인력이 균형을 이루어서 지구가 태양과 일정한 거리를 유지하는 것과 같은 이치다.

그런데 지구상의 모든 지점의 중력이 일정한 것은 아니다. 해발고도와 지하 물질의 상태에 따라 각 지점의 중력은 달라진다. 이러한 지하 물질의 밀도 차이 때문에 생기는 중력 이상을 이용해서 실제로 유전 탐사 등이 이뤄지기도 한다. 지하에 물이 모여 있는 곳은 물과 주변 물질들과의 밀도 차이에 의해 주변 지역과는 중력이 달라진다. 따라서 힘의 균형이 깨지고 두 가지 사이의 인력에 의해서 서로를 끌어당겨 두 가지는 엇갈리게 되는 것이다.

이렇게 내 나름대로는 지구과학과 물리에서 배운 것을 응용해서 그 신기한 물 찾는 방법의 원리를 풀어봤다. 그런데 이 가설대로라면 그렇게 해서 물을 찾기 위해서는 적어도 땅속에 물이 어느 정도 고여 있어야 한다. 그저 조금 스며 있는 것 가지고는 중력에 변화를 줄 수 없기 때문이다. 따라서 그 아저씨의 방법은 땅속에서 파손된 파이프를 찾기에는 부적절한 방법이 된다. 그래서였는지 그 아저씨가 파보라고 한 곳을 몇 차례 파보았지만 결국 실패하고 말았다.

입시 공부를 하면서 자칫 빠지기 쉬운 함정은 '시험 끝나면 고사장을 나오는 순간 바로 잊어버려도 상관없는 쓸모없는 지식에 왜 매달려야 하나' 하는 회의다. 그러나 적어도 내가 확인한 바로는 교과서에서 다루는 내용은 대부분 살아가는 데 유용한 지식이다. 일상생활에서 만나는 궁금증이나 모르고 지나쳤던 사물이나 현상의 미스터리도 이런 지식을 토대로 한번 생각해보고 규명하려 시도할 수 있다.

물리 공부를 할 때는 조경 일을 할 때 기억이 떠올라 혼자 재미있어하던 기억도 있다. 임시로 나무를 빽빽이 심어둔 그 가식장에는 어김없이 '오줌을 누지 마시오. 현장 소장 백' 하는 푯말이 붙어 있다. 얼핏 생각하기엔 나무에 오줌을 누면 거름이 되어서 좋을 것 같은데 사실은 오히려 나무가 말라 죽어버린다. 왜 그럴까? 공사장 아저씨들도 대개는 경험을 통해 그런 사실을 알고 있을 뿐 그 이유에 대해서는 생각해본 적이 없는 것 같았다.

나는 그것을 나름대로 분석해보았다. 방금 옮겨 심은 나무는 잔뿌리가 별로 없기 때문에 수분이 조금만 모자라도 죽어버린다. 땅에 심긴 나무의 뿌리는 흙이 감싸고 있다. 평상시에는 뿌리 속 수분 농도가 흙 속 농도보다 높다. 그런데 갑자기 흙 속에 오줌이 들어오면, 뿌리 속 농도보다 흙 속 농도가 높아진다. 깨진 수분 농도의 균형을 회복하기 위해서는 어떻게 해야 할 것인가? 삼투압의 원리에 의해서 뿌리에 들어 있던 수분이 흙 속으로 빠져나와버린다. 그래서 나무가 말라 죽는 것이 아닐까.

물론 이런 내 생각이 과학적으로 맞는지 어떤지는 확인해보지 못했지만, 적어도 그런 식으로 지식을 활용해본 덕분에 삼투압이나 용매, 용질 등에 대해서는 좀처럼 잊어버리지 않을 정도로 공부를 한 셈이다.

언젠가는 신문을 보는데 우연히 사회면 한 귀퉁이에 어느 고등학생이 성적을 비관해 10층 아파트 옥상에서 투신자살을 했다는 기사가 눈에 띄었다. 그 기사를 보는 순간 내 머리에는 문득 물리 시간에 배운 공식들이 스쳐 지나갔다. 10층 아파트라면 한 층의 높이를 3m로 계산할 때 30m가 된다. 학생의 몸무게를 50kg이라고 가정했을 때, 그 아이가 떨어져서 지면에 닿는 순간 어느 정도의 에너지가 발생할까? 또 그 에너지를 열에너지로 변환한다면 물을 몇 도나 데울 수 있을까?

힘은 질량 곱하기 가속도($F = ma$), 일은 힘 곱하기 이동 거리($W = Fs$) 따위의 공식과 함께 1칼로리의 열량은 4.2줄의 일에 해당된다는 열과 일의 관계 등이 기계적으로 떠올랐다.

한참 정신없이 계산해보던 나는 '아차! 내가 지금 뭘 하고 있지?' 하는 생각이 들었다. 아무리 공부에 미친 놈이라고는 하지만 한 생명이 피지도 못하고 사라져간 비극적인 사건 앞에서까지 이렇게 될 수 있나 싶었다.

어쨌든 이런 경험들을 통해 나는 영어나 수학은 물론이고, 고등학교 교과서에서 배우는 많은 지식이 쓸모 있다는 것을 알게 되었다. 고등학교 공부를 착실히 한 사람이라면, 새로 생긴 최신 용어 몇 가지를 제외하고는 신문의 경제면이나 과학면에 나오는 기사를 이해하는 데 별 무리가 없을 것이다.

그렇지만 현실은 어떠한가. 대부분의 사람들이 고등학교 때 그토록 기를 쓰고 외웠던 수학 공식이나 과학 원리를 까마득히 잊어버린 채 살아가고 있다. 살아 있는 공부를 하지 못한 탓이다. 내가 남달리 빠른 시간에 좋은 성적을 받을 수 있었던 것도 이런 공부들을 실생활에 끌어들여 언제든지 써먹을 수 있도록 한 데 있다. 공부와 생활이 만나면 공부도 더 효율적으로 되고 생활도 훨씬 생기가 난다.

니 지금 뭐 하노?

신선한 초가을날 아침이었다. 하늘이 너무 파래서 그 속에 빨려들 것만 같은 착각을 느끼면서도 내내 고개를 치켜든 채 학원으로 들어갔다. 조금 지각을 해서 방송 수업을 하고 있는 우리 반 교실로 들어갈 수 없었다. 1층에 있는 지각생들 자습 교실에 들어갔다. 교실 앞문 바로 앞자리에 가 앉았다. 훤하게 열린 문으로 하늘이 그대로 들어오고 있었기 때문이었다. 하늘이 너무 파래서 그랬는지 손하나 까딱하기 싫었다. 시간이 조금 더 걸리더라도 암산으로 수학문제를 풀기로 작정했다. 수학책 하나를 달랑 책상에다 펴놓고 한 팔로는 턱을 괴고 시선은 파란 하늘에 둔 채 머릿속으로 수학 문제를 풀어갔다.

한참을 그러고 있는데 누군가가 책상을 손바닥으로 툭 치면서 "야! 니 지금 뭐 하노?"라고 하는 것이었다. 깜짝 놀라서 고개를 들어보니 학생과장 선생님이 한심하다는 표정으로 쳐다보고 있었다. 선생님을 보고도 정신이 채 돌아오지 않아서 얼떨결에 턱을 괴고 있던 한 손으로 책상에 펼쳐져 있던 수학책을 가리켰다. 순간 무슨 영문인지 모르겠다는 듯 아무 말도 하지 않던 선생님은 잠시 후 멀뚱히 바라보고 있는 내게 "쟈슥 머리도 좋다" 하고는 지나가셨다.

나는 키가 상당히 작다. 그러니 요즘 애들의 신체에 맞추어 만든 책걸상이 내게는 너무 높다. 당연히 등을 의자의 등받이에 붙이고 앉으면 발이 바닥에 잘 닿지 않는다. 남들에게는 편안한 자세가 내게는 몹시도 불편한 자세가 되고 만다. 그래서 나는 책상에 앉으면 자세가 삐뚜름하다. 다른 사람이 보면 공부하기 싫은데 억지로 책상에 앉아 딴생각이나 하고 있는 것처럼 보이기 십상이다. 게다가 연필도 연습장도 없이 앉아 있었으니 선생님이 오해하실 만도 했다.

내가 공부하는 풍경 가운데 남과 다른 게 있다면 손을 거의 사용하지 않는다는 것이다. 주로 암기를 위해서, 혹은 쉽게 이해하기 위해서 대개 연필로 연습장에 무엇을 써보거나 그리면서 공부를 하는데, 나는 전혀 그러지 않는다. 수학 문제조차 암산으로 풀 때가 많고, 다른 과목은 아예 하루 종일 공부해도 연습장과 연필이 필요 없다.

책을 두 손에 쥐어 세우고 30cm 이상 거리를 유지한 채 책과 눈싸움이라도 벌이듯 글자를 뚫어지도록 바라보고 앉아 있는 것이 내가 공부하는 자세다. 영어 단어를 외울 때도 종이에 쓰지 않는다. 국사 연대를 외울 때도 마찬가지다. 지구과학을 공부할 때 나타나는 복잡한 천구 그림이나 행성의 궤도상 운동을 이해하려고 할 때도 역시 그려서 이해하려 하기보다는 가만히 앉아 머릿속에 그려보는 것으로 대신하려고 애쓴다.

이렇게 얘기하면 혹시 "너는 머리가 좋으니까 그렇게 되는 모양이지!" 하고 말할 사람이 있을지도 모르겠다. 그러나 내가 공부하면서 연필 쓰는 것을 싫어하게 된 동기는 공부할 때 눈으로는 책을 보고 손으로는 글씨를 쓰는 두 가지 일을 한꺼번에 할 수가 없었기 때문이다. 글씨를 쓰는 데 신경 쓰다 보면 정신이 거기에 팔려서 도무지 내가 무슨 공부를 하고 있는지 까먹어버린다. 그래서 오로지 책을 보고 있는 것 하나만으로 머릿속을 채워두고자 쓰기를 자제했던 것이다.

이렇게 머릿속으로 몇 번 되뇌면서 무엇을 외운다는 것이 일반적인 생각으로는 효율이 떨어질 것처럼 생각되지만 조금 익숙해지면 써서 외우는 것과 효율에 있어 별 차이가 나지 않는다. 그러니까 외우는 방식도 습관을 어떻게 들이느냐에 달려 있는 것이다. 더구나 머릿속으로 되뇌면서 암기하는 버릇을 들이면 속도에서 엄청난 이득을 볼 수 있다. 아무리 연필을 빨리 돌린다고 해도 머리보다 빠를 수는 없기 때문이다.

머리 하나만 가지고 공부를 하면 좋은 점이 몇 가지 더 있는데 그중 하나가 공부를 더욱 집중해서 할 수 있다는 점이다. 생각이 내가 지금 보고 있는 책 밖으로 도망쳐버리려면 일단 의식에 빈틈이 있어야 하는데 가령 단어 하나를 외우는 데도 계속 머릿속으로 중얼거리고 있으면 정신이 딴 곳으로 빠져나갈 틈이 없기 때문이다.

또 삼차원의 공간적 현상이나 도형은 이차원인 연습장의 평면에 그려보기가 쉽지 않기 때문에 애써 그림을 그려서 이해하려 하기보다는 삼차원 아니라 사차원 공간까지 상상 가능한 머리를 이용해서 그 속에 그림을 상상해보면 이해가 오히려 더 쉬울 수도 있다. 물론 이러면서 머리의 공간적 상상력이 좋아진다는 것은 말할 필요도 없다. 그리고 빼놓을 수 없는 것. 머리 훈련에 상당한 도움이 된다는 점이다.

머리는 쓰면 쓸수록 좋아지고 안 쓰면 안 쓸수록 굳게 마련이다. 이것은 조금만 경험해봐도 금방 알 수 있다. 언젠가 TV에서 팔순이 넘은 노(老)시인이 자신의 건강 비법을 소개한 적이 있다. 그분은 아침에 일어나면 우선 우리나라의 산을 백두산부터 시작해 높은 순서대로 수백 개씩 외운다고 한다. 그분이 지금까지 왕성한 창작 활동을 할 수 있는 것은 바로 이러한 머리 훈련 덕분이리라.

세계적인 물리학자 스티븐 호킹 박사는 대학 노트 한 권 분량의 풀이가 필요한 수학 문제를 암산으로 너끈히 풀어냈다고 한다. 보통 사람으로서는 도저히 상상도 할 수 없는 일이다. 물론 그가 남다른 지적 능력을 지니고 태어났기 때문에 이런 일이 가능하다고 볼 수도 있을 것이다. 하지만 내 생각은 그렇지 않다. 젊은 시절 조정선수였던 그는 근위축성 측삭경화증이라는 불치병에 걸려 사지 육신을 꼼짝할 수 없음은 물론이고 자신의 입안에서 흘러나오는 침조차 갈무리하지 못하는 신세가 되었다고 한다. 그는 신체 가운데 머리 하나밖에 쓸 수 없게 되었고, 그렇게 해서 남들보다 많이 쓴 머리가 좋아진 것이라는 게 내 생각이다.

몸으로 때우는 즐거움

물리 공부를 할 때 '파동' 편이 이해가 되지 않아서 머리를 쥐어뜯은 적이 있었다. 잔잔한 수면 위에 돌을 던지면 물결이 동심원을 이루며 사방으로 퍼져가는 현상이 파동이다. 이처럼 시간과 공간 속에서 이루어지는 현상을 밋밋한 그림 하나 갖고 이해하려고 했으니 쉬울 리 없었다. 무슨 과목 어떤 단원이든지 그것의 첫 부분만 쉽게 이해하면 뒤에 나오는 어려운 내용도 쉽게 이해를 할 수 있다. 그런데 파동의 경우, 사인파의 모양을 그려놓고 파장이니 진동수니 진폭이니 하는 개념을 설명해놓은 것부터 이해가 되질 않아서 볼 때마다 짜증이 날 정도였다.

어느 토요일 날 오전 수업을 마치고 오늘은 기어이 파동을 정복하고야 말겠다 결심하고 일찌감치 집으로 돌아왔다. 커다란 양동이에 물을 담아놓고 손가락을 집어넣었다 뺐다 하면서 파동을 만들어보았다. 그러나 수면 공간이 너무 좁아 궁금증을 풀기에는 미흡했다. 내가 살던 동네의 앞으로는 작은 하천이 흘렀는데, 마침 그 가운데 보를 막아 물이 고여 있는 곳이 있었다. 그곳으로 달려갔다. 그리고 돌멩이를 한 아름 주워다가 하나씩 던지기 시작했다. 돌멩이 하나를 던져놓고는 이때 생기는 물결을 자세히 관찰했다. 파동의 속도는 의외로 빨라서 그것의 정확한 움직임을 관찰하기란 쉽지 않았다. 그래서 돌멩이를 하나 던져놓고 이때 일어나는 물결 가운데 한 부분만 관찰하고 그 장면을 기억해두었다가 다음번에 던지는 돌멩이가 일으키는 물결에서 그다음 장면을 보는 식으로 해서 관찰을 완성해나갔다.

파동은 짧은 순간 금방 사라져버려서 작은 돌멩이만 가지고는 하나의 파동을 여유 있게 이것저것 살펴볼 수 없었다. 그래서 들기도 힘든 돌을 던져 넣어서 조금 더 크고 오래 지속되는 파동을 만들어 관찰하기도 했다. 그러다가 튀어 오르는 물을 덮어쓰기도 했다.

파동에서 매질인 물은 정말 수평으로 이동하지 않고 수직으로만 운동하는지 알아보기 위해 물결에 나뭇잎을 던져 넣어보기도 했다. 진짜로 나뭇잎은 제자리에서 올라갔다 내려갔다 할 뿐 물결을 따라 흘러가지는 않았다.

파동이 흘러가는 것을 보려고 돌멩이를 던져놓고는 물결을 따라 보 위를 달려가면서 물결이 눈으로 식별할 수 없을 정도로 약해질 때까지 따라가기도 했다. 평면파라는 것을 만들어보기 위해 기다란 나무 작대기를 주워다가 물에 담근 채 아래위로 흔들어보기도 했고, 정말로 파동이 반사되어 나오는지 알아보기 위해 보의 벽에 물결이 부딪히도록 돌멩이를 던져보기도 했다.

내가 이렇게 돌을 던지는 것이 재미있게 보였던지 한참 있으니 지나가던 동네 꼬마들까지 이에 합세했다. 고요하던 수면은 순식간에 여러 물결로 어지러워졌다. 몇 번은 꼬맹이들을 그냥 두었지만 수면이 어지러워지자 물결을 관찰하기가 어려워져서 꼬맹이들을 쫓으려고 그 애들에게 다가가는데 문득 파동의 중첩이라는 게 생각났다. 그러고 보니 내가 일으킨 물결과 그 꼬맹이들이 일으킨 물결은 서로 엇갈릴 때만 잠시 본래의 모양과 달라질 뿐 교차된 이후에는 원래의 파형을 거의 유지하면서 진행해나갔다. 물리 교과서에서 보았던 파동의 독립성이라는 것을 눈으로 똑똑히 볼 수 있었던 것이다. 잠시 후 꼬맹이들은 쫓지 않았는데도 다 가버렸고 뒤늦게야 빙해를 받았다는 생각보다는 고맙다는 생각이 들었다.

초여름이어서 낮이 제법 길었는데도 해가 지고 어둑어둑해져서 더 이상 물결이 보이지 않을 때가 되어서야 집으로 돌아왔다. 다 큰 놈이 물가에 쪼그리고 앉아서 몇 시간씩이나 하염없이 돌멩이를 던지고 있는 걸 지나가는 동네 아저씨나 아주머니가 보았다면 '쟈가 대학 간다고 공부 해싸타가 맨날 떨어지기만 하디 좀 이상해진 거 아이가' 하고 생각했을지도 모른다. 하지만 그날 나는 파동 하나만은 확실하게 이해할 수 있었다.

물리 공부를 할 때는 이처럼 직접 관찰을 해보거나 실험을 해보면서 새로운 것을 알아간 경우가 많았다. 볼록렌즈로 상을 투영해본 것도 그중 하나다. 어릴 때 돋보기를 가지고 햇빛을 모아 종이를 태우는 장난은 해보아서 볼록렌즈로 햇빛을 모을 수 있다는 것은 알고 있었지만 볼록렌즈로 물체의 상을 스크린에 투영할 수 있다는 말을 책에서 보고는 그것을 한번 해보고 싶어졌다.

야간 자습을 끝내고 돌아와서 책상에 앉아 왼손에는 연필을 쥐고 오른손에는 돋보기를 들고 벽을 스크린 삼아 연필의 도립(거꾸로 선) 실상을 투영해보는 실험을 하기 시작했다. 연필과 돋보기 사이의 거리에 따른 상의 위치를 쉽게 찾을 수가 없어서 금방 연필의 상을 벽에 투영할 수는 없었다. 한참 동안 왼손과 오른손의 간격을 벌렸다 좁혔다 하다가 마침내 벽에 나타난 연필의 거꾸로 선 모습을 보고는 남들 다 자는 한밤에 소리를 지르며 좋아했다.

볼록거울 실험도 빼놓을 수 없는 일화다. 사실 빛의 반사를 다루는 편에서는 볼록거울보다 오목거울이 더 중요하고 복잡하기 때문에 오목거울을 이용한 실험을 한번 해보고 싶었다. 하지만 오목거울은 구할 수 없었기 때문에 머릿속으로 상상해보는 것으로 만족해야 했다. 그런데 볼록거울은 쉽게 찾을 수 있었다. 버스 뒷문 위에 달린 거울이 바로 볼록거울이었던 것이다. 그래서 버스를 탈 때면 일부러 이 거울의 근처에 가서 얼굴을 갖다 대보기도 하고 멀찌감치 떨어져보기도 하면서 책에 나오는 대로 볼록거울에 의해 생기는 상이 물체의 크기보다 항상 작다는 것을 확인할 수 있었고, 그래서 평면거울에 비해 보다 넓은 범위가 거울에 나타난다는 것도 알 수 있었다. 그 덕에 내 곁에 헐렁한 윗옷을 입은 여자라도 서 있을 때는 따가운 시선을 느끼기도 했다.

과학 공부는 책만 들여다보는 것보다 때로는 이렇게 몸으로 때우는 게 필요하다. 당장 시험공부하기도 바쁜데 실험하고 실습할 여유가 있느냐고? 그것도 틀린 말은 아니다. 그러나 제대로 살아 있는 공부를 하면 시험에서도 보다 좋은 성적을 낼 수 있는 것 또한 누구도 부정할 수 없는 진리다.

'상춘곡', 몽둥이 그리고 집중력

고등학교 2학년 때의 일이다. 국어 교과서에는 〈상춘곡〉이라는 가사(歌辭)가 나오는데, 하루는 선생님이 이 〈상춘곡〉을 처음부터 끝까지 외워 오라는 숙제를 내셨다. 깨알 같은 글자로 세 페이지가 넘는 분량이었다. 나는 외우기는커녕 제대로 읽어보지도 않은 상태에서 다음 수업 시간을 맞았다.

수업이 시작되자마자 선생님은 숙제 검사를 시작하셨다. 무작위로 아무나 불러 세워서는 암송을 시키는 것이었다. 제일 처음으로 1등을 도맡아 하던 모범생이 호명되었다. 그 아이는 합격 판정을 받았다. 그러나 그다음부터는 단 한 명도 끝까지 외우는 아이가 없었다. 선생님에게는 우리가 "언제 짱봐 가지고 몰래 쌔벼서 내삐리뿌자" 하고 불만을 터뜨리곤 하던 몽둥이가 하나 있었다. 곡괭이 자루를 연상케 할 정도로 굵고 묵직한 그 몽둥이에 한 대씩 맞으면 그야말로 눈앞에 별이 번쩍번쩍했다.

선생님은 한 아이가 암송에 실패할 때마다 그 몽둥이로 사정없이 손바닥을 후려쳤다. 50분간의 수업 시간이 졸지에 공포의 도가니로 변해버렸다. 아이들은 저마다 자기가 지명되지 않기를 기도하는 심정이었다. 나 역시 조마조마한 마음으로 문제의 〈상춘곡〉을

읽어보았다. 바로 코앞에서 친구들의 비명 소리가 터져 나오는 와
중에 오로지 저 무지막지한 몽둥이에 맞고 싶지 않다는 일념으로
정신을 집중하고 〈상춘곡〉을 읽고 또 읽었다. 이윽고 수업 시간이
거의 끝나갈 무렵, 선생님은 내 이름을 부르셨다. 그러나 그때는 이
미 내 머릿속에 모든 것이 입력된 다음이었다.

　토씨 하나 틀리지 않고 암송을 마치자 아이들 입에서 나지막한
탄성이 터져 나왔다. 선생님도 도저히 믿을 수 없다는 듯 한동안 나
를 바라보더니, 이윽고 이걸로 수업을 끝내자고 하시며 돌아섰다.
아직 차례가 돌아오지 않았던 아이들은 이번에는 안도의 한숨을
내쉬었다.

　나는 절대로 남다른 기억력을 지닌 사람이 아니다. 금방 손에 들
고 있던 물건을 어디다 놨는지 기억하지 못해서 헤매는 경우가 부
지기수이고, 심지어 지하철 정액권이 여러모로 편리하다는 것을 알
면서도 몇 번 쓰지 못하고 잃어버릴까 봐 목돈을 주고 사지 못하는
형편이다. 결국 '상춘곡 사건'은 집중력의 승리라고밖에 설명할 길
이 없다.

　타고난 바보나 지능지수가 200이 넘는 엄청난 천재가 아닌 이
상, 사람의 머리는 다 오십보백보다. 아무리 공부를 못하는 아이라
도 자기가 관심을 가지는 분야에 대해서만큼은 누구보다도 빠른
두뇌 회전을 보이는 경우를 흔히 볼 수 있다. 중요한 것은 집중력이
다. 물론 집중해서 공부하려면 다른 생각은 하지 말고 오로지 공부
만 해야겠다는 마음 자세가 선행되어야 한다. 그러나 사람 일이 마
음먹은 대로 되는 것은 아니므로 집중을 하기 위해 의식적으로 방

법을 찾아보는 것도 도움이 될 것이다.

여기서는 내가 쓴 방법을 소개해보기로 하겠다.

책을 읽는데 자꾸 책 속으로 정신이 빠져들지 않고 딴생각이 날 때는 읽고 있는 문장에 살을 붙여서 읽어보자. 살을 붙이는 방법에는 문장의 생략된 성분을 첨가하는 방법도 있을 수 있고 대명사를 사용한 부분을 그것이 지시하는 부분으로 대체해서 보는 방법도 있다. 예를 들어 사회문화 교과서 101쪽에 이런 문장이 나온다.

때로는 전파와 발명이 복합되어 자극 전파(刺戟傳播)가 일어나기도 한다. 이것은 다른 사회의 문화 요소로부터 아이디어(idea)를 얻어서 새로운 발명이 일어나는 것을 말한다.

이 문장은 '문화 변동의 원인'이라는 제목하에 제시된 글이다. 첫 문장을 읽을 때 '때로는 전파와 발명이 복합되어 자극 전파라는 문화 변동이 일어나기도 한다'와 같이 살을 붙여볼 수도 있을 것이다. 또 위 예시문의 두 번째 문장의 첫 단어인 '이것'이라는 지시대명사 대신 그것이 본래 지시하는 '자극 전파'라는 말로 바꾸어 읽어볼 수도 있다. 그래서 두 번째 문장은 다음과 같이 바뀌어 읽히게 된다. '자극 전파란 다른 사회의 문화 요소로부터 아이디어를 얻어서 새로운 발명이 일어나는 현상을 의미한다.' 집중을 하기 위해서 문장을 변형시켜보았지만, 결과적으로 이렇게 문장을 바꾸어놓고 나면 본래 문장의 의미가 더욱 명확해진다.

다른 방법을 한 가지 더 소개해보겠다. 집중이 되지 않을 때는 어떤 문장을 읽어도 말뜻이 무엇인지도 모르고 심지어 자신이 금방 읽은 문장이 뭐였는지도 모른다. 이럴 때는 이제 막 읽은 문장을 머릿속에서 웅얼거려보면 집중에 도움이 된다. 다른 과목의 예를 또 하나 들어보자. 국민윤리 교과서 69쪽과 70쪽에 걸쳐 제시되는 대목이다.

칸트는 인간이 도덕적으로 행위하는 데는 실천 이성(實踐理性)이 중요한 역할을 수행한다고 하였다. 실천 이성은 스스로 보편타당한 도덕 법칙을 세우고, 이에 따라 자율적으로 행위하도록 명령하는데 이러한 행위가 곧 도덕적 행위라고 하였다. 칸트에 있어서 도덕적 행위는 타율에 의한 것이 아니고 개개인의 자율적 선의지(善意志)에 의해서 의무 지워진 것이다. 의무는 선의지가 자율적 동기에 의해 선택하고 판단한 바에 따라 행위하는 것을 말한다. 이러한 이유 때문에 칸트의 윤리설을 의무론적(義務論的) 윤리설이라 부르기도 한다.

정신을 바짝 차리고 읽어도 무슨 말인지 알기 어려운 글이다. 그러니 이런 글을 머릿속이 산만한 상태에서 읽으면 아무리 읽어도 뜻을 알기 어렵다. 이럴 때는 글에서 눈을 떼고 한 문장씩 암송해보자. 다섯 문장으로 된 이 단락을 한 문장씩 외워서 차례로 전체를 암송해보는 것이다. 암기가 목적이 아니라 책에서 달아나려는 정신을 붙잡기 위해서 말이다. 그러면 정신도 책에 붙들어놓을 수 있고 나아가 이 단락의 의미도 해명할 수 있게 된다.

앞선 두 가지 방법, 즉 집중해서 공부를 해야겠다는 마음은 있는데 자꾸 정신이 딴 데로 새어 나가려 할 때 내가 쓰는 방법의 핵심 원리는 이렇다. 이성은 두 가지 작업을 동시에 행할 수 없다. 책을 보면서 딴생각을 한다는 것은 엄밀한 의미에서 이성이 딴생각 하나에만 매달려 있다는 뜻이다. 그러므로 의식적으로 읽고 있는 문장에 살을 붙이고 그것을 암송함으로써 이성에서 딴생각을 쫓으려고 노력하는 것이다. 이렇게 함으로써 '집중'이라는 추상적 행위를 구체적 행위로 전환해 의식의 영역에서 우리의 의도를 관철시킬 수 있게 된다.

무의식 관리 - 융과 수능 시험

1991, 1992, 1993년 내리 3년 동안 모의고사 때와는 달리 막상 실제 시험장에 가서는 한번도 깔끔하게 내 실력을 발휘해보지 못했다는 아쉬움이 남았다. 이 아쉬움이 세 번이나 떨어지면서도 대학 진학의 꿈을 털어버리지 못하게 한 원인 가운데 하나이기도 했다. 1994년에는 이 문제에 대해 고민을 많이 했다. 그리고 그 고민 끝에 내가 돌파구로 선택한 것이 바로 융의《무의식의 분석》이다.

시험을 칠 때 공부를 잘하는 학생이든 못하는 학생이든 문제를 보고 나면 아무런 생각이 없이도 곧장 답을 알 수 있는 문제가 있는 데 반해 그렇지 않은 문제도 있다. 사고력을 요한다고 하는 문제가 바로 그것이다. 무슨 말일까? 지난 96년도 대학 수학 능력 시험 언어 영역의 1번과 2번 문제를 보자.

1. 이 두 사람의 말에서 가장 뚜렷하게 구분되는, 화자들의 말하기 특징을 지적한 것은?

남자 대표 : 아무것도 모르는 저와 같은 사람을 여러분의 대표로 뽑아주시니 정말 몸 둘 바를 모르겠습니다. 부족하기

짝이 없는 사람이지만, 그리고 능력도 많이 모자라지만, 여러분의 성원만 믿고 최선을 다해보겠습니다. 제가 실수를 할 때는 일깨워주시고, 가르쳐주시기 바랍니다. 아무쪼록 여러분들이 이 부족한 사람을 도와주시고 이끌어주실 것을 부탁드립니다. 대단히 고맙습니다.

여자 대표 : 오늘 여러분은 저를 여러분의 대표로 선택하셨습니다. 오늘 여러분의 선택은 훌륭했습니다. 저는 여러분의 선택이 훌륭했다는 것을 오늘뿐만 아니라, 제가 대표로서의 임무를 수행하는 동안 내내 확인할 수 있도록 하겠습니다. 저는 제가 갈고닦은 경험과 능력을 최대한 발휘하여 우리 학급의 일을 해결해나가겠습니다. 여러분, 모두의 활기찬 참여를 기대합니다. 대단히 고맙습니다.

① 남학생은 구어체로 말하지만, 여학생은 문어체를 구사한다.
② 남학생은 논리적인 면이 강하지만, 여학생은 감성적인 면이 강하다.
③ 남학생은 우리의 문화적 관습을 중시하여 말하고, 여학생은 개성을 부각하여 말한다.
④ 남학생은 대표로서의 능력이 잘 드러나지 않지만, 여학생은 대표로서의 능력이 확인된다.
⑤ 남학생은 청중의 반응을 고려하여 말하는 데 비하여, 여학생은 청중의 반응을 고려하지 않고 말한다.

2. 이 시인이 독자에게 전하려고 하는 가장 중심된 생각은?

독자에게

독자여 나는 시인으로 여러분의 앞에 보이는 것을 부끄러워합니다.
여러분이 나의 시를 읽을 때에 나를 슬퍼하고 스스로 슬퍼할 줄을 압니다.
나는 나의 시를 독자의 자손에게까지 읽히고 싶은 마음은 없습니다.
그때에는 나의 시를 읽는 것이 늦은 봄의 꽃수풀에 앉아서 마른 국화를 비벼서 코에 대이는 것과 같을는지 모르겠습니다.

밤은 얼마나 되었는지 모르겠습니다.
설악산의 무거운 그림자는 엷어갑니다.
새벽종을 기다리면서 붓을 던집니다.

① 나의 시에는 부끄러운 고백이 많다.
② 시는 슬퍼할 줄 아는 마음에서 비롯된다.
③ 이제 더 이상 시를 쓰고 싶은 마음이 없다.
④ 우리는 언젠가는 지금의 슬픔을 극복할 것이다.
⑤ 독자가 알아주지 아니하는 시는 무의미한 시다.

2번 문제의 경우 제시된 시를 한 번만 차근히 읽고 나면, 비록 이 시인이 말하려고 하는 바를 정확하게 파악하지는 못하더라도 보기 다섯 개 가운데 4번이 답이라는 것을 누구라도 쉽게 알 수 있을 것이다.

물론 이 문제 역시 단순히 암기한 내용을 바탕으로 답을 찾는 과거의 세련되지 않은 문제는 아니지만, 수험생의 사고력 측정에 그 목표를 두고 있는 수학 능력 시험의 문제 중에서는 비교적 기계적으로 답을 찾을 수 있는 문제에 해당한다고 볼 수 있다.

반면 1번 문제의 경우에는 제시된 남자 대표와 여자 대표의 말을 다 읽고 나서도 보기 가운데 어느 것이 답인지 쉽게 알 수 없는 것 같다. 실상 이 문제는 남녀 대표의 말을 지문으로 제시하는 것이 아니라 시험장에 설치된 스피커를 통해 한 번만 들려주고 마는 것이지만, 여기서는 지문으로 제시했다고 가정하고 이 문제를 풀어가는 과정을 생각해보자.

남녀 대표의 말을 주의 깊게 읽어보고 제시된 보기를 하나하나 검토해가며 과연 각 보기가 합당한가 확인하는 것이 문제를 푸는 과정임은 두말할 필요가 없다.

보기 1을 검토하기 위해서는 '문어체', '구어체'란 말의 정확한 의미를 알아야 한다. 굳이 개념을 모르더라도 '문어(文語)'가 글로 쓰는 말이고 '구어(口語)'가 입으로 하는 말이라는 것, 그리고 20세기 초엽 이래로 우리말에서 언문일치(言文一致)가 이루어져왔다는 것 정도만 상기하면 1은 답이 아니라는 것을 알 수 있다. 보기 2의 경우에도 두 학생의 말이 모두 어떤 주장이나 원리를 논리적으로 밝힌다거나 해명하는 말은 아닌 것 같고, 느낌 따위를 감정적으로 이야기하는 분위기도 아닌 것 같은 생각이 든다.

보기 3에서 문제가 되는 것은 '우리의 문화적 관습을 중시하고'라는 표현과 '개성을 부각하여'라는 어구인 것 같다. 여기서 말하는 우리의 문화적 관습이란 도대체 어떤 것을 말하는 것일까 하고 스스로에게 무의식적으로 묻는 순간 남학생의 말과 연관되어 그것이 겸손을 미덕으로 여기는 우리의 문화적 관습을 말하려는 것이 아닐까 하는 생각이 떠올라야, 그리고 이어서 여학생의 자신만만한 태도가 '개성을 부각하여 말한다'라는 문구와 순간적으로 연결되어야 정답을 찾을 수 있다.

남학생의 말과 문화적 관습이라는 표현에서 '겸손의 미덕'을, 그리고 여학생의 자신만만한 태도에서 '개성'적인 이미지를 떠올렸을 때, 과연 이러한 연상이 일반적으로 타당한지 검증하는 작업이 수반되어야 한다. 흔히 국어 시험을 보고 나서 자신은 답이라고 생각했던 것이 오답이 되는 경우는 이러한 연상이 일반적이질 않고 개인적, 주관적인 데로 치우치기 때문이다. 국어 시험이 어려운 이유가 바로 여기에 있다.

그러나 수학 능력 시험의 경우 객관식 문제만 출제되므로 이러한 검증 작업을 굳이 따로 할 필요는 없고, 보기 3이 정답이 될 가능성이 높다는 정도로 일단 접어두고 나머지 보기 4, 5를 1, 2, 3과 같은 방법으로 검증해본다. 그 결과 보기 4, 5보다는 보기 3이 타당하다는 생각이 들면, 그 시험에 응하는 우리의 능력으로서는 최선의 답을 선택한 것이라고 볼 수 있다.

1994년 내내 나를 괴롭혔던 의문은 앞의 설명에서 '무의식적으로 묻는 순간 ~ 연결되어야' 하는 식의 표현에 담겨 있다. 이렇게 순간적으로 생각이 떠오르는 일은 어떻게 해서 일어나는 것일까? 왜 어떨 때는 생각이 잘 떠오르고 또 어떨 때는 그러지 않는 것일까?

굳이 시험장에서뿐만 아니라 일상생활에서도 문득 우리가 미처 깨닫지 못한 것이나 해답을 찾을 수 없었던 질문에 대해서 '아, 그것이었구나!', '왜 지금까지 미처 그 생각을 못 했을까?' 하고 탄성을 지르게 하는 순간적인 생각이 의식 영역으로 툭 튀어나오는 경험을 하곤 한다. 이렇게 우리가 팔다리를 움직이듯 마음대로 조종할 수 없는 무의식적 영역에서 일어나는 정신 작용과 그 결과로 툭 튀어나오는 생각을 우리의 의지나 생각대로 조작할 수만 있다면, 뒤늦게 '아!' 하는 탄성을 지르지 않아도 될 것이 아닌가.

이렇게만 되면 충분한 정보를 머릿속에 넣어 시험장에 들어갔을 경우, 문제에 따라 필요한 생각을 의식적으로 이끌어낼 수 있으므로 공부를 많이 하고도 정작 시험에서는 실력을 발휘하지 못했다는 등의 안타까운 경우는 생기지 않을 것이다.

이런 의문을 가지고 다가선 융의《무의식의 분석》은 솔직히 말해서 너무나 난해해 그 문맥조차 파악하기가 힘들었고, 내가 품고 있는 의문에 관한 내용도 아닌 것 같았다. 그러나 성과가 전혀 없었던 것은 아니다. 그것은 융에게서 얻었다기보다는 심리학의 '심' 자도 모르는 주제에 융을 찾아 헤매면서까지 고민하는 과정에서 주어진 보너스라고 해야 할 것이다.

그것은 입력과 출력의 관계를 명확히 인식해두자는 것이었다. 우리는 누구라도, 또 어떤 상황에서도 1 + 1은 2라는 것을 안다. 이것은 '1 + 1'이라는 입력 정보에 대응하는 '2'라는 출력 정보와 이 둘의 관계를 명확히 인식하고 있기 때문이다. 즉 1 + 1은 2라는 것을 외우고 있기 때문이다.

물론 입력 정보에 상응하는 출력 정보가 그것이 의식의 관내든 무의식의 영역이든 머릿속에 들어 있지 않다면 아무런 출력 정보도 기대할 수 없음은 당연하다. 이것은 시험공부를 하지 않고 시험문제를 봤을 때 아무 생각도 나지 않는 경우에 해당한다.

그러나 분명히 어떤 입력 정보에 상응하는 출력 정보가 머릿속에 들어 있음에도 아무리 입력해도 출력이 되지 않는 경우가 있다. 바로 내가 안타까워했던 점이다. 왜 그런 경우가 있지 않는가? 뻔히 아는 사람인데도 이름이 생각나지 않는 것.

이러한 경우의 원인은 두 가지로 생각해볼 수 있다.

첫째, 입력 정보와 출력 정보의 연결 고리가 확실하지 않을 때는 입력에 따른 즉각적 출력이 이뤄지지 않는다. 가슴 뭉클하게 하는 풍경을 보고서도 그것을 적절하게 표현하지 못하는 경우가 이에 해당한다. 공부와 관련해서는 어떤 개념의 실체와 그 실체를 담고 있는 이름을 명확하게 연결 지어두지 않았을 때 이러한 경우가 발생한다.

가령 수학에 보면 $A(B+C) = AB+AC$라는 법칙이 있다. 이것은 누구나 안다. 그러나 이러한 법칙을 규정하는 이름, 즉 분배법칙이라는 것과 이 법칙을 구성하고 있는 실체(위 등식)를 명확하게 연결해서 인식하지 않는다면, '분배법칙'이라는 입력 정보가 들어갔을 때

이 등식을 분명히 알고 있으면서도 출력 정보가 나오지 않는다.

둘째, 하나의 입력 정보에 대한 출력 정보가 여럿이어서 딱 꼬집어 하나가 출력되기 어려운 경우에도 주어지는 입력 정보에 대해 출력 정보가 즉각적으로 도출되지 않는다.

앞에서 예로 든 국어 문제가 바로 이러한 경우다. '문화적 관습'이라는 입력 정보에 상응할 만한 출력 정보는 여럿이 있을 수 있는데 그중에서 하나, 즉 '겸손을 미덕으로 여기는 관습'이라는 출력 정보가 걸러져서 나오기란 쉽지 않은 일이다. 이래서 국어 시험이 어려운 것 같다.

시험을 치는 행위는 결국 문제라는 입력 정보를 받아서 공부한 것들을 출력 정보로 내놓는 일이다. 따라서 책을 보며 공부를 할 때 지금 보는 내용을 내가 원할 때 출력할 수 있도록 조치를 취해가며 공부를 해야 한다. 그것을 위해 우리가 할 수 있는 최선의 방법은 이름이 있는 내용은 그 이름과 내용을 연결해서 명확히 외우는 것이고, 이름이 없는 내용일 땐 이름을 붙여서 외우는 것이다.

위기관리는 '관성의 법칙'으로

아무리 공부를 열심히 해야겠다는 결심을 굳게 다졌다 해도, 공부를 하는 시간이 하루 이틀이 아니다 보니 하기 싫을 때도 있고 지겨운 생각이 드는 것도 사실이다. 나도 예외는 아니었다.

좀처럼 풀리지 않는 문제에 부딪혔을 때 그만 짜증이 나면서 책을 집어 던지고 싶은 생각이 들 때도 있고, 내 딴에는 열심히 한다고 했는데도 막상 시험을 쳐보면 성적이 흡족하게 나오지 않을 때도 공부하기가 참 싫어진다. 그 밖에도 날씨가 너무 좋아서 공부하기 싫을 때도 있고, 주말이나 휴일에 다른 사람들이 산으로 들로 놀러 다니는 것을 봐도 나도 저들처럼 아무 생각 없이 놀러나 갔으면 좋겠다는 생각이 들기도 한다.

이런 생각은 언제나 불시에 찾아온다. 아무런 예고도, 일정한 주기도 없이 그런 유혹이 날아드는 것이다. 때에 따라서는 도저히 억제할 수 없을 만큼 강력한 유혹도 있고, 또 어떨 때는 그럭저럭 참고 버틸 만한 유혹도 있다. 어떤 경우든 자꾸만 그런 유혹에 끌려다니다 보면 공부를 제대로 계속하기가 힘들어진다.

이럴 때가 이른바 '위기'라고 할 수 있다. 가장 대표적인 경우는 한동안 이를 악물고 열심히 공부했는데도 만족할 만큼 성적이 오르지 않을 때다. 나도 이런 경우를 여러 번 경험했다. 특히 1991년에 처음 공부를 시작해서 한 달에 10점씩 꼬박꼬박 올라가던 모의고사 점수가 여름을 맞이하면서 석 달가량 정체되었을 때는 '이게 내 한계가 아닌가' 하는 생각이 들기도 했다. 날짜는 하루하루 지나가는데 미친 듯이 공부해도 성적은 답보 상태를 면하지 못하면, 그것처럼 수험생의 피를 말리는 일도 없다.

하지만 그런 과정을 겪으면서 나는 성적이라는 것이 반드시 공부한 양에 정비례해서 올라가는 것은 아니라는 사실을 알게 되었다. 나 자신의 경험에 비추어 볼 때 공부한 양과 성적의 상관관계를 그림으로 나타내면 다음과 같다.

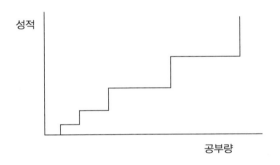

흔히 성적을 공부하는 양이 증가할수록 우상향하는 직선 또는 곡선 형태로 끊임없이 상승하는 것이라고 생각하기 쉽지만 절대로 그렇지 않다. 그림에서 보듯 공부를 하고 또 해서 축적된 양이 일정 수위에 다다를 때까지는 아무런 외형적인 성과도 드러나지 않는다. 그러나 계속해서 쌓여가는 공부량이 어떤 수위에 이르는 순간, 그동안 축적되어온 것들이 일시에 터져 나와 확연히 눈에 띄는 성과로 나타나는 것이다. 또 성적이 향상될수록 정체기는 길어지고, 정체기가 길수록 도약하는 정도는 높아진다.

그러므로 꾸준히 열심히 하는데도 성적이 잘 오르지 않는다고 해서 실망하고 공부를 게을리해서는 안 된다. 언젠가는 분명히 노력의 결과가 현실로 나타난다는 사실을 믿고, 그런 위기의 순간일수록 더욱 공부에 정진하는 것만이 정체기를 줄일 수 있는 지름길이다.

수험생의 생활 도처에 깔려 있는 이러한 위기적 요소에 대처하는 가장 좋은 방법은 '관성의 법칙'을 활용하는 것이다. 관성의 법칙이란 무엇인가? 운동하는 물체는 계속 운동하려 하고, 정지해 있는 물체는 계속 정지해 있으려 한다는 것이다.

우리의 습관에도 일종의 관성의 법칙이 작용한다. 가령 공부를 열심히 하는 학생은 열심히 하는 습관에 관성이 붙어 있어서 계속 그 힘에 몸을 싣기 때문에 더더욱 열심히 하게 되고, 한번 하기 싫다는 생각에 이끌려 책상을 벗어나기 시작하면 계속 그 관성에 이끌려 더더욱 쉽사리 거기에 이끌리게 되는 것이다. 따라서 공부를 해야겠다고 결심하는 최초의 순간부터 내 몸을 실을 만한 관성을 가지도록 애쓸 필요가 있다.

대개 수험 생활 초기에는 너무 무리해서 열심히 하기보다는 서서히 시작해나가다가 차츰 속도를 붙여서 시험을 칠 무렵에 가서 최고의 스피드가 나도록 하는 것이 바람직한 작전이라고들 말한다. 처음부터 무리하다 보면 곧 지쳐 쓰러질 수 있다고 생각하는 까닭이다. 그러나 나는 그렇게 생각하지 않는다. 처음부터 정신없이 공부에 몰두함으로써 그러한 생활 습관에 관성을 붙이도록 할 필요가 있다는 게 내 생각이다.

무심한 가운데 찾아드는 위기의 순간에도 마찬가지다. 그 유혹, 공부하기 싫고 놀러나 갔으면 좋겠다는 그 유혹의 손길에도 한번 넘어가기 시작하면 거기에 관성이 붙어서 다음번 유혹에도 또 쉽사리 넘어가게 된다. 흔히 '오늘은 공부가 잘 안 되니까 하루 쉬고, 내일부터 열심히 하지 뭐' 하는 식으로 위기의 순간과 타협해버리는 경우가 많다. 그러나 이렇게 안 된다고 해서 쉬는 버릇을 들이면 그 버릇에 관성이 붙어서 조금만 공부가 안 돼도 어김없이 쉬어야 한다.

반면 어떤 형태의 것이든 한 번만 유혹의 순간을 흔들리지 않고 넘기고 나면, 이번에는 유혹을 극복하는 데 관성이 붙어서 다음 번 유혹도 쉽게 물리칠 수 있게 된다. 그래서 시작이 반이라는 말이 있는 것 아닌가. 처음 한두 번만 잘하고 나면 그다음부터는 점점 더 그 일을 하기가 쉬워지는 것이다.

나의 경우 학원에 다니면서 입시 공부를 하는 동안에는 어김없이 아침 8시에 학원에 나가 밤 10까지 공부했다. 한 달에 하루, 모의고사를 보는 날 빼고는 무슨 일이 있어도 그 시간의 틀만큼은 지켰다. 그러다 보니 나중에는 '친구들하고 술이나 한잔하러 갈까?' 하는 생각이 들 때도 일단 들여놓은 습관을 깬다는 게 더 번거롭고 부담스러워 책상을 지키고 앉아 있을 수 있었다.

'공부가 가장 쉬웠어요'

〈일과 밥과 잠〉. 어느 시 제목으로 기억한다. 읽어보지 않아 어떤 내용인지는 모르겠으나 밥 먹기 위해 일하고 일하기 위해 잠자는 고단한 삶을 표현하는 듯한 제목이 깊은 인상을 주었다. 실제로 일 과 밥과 잠으로 하루하루를 채워가는 사람들이 얼마나 많은가? 자 신의 탓이든 사회의 탓이든 꿈도 희망도 없이 이것만으로 살아간 다는 건 서글픈 일이다.

일과 공부와 노는 것. 열여덟 살 이후 지금까지 내 삶을 채워온 것들이다. 스스로 선택한 것도 있고 어쩔 수 없이 해야만 했던 것도 있다. 이것들 중 무엇이 가장 쉬웠느냐고 묻는다면 나는 주저 없이 공부라고 말할 것이다.

"일곱 가지 막노동… 공부가 가장 쉬웠어요."

합격 이후 어느 일간지에 실린 인터뷰 머리기사다. 내가 아무리 공사판에서 일을 열심히 하고 또 잘한다 해도 공부하는 것만은 못 했다. 얼마나 일이 고달팠으면 공부가 가장 쉬웠다고 할까 하고 동 정하는 사람과 공부가 가장 쉽다니 건방진 소리 하는구나 하는 사 람이 있을 것이다. 여기서 쉬웠다는 것은 머리가 좋다거나 공부에 선천적 자질이 있다는 것과는 별개다. 왜냐하면 처음부터 쉽지는 않았으니까. 쉬워서 공부를 시작한 게 아니라 공부에 매달리다 보니 쉬워졌다. '쉽다'는 것의 원인은 '재미있다'는 것이다. 재미있으면 열심히 하게 되고, 열심히 하면 쉬워지게 마련이다.

그러므로 아무리 공부가 하기 싫어도 시험을 잘 치고 싶고 대학을 가고 싶은 사람이라면, 죽기보다 싫은 공부에 무작정 매달릴 것이 아니라 일단 공부에 재미를 붙이는 것이 급선무다. 사람은 누구나 자기가 관심을 가지는 분야, 재미를 느끼는 분야의 일을 할 때 남들보다 열심히 하게 되고, 그만큼 능률도 오르게 마련이다.

나도 고등학교 때는 다른 아이들이 자율 학습하는 시간에 당구장에서 살다시피 했다. 왜 그랬을까? 공부는 재미가 없는 반면, 친구들하고 어울려 당구를 치는 건 재미있었기 때문이다. 그런데 본격적으로 공부를 시작해보니, 그때까지 내가 재미있다고 느꼈던 모든 것들이 하찮게 느껴질 만큼 정말로 공부가 재미있었다.

그래서 이런 생각까지 해보았다. 아예 모든 학생들이 고등학교를 졸업하면 바로 대학에 진학할 것이 아니라 일정한 유예기간을 두어서 그동안 자기가 해보고 싶은 것들을 실컷 한번 해보게 내버려두면 어떨까 하고. 그러다가 그 사이에 정말로 자기 적성에 맞는 분야를 만나면 굳이 대학에 갈 것 없이 일찌감치 그 분야의 전문성을 키워가면 될 테지만, 그러지 않고 정말로 공부를 해야겠다는 필요성을 느낀다면 다시 공부를 하면 되지 않을까.

내가 공부를 시작하면서 느낀 재미는 크게 두 가지 측면으로 구분할 수 있다. 먼저 지금까지 모르고 있던 세계를 하나하나 알아가는 과정이 주는 재미와 기쁨이다. 재미와 기쁨이란 것도 엄밀하게 생각해보면 두 가지로 나눌 수 있다.

먼저 책을 읽으면서, 또는 다른 사람의 이야기를 듣거나 직접 자기 눈으로 어떤 현상을 목격하면서 "아, 그래서 그렇구나!" 혹은 "아, 사실은 이런 거로구나!" 하는 식으로 마음속에 깨달음의 감탄부호를 찍게 만드는 순간에 느끼는 희열을 생각해볼 수 있다. 생물책의 호르몬 부분에 보면 이런 말이 나온다.

무기염류의 농도가 높아 삼투압이 높아지면, 간뇌의 자극에 의해 뇌하수체 후엽으로부터 바소프레신이 분비되어 세뇨관에서의 수분 재흡수를 촉진함으로써 삼투압을 정상이 되도록 해준다.

술을 먹고 다음 날 일어나면 갈증이 심하게 난다. 이런 이유가 위 문장 속에 들어 있다. 알코올은 간뇌의 활동을 방해하기 때문에 술에 취한 상태에서는 신장의 세뇨관에서 필요한 만큼의 수분이 재흡수되지 않는다. 이와 같이 배우지 않았더라면 몰랐을 사실을 공부를 통해서 알게 된다는 것이 얼마나 즐거운 일인가.

또 한 가지는 우리가 어떤 경로를 통해서 알게 된 사실이나 지식을 바탕으로, 살아가면서 우연히 부딪히는 일을 스스로에게 혹은 타인에게 설명할 수 있게 되었을 때의 뿌듯한 느낌 또한 공부가 주는 재미 가운데 하나다. 여기서도 예를 하나 들어보겠다. 이 책을 쓰는 동안 김영사 출판사를 자주 들락거렸는데 거기에 가려면 헌법재판소 앞을 지나가야 한다.

외양을 대리석으로 꾸민 이 헌법재판소 건물 정면 외벽에는 아홉 개의 무궁화가 돋을새김되어 있다. 이왕이면 하나 더 새겨서 열 개를 채울 일이지 왜 하필이면 아홉 개일까? 무심코 지나쳐버리면 아무것도 아니지만 정치경제 책에서 배운 헌법재판소의 재판관이 아홉 명이라는 사실을 상기해보면 그 아홉 개의 무궁화가 의미 있는 것으로 살아난다.

공부가 주는 재미의 두 번째 측면은 능력의 확장을 통해 느끼는 쾌감이다. 공부라는 것 역시 일종의 두뇌 작용이다. 즉 머리를 쓰는 일이다. 우리 몸의 한 부분을 집중적으로 자꾸 쓰다 보면 그 부분의 활동 능력이 커진다. 마찬가지로 머리도 자꾸 쓰다 보면 능력이 계발되는 것은 당연한 일이다.

과학자들에 의하면 아무리 지적 역량이 뛰어난 인간도 전체 뇌 용량의 20%밖에는 사용하지 못한다고 한다. 말하자면 펜티엄 컴퓨터를 가지고 XT로밖에 활용하지 못하는 셈이다. 따라서 우리 두뇌의 개발 가능성은 거의 무한대라고 해도 좋다.

공부를 하다 보면 당장 내 머리가 점점 더 좋아지고 있다는 것을 생생하게 실감할 수 있다. 나 같은 경우 스무 살 당시의 나와 지금의 나를 비교해보면, 전체적인 이해력이나 사고력은 말할 것도 없고 암산력이나 기억력, 나 같은 평범한 사람으로서는 좀처럼 감을 잡기 힘든 삼차원 입체에 대한 연상력 등이 비교할 수 없을 만큼 향상되었다고 생각한다. IQ 검사라는 것이 얼마나 신빙성이 있는지는 모르겠지만, 고등학교 때 113이었던 내 IQ도 지금 다시 검사해보면 더 높아지지 않았을까 싶다. 이처럼 우리 몸이 나날이 힘이 커지고 능력이 세지는 것을 알았을 때 만족감을 느끼지 않는 사람은 없을 것이다.

정신적 즐거움이라는 것은 물질적 쾌락과 달리 제로섬게임이 아니다. 어느 한 사람이나 특정 집단이 그런 즐거움을 지나치게 많이 누린다고 해서 다른 사람들에게 돌아갈 몫이 그만큼 줄어드는 것도 아니다. 우리의 짧은 인생을 보다 넓고 깊게 살아갈 수 있도록 해주는 '앎'이라는 것. 그래서 배움의 즐거움을 역설한 공자의 말씀은 언제 들어도 새로운, 영원한 진리인가 보다.

4

JSS식 학습 방법

비록 '학문'이라는 측면에서는
기초에 지나지 않을
고등학교 교과과정에 대한 공부지만,
그것도 오래 하다 보니
나름의 노하우가 생겼다.
덕분에 이제는 무슨 공부를 하더라도
잘해낼 수 있을 것 같은 자신감이 생긴다.
아마도 나의 이 '노하우'라는 것,
즉 수석 합격생의 공부 방법에 대해 관심을 가지고
궁금해하는 사람들이 더러 있을 것이다.
나 역시 나보다 공부를 잘하는 학생들을 보면
그들이 어떻게 공부하는지 궁금했으니까.

공부를 어떻게 할 것인가

책을 볼 때 가장 중요한 것은 내가 지금 읽고 있는 내용이 무슨 말인지 알아야 한다는 것이다. 영어 단어나 수학 공식 같은 것을 외운답시고 아무 생각 없이 연습장에 수십 번 되풀이해서 써봤자, 아까운 종이와 연필 낭비에 비해서 남는 것은 그리 많지 않다. 예를 하나 들어보자. 고등학교 국사 교과서에 이런 대목이 나온다.

> 고려 건국의 주체는 호족 세력이었다. 이들은 고대사회의 모순을 극복하기 위하여 교종을 대신하여 선종을 사상적 기반으로 삼았고, 새로운 사회에 대응할 정치 이념으로 유교를 받아들임으로써 사회 개혁의 방향을 제시하였다.

이 문장을 읽으면서 '호족', '선종', '유교' 등의 단어에 아무리 밑줄을 쳐가면서 달달 외워도, 정작 그 뜻을 모르면 아무짝에도 쓸모가 없다. 예전 같으면 '고려 건국의 주체는 누구인가? 1) 귀족 2) 호족 3) 군벌 4) 사대부' 하는 식의 문제가 나왔을지도 모르지만, 요즘 세상에 그런 무식한(?) 문제는 좀처럼 찾아보기 힘들기 때문이다.

사실 그렇게 단어 하나하나를 독립적으로 외우는 것보다 문장

전체를 이해해서 나머지는 거의 저절로 머릿속에 들어오게 하는 것이 훨씬 바람직하고 쉽다. 그러자면 위 문장에서는 당장 '호족', '고대사회의 모순', '교종', '선종', '정치 이념으로서의 유교' 등의 말이 무슨 뜻인지부터 알아야 한다.

고대사회의 모순에 대해서는 교과서의 인용 부분 앞쪽에 설명되어 있으므로 큰 문제가 없지만, 다른 개념들에 대해서는 교과서 내용만 가지고는 말뜻을 정확하게 파악하기가 어렵다. 이래서 참고서가 필요한 법인데, 고등학교 과정의 참고서라고 나오는 책들이 하나같이 교과서 내용을 요약정리하고 연습 문제를 제시하는 수준에 그쳐서 진정한 '참고서'로서의 역할을 다하지 못하는 것 같다.

참고서 이야기가 나와서 하는 말인데, 사실 요즘 학생들이 보는 참고서는 엄밀한 의미의 '참고서'가 아니다. 진짜 참고서라면 교과서에 나와 있는 설명을 바탕으로 해서 미진한 부분을 보충해주거나 학생들이 교과서를 보다가 느낄 만한 의문을 정리해줌으로써 이해의 폭을 보다 넓히는 역할을 해야 할 것이다.

그러나 어찌 된 일인지 이런 식의 참고서는 아예 찾아볼 수 없고, 그저 어떻게든 문제 하나 더 풀 수 있는 요령을 현란하게 나열해놓는 선에 그친다. 이런 참고서는 학생들의 공부에 거의 도움을 주지 못하며, 따라서 그렇게 많은 종류의 참고서가 필요하지도 않다. 더러 출판사 측의 상업적 이유를 들먹이는 이야기를 들은 적이 있는데, 조금만 신경 쓰면 학생들에게 더 큰 도움을 주고 따라서 상업적으로도 더 크게 성공할 수 있는 책을 얼마든지 만들어낼 수 있을 텐데 왜 하나같이 기존의 틀을 뛰어넘지 못하는지 이해할 수가 없다.

다시 본론으로 돌아가서, 그런 개념들을 이해하기 위해 참고서에 의존할 수 없으니 귀찮더라도 백과사전을 찾아보거나 선생님께 여쭤보는 수밖에 없다. 물론 제대로 공부하기 위해서는 백과사전이 아니라 도서관을 뒤져 이 분야에 대한 전문 서적이라도 찾아봐야겠지만, 언감생심 그런 것은 생각조차 할 수 없는 형편이라면 하다못해 국어사전이라도 찾아서 개략적인 뜻을 알고 넘어가야 한다. 이런 식으로 각각의 개념을 파악해 전체적인 문맥이 무엇을 말하는지 의식하면서 읽는 것이야말로 어떤 책을 보든 가장 우선시되어야 할 점이다.

공부를 하면서 또 한 가지 유념해야 할 점은 항상 '왜?'라는 질문을 마음속에 간직하고 있어야 한다는 점이다. 책에서 새로운 사실을 접할 때마다 왜 그런지 꼭 따져봐야 한다.

그러면 이 모든 것들을 종합해서 어떤 것이 올바른 공부 방법인가를 정리해보기로 하자.

먼저 1995년에 치러진 대학 입학 수학 능력 시험의 수리탐구Ⅱ 영역에서 출제된 문제를 하나 예로 들어보자.

다음은 조선 시대의 어느 농서(農書)에서 발췌한 글이다. '이 바람'에 관한 설명으로 옳은 것은?

영서·경기 지방 사람들은 영동 지방 사람들과는 달리 '이 바람'이 부는 것을 싫어하고, 서풍이 불기를 바란다. 이렇게 호오(好惡)를 달리하는 것은 '이 바람'이 산을 넘어 불어오기 때문이다. '이 바람'이 심하게 불 때는 논밭에 물고랑이 마르고, 어린 벼가 오그라들어 자라지 않는다.

① 산곡풍의 일종이다.
② 조선 시대에 수전 농법을 발달시켰다.
③ 오호츠크해 기단이 동해에 정체할 때 잘 발생한다.
④ 산을 넘으며 습윤해지기 때문에 발생한다.
⑤ 벼의 추수기에 부는 빈도가 가장 높다.

공부를 어떻게 해야 할지 잘 가르쳐주는 문제다. 문제에서 제시한 글 속 '이 바람'이란 우리가 잘 알고 있는 높새바람이다. 내가 보고 있던 한국지리 교과서 중 우리나라 기후의 특색에 관한 단원을 보면 기압과 바람 편이 나오는데, 이 편의 마지막에 높새바람에 관한 언급이 있다. 인용하면 다음과 같다.

늦은 봄에서 초여름에 걸쳐 영서 지방에는 고온 건조한 **높새바람**이 불어 농작물에 피해를 주는데, 이것은 태백 산지에 의해 이루어지는 푄(föhn) 현상 때문이다.

교과서 인용문에서도 높새바람이 진하게 쓰여 있듯 지리 공부를 조금이라도 한 학생이라면 지리 과목에서 이 높새바람이 중요한 개념임을 알고 있을 것이다(중요한지 중요하지 않은지 어떻게 아느냐고 물을 사람이 있을지도 모르겠는데 이는 꾸준히 공부하고 간간이 문제집을 풀다 보면 자연히 알게 된다). 이처럼 중요한 개념이 나오면 단순히 앞과 같은 교과서 문장만을 읽고 넘어갈 것이 아니라 그것이 무엇인가 또는 어떻게 해서 그런 현상이 일어나는가 하는 것을 능동적으로 찾아서 정확하게 알고 넘어가야 한다. 백과사전의 도움을 받아도 좋다.

한편 보기 1에는 산곡풍이라는 말이 나온다. 이 개념은 지리에서도 나오지만 주로 지구과학에서 언급되는 개념이다. 이 개념에서도 중요한 것은 단순히 산풍과 곡풍을 합한 개념이 산곡풍이라는 사실을 아는 것이 아니라 이 바람이 왜 부는가 하는 것을 알아야 한다는 데 있다. 산의 사면이나 산허리 쪽과 들판 쪽 사이의 가열과 냉각 속도의 차이에 따라 두 곳 상공의 기압 차가 생기고 이 기압 차에 의해서 이 바람이 불게 된다는 사실이 중요한 것이다.

수전 농법이 무엇인가를 알아야 보기 2가 참인지 아닌지 판단할 수 있다. 평소에 조금만 개념을 정의하는 언어에 관심을 갖고 공부를 하면 개념을 암기하기도 좋고 이와 같이 낯설어 보이는 개념에 대해서도 쉽게 접근할 수 있다. 수전(水田)이란 물밭, 곧 논을 의미하는 것쯤은 쉽게 알 수 있다. 따라서 수전 농법이란 논농사를 말하는 것이다. 논농사와 밭농사의 차이점은 작물이 자라는 토지에 물이 흥건하게 고여 있느냐 고여 있지 않느냐다.

그러므로 논농사에는 물이 많이 필요하다는 것을 알 수 있고 결국 관건이 되는 것은 '이 바람'이 장마전선처럼 우리나라에 비를 많이 몰고 오느냐 아니냐를 판단하기만 하면 된다. 그러나 앞에서 알아봤듯이 높새바람은 영동 지방에만 비를 뿌릴 뿐 영서 지방에는 오히려

가뭄을 야기해 진압 농법이라는 건조 대비 특수 농법까지 생겨나게 했으므로 보기 2는 옳지 않음을 알 수 있다. 보기 3, 4, 5의 경우 높새바람이 무엇이고 그것이 왜 부는가를 앞에서처럼 알고 있다면 쉽게 옳고 그름을 판단할 수 있다.

지금까지의 이야기를 정리해보면 어떤 과목의 어떤 개념이나 현상을 공부할 때는 먼저 그것이 무엇인가부터 확실히 알아야 하고, 그러고 나서는 그러한 현상이나 사실의 이유 혹은 원인을 분명히 이해하며 공부하는 것이 올바른 학습법이라는 것이다.

마지막으로 내가 강조하고 싶은 것은 과목별로 교과서를 정해 두고, 이를 계속 반복해서 보라는 것이다. 흔히 교과서에는 기본적인 내용만 들어 있어서 그것만으로는 마음 놓고 시험장에 들어가기가 불안하다고 생각하는 사람들이 많다. 그래서 고교 과정에 들어 있지도 않은 내용이 앞뒤 설명도 없이 마구 들어가 있어서 도무지 이해가 되지도 않고 분량도 교과서보다 엄청나게 많은 참고서를 보는 학생이 많다. 이것은 좋은 방법이 아니다.

교과서를 보되, 중요한 것은 반복해서 봐야 한다. 그렇다고 단순히 지난번에 본 것을 잊지 않기 위해 건성으로 넘겨봐서는 소용이 없고, 볼 때마다 처음 본다는 마음으로 정성을 다해 책에 있는 글자 하나, 삽화 하나라도 빼먹지 않고 봐야 한다.

이런 식으로 보다 보면 같은 내용이라도 볼 때마다 새롭게 보인다. 이전에는 특별한 의미를 지니지 않는 것으로 보이던 문장이나 수식이 어느 순간 깊은 의미를 담고 있음을 깨닫게 되는 것이다. 이런 과정이 반복되고 축적될수록 우리의 공부는 깊이를 더해가고,

우리 두뇌의 생각하는 힘도 그만큼 커져갈 것이다.

내친김에 이제부터는 좀 더 구체적으로 내가 각 과목을 어떤 식으로 공부했는지 정리해볼까 한다.

국어

과거 학력고사 체제 때는 국어국문학적 지식을 묻는 문제가 주로 출제되었다. 그러나 현재 실시되고 있는 수학 능력 시험에서는 '언어 영역'이라는 이름에 걸맞게 수험생들의 국어 사용 능력을 측정하는 데 주안점을 두고 있다. 듣기 문제가 몇 문제 출제되고 문장쓰기 능력을 시험하려는 듯한 문제가 한둘 나오지만, 거의 대부분의 문제가 언어 사용 능력, 그중에서도 교과서에 나오지 않는 지문에 대한 읽기 능력의 검증에 할애되고 있다. 주어진 글을 읽고 그 내용을 얼마나 올바로 이해할 수 있는가를 측정하고자 하는 것이다. 따라서 독서력을 기르는 것이야말로 수학 능력 시험의 언어능력 과목에 대비하는 가장 좋은 방법이다. 수능 시험에 응시하려는 사람들은 1995년에 출제된 수능 시험문제를 검토해서 이 점을 직접 확인해볼 필요가 있을 것이다.

그렇다고 교과서에 나오는 국어국문학적 지식이 전혀 필요 없는 것은 아니다. 언어 영역 시험 역시 결국은 국어 시험이기 때문에 장르별 글의 구조라든가 글의 전개 방식, 문학적 개념 등을 많이 알아두는 것이 좋다. 이러한 지식은 제시되는 지문을 독해하는 데 요긴하게 이용될 뿐만 아니라, 읽은 지문의 내용을 바탕으로 문제를 풀어갈 때 일종의 도구 역할을 해준다.

나의 경우 2년에 걸쳐 학력고사를 준비하느라 국어국문학적 지식은 어느 정도 쌓을 수 있었으므로 1995년 수능에 대비한 언어 영역 공부는 주로 독서력을 향상시키는 데 중점을 두었다. 시간이 허락하는 대로 신문의 사설을 비롯해서 신문이나 주간지 등의 예술, 과학, 컴퓨터 등에 관한 기사, 계간 학술지에 실린 논문 중에서도 일반인이 비교적 읽기 쉬운 글, 그리고 단편소설과 시집 등을 가능하면 많이 읽으려고 애썼다.

언어 영역과 관련된 문제집을 많이 풀어보지는 않았지만, 문제집을 풀 때도 문제보다는 제시된 지문을 읽는다는 생각으로 주의 깊게 보았다. 정치경제나 사회문화, 국민윤리 같은 과목의 교과서를 볼 때도 단순히 그 과목의 공부를 한다는 생각을 뛰어넘어 그것도 일종의 독서라는 관점에서 글의 구조라든가 문장 간의 연결에 신경 써가면서 보곤 했다. 본격적인 문학작품을 읽을 수 있었더라면 좋았을 테지만, 워낙 시간에 쫓기다 보니 책 한 권을 처음부터 끝까지 정성 들여 읽어내기란 쉬운 일이 아니었다.

독서력을 향상시키기 위해 가능한 한 많은 글을 읽어보는 것도 중요하지만, 한 가지 더 덧붙이고 싶은 것은 글을 읽을 때 반드시 국어사전을 찾아보는 습관을 기르라는 것이다. 문장을 이루는 기본 단위인 단어를 정확히 해독하는 것이 올바른 독서의 필요충분조건이라는 사실은 두말할 필요도 없다. 이처럼 당연한 말을 하는 것은 국어사전을 찾아보는 것이 실제로 독해에 많은 도움이 된다는 것을 직접 체험했기 때문이다. 영어사전을 찾는 품의 10분의 1만 들여 국어사전을 활용한다면 우리말 어휘를 더욱 정확하게 알게 될 뿐만 아니라 더욱 풍부한 어휘력을 갖추게 될 것이다.

지난 1995년 수능 시험에서도 어휘와 관련된 문제가 상당수 출제되었다. 주로 한자 어휘에 대한 물음이어서 순우리말 어휘에 관한 문제였더라면 더 좋았을 텐데 하는 아쉬움이 남기는 하지만, 국어 어휘에 소홀한 우리 학생들의 분위기에 각성을 촉구하는 것 같아서 수험생들은 국어사전 찾아보는 일에 더욱 신경을 써야 할 것 같다.

영어

내가 영어를 공부한 방법 가운데 특이한 점이라면, 영영사전을 즐겨 보았다는 점이다. 처음 시험공부를 시작한 1991년 한 해만 영한사전을 보았을 뿐 그 이후에는 줄곧 영영사전을 보아왔다. 영어 문장을 독해하다가 처음 보는 단어를 만나서 영어사전을 찾아보면, 의미가 한두 가지가 아닌 경우가 많다. 의미의 차이에 따라 분류해 놓은 아라비아숫자가 많기도 하고 또 각 번호 안에도 비슷한 의미의 우리말 단어가 여럿 나열되어 있게 마련이다.

어떻게 이 많은 의미를 다 외울 수 있을까? 그렇다고 현재 읽고 있는 문맥에 가장 어울리는 의미 하나만 달랑 외우고 넘어가기에는 다음번에 이 단어를 다시 만나게 될 경우가 너무 걱정되지 않는가? 설사 그 많은 뜻을 다 외운다 하더라도 그렇게 우리말 단어들을 모아놓은 것이 그 영어 단어의 본뜻을 정확하게 드러낼 수 있다고 누가 보장할 수 있겠는가? 물론 우리말 단어들 사이에 공통적으로 연상되는 어떤 이미지가 있어서 이것이 그 단어의 본뜻이라는 감을 잡을 수 있는 경우가 있지만, 이것도 단어가 어려워지면 잘되지 않고 더욱이 하나의 단어에 전혀 엉뚱한 여러 가지 의미가 있는 경우에는 더욱 난감해진다. 고민 끝에 우리말로 어떻게 해석되는지와 관계없이 영어 단어 본래의 뜻을 알아야겠다는 생각을 하게 되었고, 그래서 영영사전을 활용했다.

서점에서 흔히 볼 수 있는 영영사전에는 두 종류가 있다. 하나는 롱맨(Longman) 사전이나 콜린스(Collins) 사전처럼 비영어권의 영어 학습자를 위해 간략한 정의와 많은 예문을 싣고 있는 종류다. 이런 사전들은 비교적 보기가 쉽다. 롱맨 사전의 경우 Longman definition 2000 word라는 기본적인 단어만 사용해서 뜻을 설명한다. 또 하나는 우리의 국어사전처럼 영어 사용자들이 자기네 모국어 사전으로 볼 수 있도록 만든 사전이 있다. 영어를 쓰는 사람들을 위한 사전이므로 당연히 우리 학생들이 보기엔 조금 어렵다.

나는 이 두 종류의 사전을 모두 가지고 있지만, 주로 보는 것은 The Oxford Modern English Dictionary라고 하는 후자에 속하는 사전이다. 단어가 간결하면서도 깊이 있게 설명되어 있다는 점이 마음에 들어서 이 사전을 보고 있다.

영영사전을 보기 위해서는 약간의 요령이 필요하다. 누구나 처음에는 좀 고생을 하다가도 금방 익숙해지겠지만, 좀처럼 방법을 가르쳐주는 사람이 없기 때문에 선뜻 영영사전을 펼칠 엄두가 나지 않는 경우도 있을 것이다. 나 같은 경우에는 다음과 같은 방법으로 영영사전을 본다.

먼저 사전에 나오는 단어 하나를 예로 들어보자.

invade / inveid / v.tr.(often absol.) ① enter (a country etc.) under arms to control or subdue it. ② swarm into.

③ (of a disease) attack (a body etc.). ④ encroach upon (a person's rights, esp. privacy). *invader n.[L invadere invas- (as in-2, vadere go)]

이렇게 invade라는 단어를 찾으면 우선 발음기호부터 확인한다. 그다음엔 품사가 타동사임을 확인하고, 정의를 번호순으로 읽어간다. 정의 ①을 읽으면서 일단 다음과 같이 해석을 해본다. '(어떤 국가 등에) 그것을 지배하거나 굴복시키기 위해 무장을 하고 들어가다.' 이렇게 해석을 하고 나면 이 단어의 뜻이 무엇인지 알 수 있다.

다음 단계는 이 해석과 맞아떨어지는 우리말 단어를 생각하는 것이다. 이 단어의 경우에는 '침략하다'라는 단어가 쉽게 생각난다. 암기를 할 때는 앞의 긴 해석문을 그대로 외우는 것이 아니라 '침략하다'라는 우리말 뜻만 외운다. ②, ③, ④도 마찬가지로 다 읽어보고 우리말 단어를 갖다 붙여본다. 외울 필요성이 있으면 역시 우리말 단어만 외운다.

마지막으로 끝부분의 어원 설명까지 읽어보면 단어에 대한 이해를 넓힐 수 있고 암기에도 도움이 된다. 이 단어의 경우는 라틴어 invadere를 어원으로 하고 있으며 '안으로'라는 의미의 in과 go를 뜻하는 라틴어 vadere에서 파생된 vade의 합성어라는 사실을 알 수 있다. 이렇게 단어를 분석해서 어원을 파악해두면 외우기도 좋고 모르는 단어도 뜻을 짐작해볼 수 있다. 당장 vad라는 어근은 흔히 볼 수 있는 evade, pervade 등의 단어에도 나타나는데 사전을 찾아보면 알겠지만 이 단어들의 뜻이 go와 관련되어 있다는 것을 추측할 수 있다.

이처럼 영영사전을 통해 영어 단어를 익히면 단어의 의미를 제대로 파악할 수 있다는 좋은 점이 있다. 하지만 영영사전을 보는 것이 생각처럼 쉬운 일만은 아니다.

첫째, 단어를 정의하는 영문에 또 모르는 단어가 있어서 아예 그것조차 해석이 되지 않는 경우가 있다. 이럴 경우 이 모르는 단어를 찾아봐야 하는데 그 단어의 정의에 또다시 낯선 단어가 들어가 있는 경우에는 정말이지 난감해진다. 이런 식으로 단어 하나를 알기위해 부수적으로 몇 개씩이나 다른 단어를 찾아야 하는 번거로운 과정을 각오해야 한다.

둘째, 모르는 단어가 없는데도 영문 정의가 무슨 말인지 모르겠는 경우가 있다. 특히 추상적, 관념적 의미를 지닌 단어의 경우 이런 어려움이 더 크다.

셋째, 꽃이나 동물 이름 같은 경우에는 영문 설명만 가지고서는 우리말 이름을 알기 어렵다.

넷째, 영문 정의가 해석도 되고 무슨 말인지도 알겠는데 그에 상응하는 우리말 단어가 생각나지 않을 수 있다. 이럴 경우에는 그 단어를 암기하거나 번역하는 데 어려움을 겪게 된다. 또 우리말 단어가 어렴풋이 떠오르기는 하나 그것이 적당한 단어인지 확신이 서지않을 때도 있다. 이럴 때면 어렴풋이 떠오르는 국어 단어를 국어사전에서 찾아 그 단어가 영문 정의와 일치하는가를 확인해야 한다.

이러한 어려움 때문에 영영사전을 볼 때는 영한사전을 같이 볼 필요성이 생긴다. 그럴 바에야 무엇 하러 시간 낭비해가며 영영사전을 보느냐는 생각을 할 수도 있지만, 이런 과정을 거쳐서 영한사전을 보는 것과 곧바로 영한사전부터 보는 것 사이에는 단어를 이해하는 깊이에 있어서 차이가 생긴다.

세상 모든 일이 그렇듯 아무리 귀찮고 나쁜 일이라 해도 그 속에는 그 나름대로의 좋은 점이 있게 마련이다. 가령 단어 하나를 해명하기 위해 여러 단어를 찾는 것이 귀찮고 번거로울 수도 있지만, 그런 과정 자체가 결국 어휘력을 늘려가는 길이 될 수 있다. 또 영어 공부를 하면서 국어사전을 찾아야 하는 일이 쓸데없는 시간 낭비이기만 한 것도 아니다. 어떤 단어의 정의를 보고 국어사전을 찾아가며 그 단어를 생각해내려고 애쓸 때 국어 어휘력이 풍부해지고 정확해지는 부수적인 이득까지 생기기 때문이다.

지금까지 영영사전을 보는 방법과 그 장단점에 대해 이야기했다. 물론 아무리 어려움이 크다 해도 마음을 독하게 먹으면 분명 영영사전을 통해 영어 실력을 기를 수 있을 것이다. 하지만 영어를 잘하기 위해서 반드시 영영사전을 봐야 한다고는 생각하지 않는다. 대다수의 사람들이 영한사전만 가지고도 영어를 잘 공부하고 있지 않은가. 특히 입시를 앞둔 수험생이 굳이 보는 데도 시간이 많이 걸리고 익숙해지기까지 더 오랜 시간이 필요한 영영사전을 보려고 애쓸 필요는 없다. 중요한 것은 어떤 사전을 보든 영어를 좀 더 깊이 있게 이해하려는 마음가짐을 갖는 것이라고 생각한다.

영어 공부를 할 때 단어를 어떻게 익히느냐 하는 것만큼이나 문제가 되는 것은 문법 공부를 어떻게 할 것인가 하는 점이다. 기초적인 영문이야 문법적 지식이 없어도 해석이 가능하지만, 문장이 조금 어려워지면 문법적 지식을 바탕으로 구문을 파악할 수 있어야 해석이 원활하게 이루어진다.

그러나 영어 문법책을 보기란 결코 쉬운 일이 아니다. 무엇보다도 책 자체가 두껍기 때문에 선뜻 보고 싶은 생각이 들지 않는다. 게다가 문법책을 보면 외워야 할 것들이 많은데, 이 암기의 부담 또한 적지 않다. 여하튼 문법책 한 권을 제대로 보기 위해서는 상당한 인내와 끈기가 필요하고, 시간도 많이 투자해야 한다.

이런 이유 때문에 나는 영어 문법 서적을 처음부터 끝까지 독파하겠다는 시도는 아예 한번도 하지 않았다. 중학교 때도 공부를 잘한 것은 아니지만 영어 성적이 그나마 나은 편이었고, 고등학교 들어가서도 영어 공부는 가끔씩 했다. 덕분에 영어 문법에 어떤 것들이 있다는 것 정도는 알고 있었고, 처음 본격적으로 공부를 시작할 때 지루한 문법책부터 붙잡고 덤볐다가는 금방 싫증을 느끼게 될 것 같아서 차라리 문법 실력이 조금 부족하더라도 덜 지루한 독해 공부로 바로 들어갔다.

이렇게 독해 공부를 하면서 문법적 구조가 파악되지 않는 구문을 만나면 대개 그 자리에서 문법책을 뒤적여 이해를 하고 넘어간다. 하지만 가령 '가정법'과 같이 복잡하고 중요한 사항에 대해서는 주말 같은 때 따로 시간을 내 그 부분만 집중적으로 공부하는 식으로 문법 공부를 했다.

수학 능력 시험의 경우 문법책 한 권을 달달 외워야 할 정도로 문법적 지식을 묻는 문제가 많이, 또 어렵게 출제되지는 않는다. 또문법이란 궁극적으로 독해를 하고 영어를 이해하기 위해 필요한 것이므로, 이런 식으로 그때그때 필요에 따라 부분적으로 '각개격파'해가는 방식도 크게 나쁘지 않은 것 같다.

 그 대신 평소 독해를 할 때 문장의 구조와 단어의 용법, 숙어와 숙어적 구의 의미 등을 꼼꼼히 살펴보는 습관을 들이는 게 좋다. 이 점에 대해서는 충분한 설명이 필요할 것 같아서, 1995년 수학 능력 시험의 외국어 영역에 출제되었던 독해 문제 하나를 예로 들어 보려 한다.

아래 글의 요지를 가장 잘 나타낸 것을 고르시오.

Don't wish your life away making impossible plans for your future. Grand plans are fun, but not really helpful if you can't achieve them. And don't let other people pressure you into trying to achieve things that you know are not possible. You'll only worry about achieving them, and that will trigger a whole host of new anxieties. Set yourself realistic goals, and aim to achieve them one step at a time. Remember that life is precious and you need to live in the present as well as hold on to your dreams for the future.

① 과거에 집착하지 마라.
② 원대한 꿈을 가져라.

③ 현재보다 미래를 더 중시하라.

④ 달성 가능한 목표를 추구하라.

⑤ 미래에 대하여 걱정하지 마라.

영문 독해를 할 때는 일단 전체를 한번 읽어보는 것이 좋다. 그러고 나서 첫 문장부터 다시 꼼꼼히 검토해나가는 것이다. 이 지문의 첫 문장 같으면 그 뜻은 쉽게 감을 잡을 수 있지만 정작 정확하게 번역을 해보려 하면 녹록하지가 않다. 먼저 away의 뜻과 문장 내에서의 성분이 명확하게 드러나지 않고, making 이하의 구가 동명사구인지 아니면 분사구문인지, 그도 저도 아니면 동사 wish와 관용적으로 사용되고 있는지가 애매하기 때문이다. 이렇게 미심쩍은 대목이 나오면 절대로 그냥 넘어가지 말고 사전과 문법책을 직접 찾아보고 해명을 해야 한다.

사전에서 away를 찾아보면, 중요한 단어답게 많은 설명이 나와 있다. 이것들을 일일이 읽어가면서 과연 어느 뜻이 이 문장에 가장 잘 어울릴지 알아내려고 애써야 한다. 이런 과정이 반복되면서 away의 그 많은 뜻과 문장에서의 역할을 자연스럽게 익힐 수 있다. 이렇게 스스로 찾아보는 것이 귀찮다고 해서 해설집 같은 곳에 실린 간단한 단어 풀이에 의존하는 습관은 애당초 들이지 않는 게 좋다. 내 손으로 직접 찾아보고 고민하는 과정을 통해 차츰 어려움을 해결하는 능력이 생기고, 이것이 진짜 실력으로 이어지기 때문이다.

making 이하에 대해서는 일단 동사가 ~ing 형태로 사용되고 있으므로 문법책의 분사구문이나 동명사 편을 살펴볼 필요가 있다.

사실 이처럼 특수한 문장을 문법책을 찾아 검토하기란 쉬운 일이 아니므로, 이게 잘 안 될 경우 이 문장은 선생님께 여쭤보기로 하고 시간 날 때 문법책을 참고하는 게 좋다. 이렇게 문제의식을 가지고 문법책을 보면 그냥 보는 것보다 훨씬 더 효율이 생긴다.

문제가 될 만한 away와 making 이하를 다 검토했는데도 문장이 명쾌하게 해명되지 않는다면, 이제 평소 잘 알고 있다고 생각하는 부분들이 혹시 이 문장에서 이례적으로 쓰이고 있지는 않은지를 살펴볼 차례다. 이 문장에서 그러한 검토의 대상에 오를 수 있는 것은 wish와 동명사로 봤을 때 making의 관계, 그리고 wish your life away가 숙어일 가능성 등이다.

wish 같은 단어는 잘 알고 있다는 생각에 좀처럼 사전을 찾아보지 않게 된다. 독해를 하다가 해석이 잘 안 되거나 어처구니없는 오역을 하는 경우, 대개는 다음의 두 가지 함정이 개입되었을 가능성이 크다. 첫째, 예문의 wish처럼 잘 안다고 여기는 단어인데 내가 알고 있는 것과는 다른 뜻으로 쓰이는 경우다. 둘째, 전혀 예상하지 못한 부분이 숙어적 혹은 관용적으로 쓰이는 경우다.

따라서 해석이 잘 안 되는 문장은 그 문장의 모든 부분을 검토의 대상으로 삼아야 한다. 사전이 워낙 잘 만들어져 나오기 때문에 분류되어 있는 여러 뜻을 찬찬히 읽어보고 이에 딸린 각 예문을 신중히 살펴보는 것만으로도 이러한 검토는 충분하다고 볼 수 있다.

예시문 가운데서는 다른 문장과 비교해볼 때 세 번째 문장이 가장 복잡한 문장구조를 이루고 있는 듯하다. you know라는 삽입절과 that 이하의 관계대명사절이 들어 있어서 그런 것 같다. 사실이 문장이야 크게 어려운 정도라고 할 수 없겠지만, 영문의 난도가 높아지면 구조가 복잡한 문장이 많아진다.

길고 복잡한 문장을 읽다 보면 앞부분은 무슨 말인지 짐작이 가다가도 뒤로 갈수록 읽는 것이 영어 발음 연습하는 과정으로 전락해버리는 수가 많다. 나는 이럴 때는 일단 쭉 읽어서 마침표부터 찾는다. 그다음에는 문장의 주어·서술어·목적어 등과 같이 골격이 되는 성분을 찾아내고, 여기에 여러 가지 부가된 부분, 가령 형용사나 부사구, 관계절, 삽입된 부분이나 도치된 부분 등을 덧붙여가는 것이다. 이렇게 차근차근 파헤쳐가다 보면 아무리 길고 복잡해 보이는 문장도 가닥을 잡을 수 있게 된다.

문법이라고 해서 반드시 문법책을 봐야 터득할 수 있는 것은 아니다. 독해를 하면서도 문장을 눈여겨보면 오히려 영어라는 언어의 특성을 살아 있는 그대로 생생하게 배울 수 있기 때문이다. 예시문을 예로 들어보자면 a whole host of new anxieties에서 anxieties가 복수로 사용되고 있다는 점, one step at a time이 일종의 명사구임에도 앞에 전치사 같은 것을 수반하지 않은 채 부사구 구실을 한다는 점, 마지막 문장의 as well as의 앞뒤에 live와 hold가 대등한 상태로 이어지고 있다는 점, 그리고 the future, the present에서 보듯 과거, 현재, 미래라는 단어에는 정관사가 붙는다는 점 등을 주목하면서 영문을 읽는 습관을 들여두면, 이런 것들이 쌓여서 든든한 문법적 지식이 된다.

독해와 관련해 한 가지 더 강조하고 싶은 점은, 혼자 힘으로 뜻을 파악해보겠다는 생각 대신, 잘 안 된다 싶으면 해설부터 보려고 하는 끈기 없는 태도를 갖지 말았으면 하는 것이다. 잘 안 된다 싶은 게 있으면 오히려 더 적극적으로 달려들어서 스스로 해결하고자 노력할 때, 능력이 계발되고 처음에는 암호처럼 보이던 문장들도 차츰 이해할 수 있게 되기 때문이다.

또 하나, '영어 공부' 하면 빼놓을 수 없는 것이 있다. 바로 단어장이다. 반복해서 자주 보는 것이야말로 영어 단어를 완전하게 소화하는 가장 좋은 방법이다. 이왕이면 영어 단어 바로 옆에 그 뜻을 적어서 단어장을 펼치면 영어 단어와 함께 뜻이 함께 보이는 형식보다는, 한 면은 영어 단어만 적어두고 그 단어의 뜻은 다음 페이지에 써서 한눈에 보이지 않도록 하는 형식을 택하는 것이 좋다.

이렇게 하면 단어장을 볼 때 먼저 영어 단어부터 보고 내가 그때까지 그 단어를 기억하고 있는지 매번 확인해볼 수 있다. 또 우리말로 적은 뜻을 보고 한번 되뇌어보는 것보다는 영어 단어를 보고 머릿속에 들어 있는 그 뜻을 끄집어내어 보기도 하고, 반대로 우리말을 보고 그에 해당하는 영어 단어가 뭐였던가를 되짚어보기도 하는 식으로 단어장을 활용하는 것이 기계적으로 영어 단어 보고 우리말 보고 하는 것보다 훨씬 재미도 있고 효율도 높다.

지금까지 내가 영어 공부를 하면서 느낀 점을 적어보았다. 우리의 머리는 너무나도 쉽게 잊어버리는 버릇이 있다. 하물며 낯선 외국어야 오죽하겠는가. 더군다나 영어는 시험에서 차지하는 비중도 크다. 따라서 조금씩이라도 매일매일 꾸준히 공부를 계속할 필요가 있다. 그렇게 영어에 대한 감각을 유지하는 것이야말로 단어 몇 개 외우는 것보다 영어 실력을 향상시키는 데 더 큰 밑거름이 된다.

수학

누가 내게 수험 준비를 하면서 가장 어려웠던 과목이 무엇이었느냐고 묻는다면, 그것은 단연 수학이었다고 말할 것이다. 이어서 또 누가 내게 가장 통렬한 쾌감을 느낄 수 있었던 과목이 무엇이었느냐고 묻는다면, 그것 역시 단연 수학이었다고 대답할 것이다. 이처럼 지난 5년 동안 나를 수없이 웃고 울게 만들었던, 그래서 이제는 제일 애착이 가는 과목이 되어버린 수학에 대한 이야기를 해볼까 한다.

수학은 기초가 중요하다

수학은 기초가 중요하다. 많이 듣는 이야기다. 비단 수학뿐만이 아니라 다른 모든 과목 역시 기초가 중요하다는 것은 새삼 말할 필요도 없다. 그렇다면 수학의 기초란 무엇인가?

한마디로 말하자면 그것은 중학교와 고등학교 교과과정에 등장하는 모든 정의, 정리, 법칙, 원리라고 할 수 있다. '두 변의 길이가 같은 삼각형을 이등변삼각형이라고 한다'와 같은 그야말로 기초적인 정의에서부터 나머지 정리, 인수 정리, 도함수의 정의, 부정적분과 정적분의 관계 등등 수많은 정의와 정리와 법칙과 원리의 집합

체가 바로 수학이라는 학문이 아닐까 싶다.

　이러한 것들이 중요한 까닭은 수학이 연역적인 학문이기 때문이다. 이미 알려진 사실, 정리, 정의, 가정을 바탕으로 새로운 사실을 추론해내는 과정이 곧 수학적 사고의 본질이다.

　그러면 이와 같은 것들을 어떻게 공부해야 하는가? 가장 좋은 방법은 중학교 1, 2, 3학년 교과서와 고등학교 수학 교과서를 계속해서 반복 학습하는 것이다. 많은 학생들이 수학 교과서를 하찮게 보아 넘기지만, 수학 공부를 시작해서 언젠가 그것을 끝낼 때까지 결코 손에서 놓아서는 안 되는 책이 있다면 그게 바로 수학 교과서다.

　예를 들어 다음과 같은 두 개의 수학 문제를 비교해보자.

〈예시 문제 1〉 삼각형 ABC의 변 AB, AC를 각각 한 변으로 하는 정삼각형을 오른쪽 그림과 같이 그려서 꼭짓점을 각각 P, Q라 하면, PC=QB임을 증명하라.

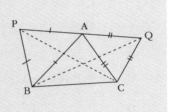

〈예시 문제 2〉 오른쪽 그림과 같이 선분 AB 위에 한 점 C를 잡고 선분 AB의 위쪽에 두 정삼각형 ACD, BCE를 만들었다. AE=DB임을 증명하라.

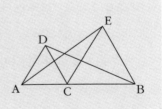

그림이 약간 다르기는 하지만 자세히 보면 이 두 문제는 본질적으로 '같은' 문제라는 사실을 알 수 있다. 그러나 많은 사람들이 이 두 문제의 출처를 알고 나면 깜짝 놀랄 것이다. 〈예시 문제 1〉은 중학교 2학년 수학 교과서에 실린 문제이고, 〈예시 문제 2〉는 1995년 수능 시험 수리탐구I 영역의 20번 문제다. 기초의 중요성을 실감한 내가 헌책방을 뒤져서 구한 중학교 수학 교과서에서 풀어본 문제가 거의 그대로 수능 시험에 출제되었던 것이다.

실제로 나의 경우 수학 교과서의 중요성을 인식한 이래 1996년 1월의 서울대 본고사를 보기 위해 대구에서 모든 공부를 끝내고 서울로 올라오는 날까지, 고등학교 수학 교과서를 적어도 하루에 한 시간씩 매일 봐왔다. 언제나 처음 본다는 마음으로 끝없이 반복해서 볼 때 점점 깊고 심오한 수학의 근원적인 세계를 알 수 있게 된다.

교과서를 통해서 기초를 충분히 이해하고 나면, 이제는 그것을 외워야 한다. 그래서 언제든지 이름만 대면 그에 관한 것들이 술술 풀려 나올 수 있어야 한다.

기초의 중요성을 실감할 수 있는 문제를 하나 더 풀어보자.

〈예시 문제 3〉 오른쪽 그림은 정사각형들을 붙여놓은 것이다. 정사각형 A의 한 변의 길이와 B의 한 변의 길이의 비는? (*ㄱ~ㅊ까지는 내가 편의상 표기한 것이다.)

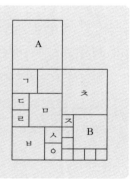

1995년 수능 시험 수리탐구I 영역에 출제된 문제이다. 얼핏 보면 어떻게 손을 대야 할지 알 수 없는 막막한 문제 같지만, 기초만 충분히 닦여 있으면 간단하게 풀 수 있다.

먼저 문제를 다시 한번 읽어보자. 문제를 구성하는 두 개의 문장 가운데 첫 번째 것은 사실을 제시하고 있고, 두 번째 것은 첫 번째 문장과 그림으로 제시된 사실을 토대로 우리가 이끌어내야 할 결론이 무엇인가를 보여준다. 무엇보다도 우리가 필요로 하는 결론을 명확히 인식해야 한다. 그래야 그러한 결론에 도달하기 위해 어떤 방법과 경로가 이용될 것인지 결정할 수 있을 것이기 때문이다.

이 문제에서 요구하는 결론은 정사각형 A, B의 변의 길이의 비를 구하라는 것이다. 따라서 이 문제를 풀기 위해서는 먼저 '비'라는 것이 무엇인가부터 알아야 한다. 이것이 바로 기초다.

먼저 정사각형 A, B의 변의 길이를 각각 a, b라고 하자(물론 문제 어디서도 정사각형 변의 길이가 a, b라는 말은 나오지 않는다. 말하자면 이것은 순전히 우리가 자의적으로 생각해낸 가정에 지나지 않는다. 수학 문제를 풀 때는 이러한 가정이 대단히 중요하다. 이에 대해서는 뒤에서 다시 언급할 기회가 있을 것이다). 이때 $\frac{a}{b} = \frac{m}{n}$ (단 m, n은 서로소인 정수)의 관계가 성립하면 a와 b의 비, 즉 a : b는 m : n이 된다. 이러한 비의 개념에 따르면 $\frac{a}{b} = \frac{m}{n}$ 곧, an = bm과 같은 a, b 사이의 관계식을 유도하는 것이 이 문제를 해결하는 방식임을 알게 된다. 요컨대 이 문제를 풀기 위해서는 a, b 사이의 관계식이 필요하다는 것을 우리는 '비'라는 아주 기초적인 개념에 대한 이해로부터 도출하게 되는 것이다.

이렇게 문제의 해결 방향이 잡히고 나면, 문제에서 제시된 사실들을 검토해서 a와 b 사이의 관계를 유도해내야 한다.

그림을 살펴보면 정사각형 A와 B 사이에는 다양한 정사각형이 놓여 있어서 이들이 a와 b를 관계 짓는 매개가 될 것임은 뻔한 사실이다. 그러면 이 다양한 정사각형들은 a와 b를 어떻게 관계 짓고 있는 것일까? 이 물음에 대한 결정적인 열쇠는 그림의 사각형이 모두 정사각형이라는 데 있다. 정사각형이란 네 변의 길이가 같은 사각형이다. 이것은 누구나 다 아는 아주 기본적인 정의다. 이 정의에 따르면 ㄱ과 ㄴ은 똑같은 정사각형이고, 그 변의 길이는 a의 절반 즉 $\frac{1}{2}$ a 이다. 왜냐하면 정사각형 A와 ㄱ, ㄴ만을 나타낸 〈그림1〉에서 ㄱ이 정사각형이므로 $l_1 = l_2$이고, 마찬가지로 ㄴ에서 $l_1 = l_3$이므로 결국 $l_2 = l_3$이 되기 때문이다.

정사각형 ㄷ, ㄹ, ㅁ만 나타낸 〈그림 2〉에서 같은 방법으로 생각하면 ㄷ과 ㄹ은 합동이고 그 변의 길이는 ㅁ의 변의 길이의 반임을 알 수 있다.

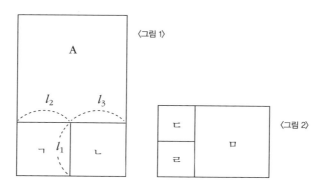

따라서 ㄷ과 ㄹ의 변의 길이는 $\frac{1}{3}$a가 되고, ㅁ의 변의 길이는 $\frac{2}{3}$a 이다. 정사각형 ㅂ, ㅅ, ㅇ에 대해서도 이와 같이 생각해보면 ㅁ과 ㅂ, 그리고 ㄷ, ㄹ과 ㅅ, ㅇ은 똑같은 정사각형임이 입증된다.

하지만 a와 b를 연관 짓기 위해 A에서부터 사다리를 내려오듯 각 정사각형들의 변의 길이를 a로 나타내온 우리의 노력은 여기서 막다른 골목에 부딪혀 더 이상 진전되지 않는다. 그러나 여기까지 알아낸 사람이라면 누구나 이 막다른 골목에서 물러서지는 않을 것이다. B에서도 똑같이 주변 정사각형들의 길이를 b로 나타내가 며 앞에서 해온 것과 마주치는 점을 찾으면 될 것이기 때문이다.

정사각형의 정의에 충실해 앞에서 설명했던 것과 같이 생각해 보면 ㅈ의 변의 길이는 $\frac{1}{3}$b임을 알 수 있고, 따라서 ㅊ의 변의 길 이는 $\frac{4}{3}$b가 된다. 또 B와 B를 둘러싼 일곱 개의 ㅈ이 만드는 사각 형은 정사각형이고, 이 정사각형은 또 ㅊ과 똑같은 정사각형이 된 다. 따라서 정사각형 ㄴ, ㅁ, ㅅ, ㅇ이 공유하는 직선의 길이는 ㅊ의 두 배다. 즉 $\frac{8}{3}$b가 된다. 그런데 우리가 앞에서 진행시켜온 추론에 따르면 이 길이는 $\frac{11}{6}$a이다. 곧 $\frac{11}{6}$a = $\frac{8}{3}$b, 즉 11a = 16b가 되는 것이다.

이것이 바로 우리가 도달하고자 했던 a와 b 사이의 관계식이 다. 이를 변형하면 $\frac{a}{b}$ = $\frac{16}{11}$이 되고, 따라서 '비'의 개념에 따르면 a:b = 16:11이 된다.

결국 우리는 막막하게만 보이던 문제를 '비', '정사각형'이라는 아 주 기초적인 수학의 개념을 바탕으로 풀어낸 것이다.

x를 통해 본 수학적 사고의 특성

방정식에 대한 기록은 이미 고대 중국의 문헌에서도 찾아볼 수 있다고 한다. 그러나 수 대신 문자를 사용해 방정식을 연구하게 된 것은 근대 이후의 일이다.

우리는 이미 초등학교 시절부터 대수 방정식의 기본적인 것들을 배워왔기 때문에 다음과 같은 문제는 아주 간단하게 처리할 수 있다. '어떤 수에 3을 더하고 다시 이것에다 2를 곱한 후 이 결과에서 4를 뺐더니 6이 되었다. 이 수는 얼마일까?'

그러나 만약 우리가 x라는 미지수를 이용해 이 문제를 풀 수 있다는 것을 모르는 시대의 사람이라면 과연 이 문제를 어떻게 해결할 수 있을까? 물론 해결이 안 되는 것은 아니다. 예를 들어서 '어떤 수'를 5라고 가정하고 직접 계산을 해본다. 답은 12가 나온다. 문제에 나온 6보다 훨씬 크다. 3이라고 가정해보면 8이 된다. 그래도 크다. 2를 넣어보면 $2+3=5$, $5 \times 2 = 10$, $10-4=6$, 이렇게 해서 이 문제의 답이 2라는 사실을 알아낼 수 있다.

우리가 학교에서 배운 방정식을 한번 도입해보자. 그러자면 이 문제에서 말한 '어떤 수'라는 것을 x로 놓으면 된다. 즉 아무 숫자나 골라서 연산을 직접 실행해보며 답을 찾아가는 것이 아니라, 이미 답을 구했다고 간주하고 이 답을 x로 가정한다는 것이다. 이러한 대전제와 문제의 조건을 바탕으로 $\{(x+3) \times 2\} - 4 = 6$이라는 '참'인 등식이 도출된다. 이 등식이 참이므로 양변에 4를 더해준 $(x+3) \times 2 = 10$도 참인 명제가 된다. 이로부터 또 하나의 참인 명제 $x+3=5$가 도출되고, 이의 양변에 3을 빼줌으로써 최종적인 참의 명제 x = 2가 나오게 된다. 이것이 바로 우리가 구하고자 한 답이다.

여기까지의 추론 과정을 정리해보면 구하고자 하는 답을 x라고 가정함으로써 문제의 조건에 부합하는 최초의 등식을 만들어내고 이 등식을 동치 전환 과정을 따라 풀어헤쳐서 최종적으로 가장 간단한 등식을 유도함으로써 그 해를 밝히는 것이 방정식 풀이의 근원적 원리라고 할 수 있는 것이다. 이렇게 방정식의 해를 구하는 원리를 이해하고 나면 '풀다'(매이거나 얽히거나 묶인 것을 끌러 흐트러뜨리다-〈동아 새국어사전〉)라는 말이 왜 방정식의 해를 구한다는 것을 의미하게 되었는지 알 수 있다.

수학의 대표 주자라고 할 수 있는 대수방정식의 이러한 기본 원리에는 수학적 사고의 중요한 특성이 담겨 있다. 앞의 간단한 예시 문제에서도 극명히 드러나듯이 수학 문제의 답을 구해가는 사고의 과정은 조각가가 아무런 형태도 없는 나무 덩어리를 깎아내고 다듬고 해서 마침내 자신이 의도한 작품을 만들어가는 과정과는 전혀 다르다. 이와는 반대로, 문제가 제시하는 조건에 맞는 답이 이미 나와 있다고 생각하고, 여기서부터 역으로 그것이 맞다는 사실을 바탕으로 또 다른 참인 사실을 추론해 들어가는 이른바 '연역 추론' 과정이 곧 수학적 사고의 과정인 것이다.

상당히 추상적인 설명이 되어버린 것 같다. 보다 구체적인 설명이 될 수 있도록 몇 개의 문제를 예로 들어보자. 역시 1995년 수학 능력 시험에 출제된 문제인데, 이렇게 시험문제를 자주 거론하는 까닭은 최신 입시 문제야말로 지적으로 가장 세련된 문제이며 또

한 각 과목에 해당하는 학문의 최신 조류와 학문적 분위기가 반영된 문제이기 때문이다. 또 이런 문제들은 학문적 상황의 변화에 따라 대학 진학 이후 개별 학문을 보다 깊이 있게 연구할 때 반드시 필요한 기본 지식과 사고 습관을 보여주는 것이기도 하다.

지금까지 예로 든 문제가 고교 수준 이하라고 할 정도로 매우 기초적인 개념이 단일하게 적용된 문제라면, 다음의 예시 문제는 2점의 배점답게 고교 과정의 여러 분야가 복합된 다소 복잡한 문제다.

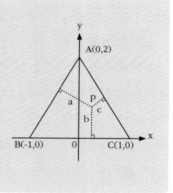

〈예시 문제 4〉 좌표평면 위의 세 점 A(0, 2) B(-1,0) C(1,0)로 이루어지는 삼각형 ABC의 내부 또는 변 위의 점 P에서 변 AB, BC, CA까지의 거리를 각각 a, b, c라 하자. $4b=5(a+c)^2$일 때, 점 P의 자취는?

이 문제를 풀기 위해서는 먼저 '도형의 방정식'이라는 개념부터 이해하고 있어야 한다. 좌표평면상에 그려진 도형을 이루는 수많은 점의 x, y 좌표를 근으로 하는 방정식이 도형의 방정식이다. 이처럼 좌표의 개념을 도입해 도형을 방정식으로 표현하고 이 방정식을 분석함으로써 도형의 성질을 연구하는 '해석 기하학'을 창시한 프랑스의 위대한 철학자이자 수학자 르네 데카르트(René Descartes)의 업적은 참으로 놀라운 것이 아닐 수 없다.

이 문제에서 구하라고 하는 P점의 자취란 바꾸어 말하면 점 P가 문제의 조건에 맞추어 이동할 때 그리는 도형을 말하는 것이다. 따라서 우리가 풀이 과정을 통해 최종적으로 도출해야 할 결론은 P가 그리는 도형의 방정식이 되는 것이다. 그러면 어떻게 하면 이런 방정식을 만들 수 있을까?

이 방정식이 이미 만들어져 있다고 가정하고 이의 근, 즉 P점의 x, y좌표를 (X, Y)라고 놓음으로써 문제 풀이의 대전제로 삼는 것이 방정식을 구하는 과정의 출발점이 된다. 이렇게 P점의 좌표를 (X, Y)라고 놓고 나면 조건식의 a, b, c를 X, Y로 바꾸어 나타내기만 하면 그것이 바로 이 문제가 요구하는 자취의 방정식이 되리라는 것은 논리적으로 쉽게 생각해볼 수 있다.

a, b, c는 점 P와 삼각형의 세 변을 이루는 직선 사이의 거리이므로 점과 직선 사이의 거리 공식을 이용하면 a, b, c를 X, Y로 나타내는 것은 큰 어려움이 없다. 물론 그러자면 삼각형의 세 변을 이루는 직선을 직선의 방정식으로 나타내야 한다. 지금 이런 설명은 고교 과정의 기본적 개념에 대해서 어느 정도 알고 있는 사람이어야 이해가 갈 것이다. 그러나 바로 다음에는 수학을 전혀 모르는 사람도 이해할 수 있는 예시 문제를 소개할 예정이므로, 당장 이해가 안 가는 사람도 약간의 끈기를 갖고 계속 읽어주었으면 좋겠다.

문제의 설명으로 돌아가서, 직선의 방정식을 구하는 데도 여러 방법이 있지만 이 문제의 경우 비교적 기울기와 y절편을 파악하기가 쉬우므로 나 같으면 그 방법을 택하겠다. 이에 따라 대표로 직선 AB의 방정식만 구해보면, $y = 2x + 2$가 직선 AB의 방정식이 된다.

이 직선과 좌표가 (x, y)인 점 P와의 거리, 즉 a는 점과 직선 사이의 거리 공식에 따라,

$$a = \frac{|2X - Y + 2|}{\sqrt{5}}$$ 이다.

같은 방법으로 생각해보면 c도 구할 수 있고, b는 P점의 Y좌표 값이 된다. 이렇게 해서 X, Y로 나타낸 a, b, c를 조건식 $4b = 5(a+c)^2$에 대입해서 정리하기만 하면 모든 문제는 끝이 나는데 위의 a의 경우에서도 보듯 절댓값 기호의 처리가 문제로 남는다. 이를 해결하기 위해서는 부등식의 영역에 관한 기본적인 이해가 뒷받침되어야 한다.

좌표평면 위에 방정식으로 정의된 도형에서 이 도형 위의 점들의 x, y 좌표가 준 도형의 방정식을 참이 되게 하는 근인 것과 마찬가지로, 부등식을 만족하는 영역을 좌표평면에 나타냈을 때 이 영역 상의 모든 점의 x, y좌표는 준부등식을 참이 되게 한다.

예시 문제의 경우를 예로 들어보면 직선 AB의 방정식을 만족하는 x, y 좌표 점들은 직선 AB 위의 점들이고, 가령 부등식 $2X - Y + 2 > 0$이 나타내는 영역의 모든 점은 이 부등식을 참이 되게 한다. x, y좌표평면은 직선 AB에 의해서 직선의 위쪽, 직선, 직선의 아래쪽의 세 영역으로 분할되는데, 직선의 위쪽 또는 아래쪽이 위 부등식을 만족하는 영역이 된다. 그리고 이 영역들 가운데 어느 한 영역의 한 점만이 부등식을 만족하는지 안 하는지만 확인하면 그 점이 포함된 전체 영역이 그 부등식을 만족하는지 안 하는지 알 수

있다. 이에 관한 상세한 내용은 수학 교과서 부등식 영역 편에 잘 나와 있다.

이러한 부등식의 영역에 관한 이해를 바탕으로 하면 위의 $2X - Y + 2$의 값이 양인지 음인지를 판단하기 위해서는 점 P가 부등식 $2X - Y + 2 > 0$이 나타내는 영역에 속하는지 아닌지만 판단하면 된다. 그러기 위해서 직선에 대하여 점 P와 같은 영역에 있는 점인 원점의 좌표를 이 부등식에 대입해보면 이 부등식이 참이 된다는 사실을 알 수 있다. 즉 원점은 이 부등식이 나타내는 영역에 속하는 점이다. 따라서 원점 과 같은 영역에 속한 점 P의 x , y좌표도 이 부등식을 만족한다. 곧 $2X - Y + 2 > 0$ 인 것이다. 이로써 a를 X, Y로 바꾸어놓는 데 장애가 되던 절댓값 기호의 문제도 해결이 되는 셈이다.

이렇게 해서 a, b, c를 X, Y로 나타내 문제의 조건식에 대입해 정리해보면 $(Y - 1)(Y - 4) = 0$이 된다. 이 수식을 말로 나타내 보면 'Y는 1 또는 Y는 4다'가 된다. 그런데 문제 풀이의 최초의 가정에서 점 P는 삼각형 안의 도형이라고 했으므로 Y는 4가 될 수 없다. 따라서 Y는 1이 된다.

지금까지의 추론 과정을 수식으로 간단히 나타내서 정리해보자. 최초의 가정, 즉 문제의 조건을 만족하는 점 P의 자취는 좌표평면상에 존재할 것이 확실하므로 비록 그것이 어떤 형태인지는 알 수 없지만 어쨌든 이 자취 위의 임의의 점 P의 x, y좌표를 (X, Y)라고 하자는 가정에 따르면 문제의 조건들로부터 다음 세 개의 등식이 도출된다.

$$(1) \qquad a = \frac{|2X - Y + 2|}{\sqrt{5}} = \frac{2X - Y + 2}{\sqrt{5}}$$

$$(2) \qquad b = Y$$

$$(3) \qquad c = \frac{|2X + Y - 2|}{\sqrt{5}} = \frac{-2X - Y + 2}{\sqrt{5}}$$

X, Y로 나타낸 a, b, c는 문제에서 제시된 조건식 $4b = 5(a+c)^2$을 만족하므로 (1), (2), (3)을 이에 대입해 정리하면 $(Y-1) \times (Y-4) = 0$이 도출되고, 이로부터 Y = 1이라는 일련의 추론 과정의 결론이 나오게 된다.

그러나 이 결론이 문제가 궁극적으로 요구하는 자취의 방정식은 아니다. 이는 그러니까 점 P가 그리는 자취가 일정 형태로 존재한다는 최초의 가정과 문제에서 제시하는 이 자취의 특성을 추론의 근거로 해서 알아낸 이 자취의 한 속성에 불과한 것이다. 즉 점 P가 이루는 자취상의 모든 점은 y좌표가 1이라는 뜻이지 y좌표가 1인 모든 점이 문제의 조건을 만족하는 자취는 아니라는 말이다.

하지만 Y = 1이라는 속성을 알아낸 것은 이 문제를 완벽하게 푸는 데 필요한 중요한 정보를 얻은 셈이 된다. Y란 무엇인가? 우리의 가정에 따르면 Y는 문제의 삼각형의 변과 그리고 그 내부에서 점 P가 그리는 자취의 각 점을 이루는 점들의 y좌표를 의미한다. 그러므로 Y = 1이라는 정보는 이 문제에서 구해야 되는 자취가 삼각형 내부의 선분이거나 한 점임을 말해주는 것이다.

따라서 이 두 가지 가능성을 각각 검토해봄으로써 최종적인 답을 얻을 수 있을 것이다. 가령 선분이라고 추정해보면 점 P가 그리는 자취상의 모든 점의 좌표는 삼각형 내부에 속할 수 있는 적절한 범위의 임의의 실수 t에 대해 $(t, 1)$이라는 좌표로 나타낼 수 있다. 이러한 좌표로 표현되는 모든 점이 문제의 조건을 만족하는지 확인해보기 위해 $(t, 1)$이라는 좌표를 가지고 문제의 조건에 따라 a, b, c를 구하고 이를 조건식에 대입해보면 t의 값에 관계없이 항상 조건식이 성립함을 알 수 있다. 이러한 검증을 바탕으로 마침내 우리는 최종적인 답으로 선분인 $Y = 1$을 얻게 된다.

지금까지의 설명을 이해하는 사람이라면 이와 같은 검증 작업을 구태여 따로 할 필요가 없음을 알 것이다. 왜냐하면 위의 (1), (2), (3)에 있는 X, Y를 t와 1로 바꾸어놓았다고 여기고 앞에서 해놓은 추론 과정을 한번 슬쩍 훑어보기만 하면 충분한 검증이 되기 때문이다.

일반적으로 고교 과정의 자취 문제는 단순한 유형일 뿐만 아니라 그 풀이 과정의 논리적 전개가 역도 동시에 성립하는 과정으로 되어 있으므로 역의 검증은 생략하거나 가볍게 되짚어보기만 하면 되지만, 공부를 할 때는 반드시 역명제를 검증해 논리적 완결성을 갖는 풀이가 되도록 하는 것이 좋다.

지금까지 비교적 복잡한 자취 문제를 예로 들어 수학적 사고의 한 특성, 즉 먼저 모든 것이 완성되어 있다고 생각하고 이로부터 이것이 지니는 성질을 연역 추론해 들어감으로써 최초로 가정한 완성된 그 무엇을 재구성하거나 특성을 파악하는 원리를 설명했다.

나는 이러한 수학적 논리를 이해하는 것이 상당히 중요하다고 생각하므로 이에 관해 좀 더 이야기하고자 한다. 이번에는 앞서 예고한 바와 같이 수학적 지식이 전혀 필요 없는 문제를 예로 들겠다. 역시 1995년 수학 능력 시험에 출제된 문제다.

<예시 문제 5> 오른쪽 정육면체에서 임의의 세 꼭짓점을 택하여 삼각형을 만들 때, 그림과 같은 정삼각형과 합동인 삼각형을 만들 수 있는 방법의 수는?

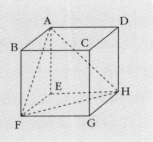

이와 같은 문제를, 그것도 찬찬히 생각을 펼쳐나갈 만한 시간적 여유가 없는 시험장에서 만나면 당혹스러운 생각부터 드는 것이 사실이다. 우선 문제에서 지시하는 대로 삼각형 몇 개 정도는 직접 그려볼 수도 있지만, 이렇게 해가지고는 개수가 늘어감에 따라 중복되는 수도 있고, 결정적으로 가능한 모든 삼각형을 하나도 빠짐없이 다 그렸는지 확신하기가 어렵기 때문에 애써 그려본 개수가 무의미해진다.

　이 문제를 논리적이고 체계적으로 풀기 위해서는 앞선 예시 문제에서처럼 이 문제가 요구하는 결과가 이미 나와 있다고 가정해 볼 필요가 있다. 즉 몇 개인지 알 수는 없지만 정육면체의 세 꼭짓점을 연결해 문제의 그림에 나타난 것과 같은 정삼각형을 누군가가 모두 만들어놓았다고 가정하고, 여기에서부터 상상력을 발휘해나가면 큰 어려움 없이 문제를 풀 수 있다. 물론 빠뜨리거나 겹치는 삼각형이 생길 우려도 피할 수 있다.

본격적으로 문제를 풀어보기로 하자.

(1) 먼저 문제의 조건을 만족하는 정삼각형을 그릴 수 있는 모든 방법의 수를 X라고 가정한다.

(2) 그림과 마찬가지로, 이 방법의 수만큼 정육면체를 만들어 하나의 정육면체에 하나의 정삼각형만 그려놓은 x개의 정육면체가 있다고 가정한다(하나의 정육면체에 모든 정삼각형을 그린다고 생각하는 것이 아니라, 이처럼 정육면체 하나에 하나의 정삼각형만 그린다는 발상은 일종의 요령인데, 이런 요령은 몇 번의 연습을 통해 쉽게 습득할 수 있다).

(3) 정육면체와 정삼각형은 어느 방향에서 보더라도 똑같은 모양을 하고 있으므로, 이 x개의 정육면체를 적절히 움직여놓으면 그 안에 그려진 x개의 정삼각형은 모두 문제의 그림에 나타난 정삼각형과 똑같이 보이게 할 수 있다. (아래 그림 참조)

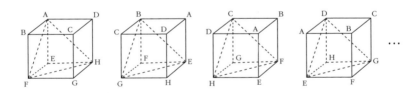

(4) 이제는 우리의 머릿속에 만들어져 있는 이들 x개의 정육면체를 살펴서, 그 특징을 파악하고 추론함으로써 x라는 미지의 수를 가시화할 차례다.

(5) 이제부터는 추론을 더욱 설득력 있게, 또한 재미있게 하기

위해서 이러한 상태로 놓여 있는 x개의 정육면체가 사람의 명령에 복종하는 존재라고 가정해보자.

(6) 이제 이들 x개의 정육면체에게 명령을 내릴 차례다. "정삼각형의 위 꼭짓점이 정육면체의 꼭짓점 A인 정육면체는 모두 손을 들어라" 이 명령에 손을 드는 정육면체는 몇 개나 될까? 물론 하나밖에 없다. 정삼각형의 위 꼭짓점이 A면서 문제의 그림처럼 보이는 정삼각형은 하나 말고 더 이상 그릴 수가 없기 때문이다.

(7) 똑같은 명령을 A를 B로 바꾸고 또 C로 바꾸어가면서 H까지 여덟 번 되풀이해보자. 각각의 명령에 손을 드는 정육면체의 수는 첫 번째 명령의 경우와 마찬가지로 각기 한 개씩밖에 없다.

(8) 이어서 "이상의 여덟 번의 명령에 한 번도 손을 들지 않은 정육면체가 있으면 손을 들어봐라" 하고 명령을 내려보자. 물론 하나도 없을 것이다. 또 "지금까지 두 번 이상 손을 든 정육면체가 있으면 손을 들어라"라는 명령에도 역시 손을 드는 정육면체는 하나도 없다.

(9) 따라서 x개의 정육면체는 8번의 질문에 각기 한 번씩 빠짐없이 손을 든 셈이다. 결국 x는 8인 것이다.

이러한 논리적 전개 과정을 요약해보면, 먼저 문제에서 요구하는 대로 문제의 조건에 부합되는 정삼각형을 하나씩 만들어가며 그 개수를 헤아린 것이 아니라, 느닷없이 (2)와 같이 만들어질 수 있는 모든 정삼각형이 이미 만들어져 있다고 가정했다는 점에 주시해야 한다. 이러한 가정과 정육면체의 특성을 바탕으로 (3)과 같은 추론을 했다. 다시 이 추론을 전제로 하여 (5)와 같은 재미있는 추론을 전개함으로써 쉽고 간단하면서도 빈틈없는 답을 구한 것이다.

사실 이 문제는 구해야 하는 방법의 수도 비교적 작은 편이고, 그래서 추론 과정도 단순한 문제라고 할 수 있다. 이보다 더욱 복잡한 문제와 마주쳤을 때, 이상과 같은 추론 방법은 오히려 더 큰 위력을 발휘한다. 그렇다면 독자 여러분이 스스로 한 번쯤 생각해봐도 괜찮을, 조금 복잡한 문제 하나를 소개할까 한다. 물론 내가 독창적으로 만들어낸 문제는 아니고, 언젠가 풀어본 문제다.

> 주사위 모양의 정육면체에 1부터 6까지의 숫자를 써넣어 서로 다른 주사위를 만들 수 있는 방법의 수는 모두 몇 가지인가? (단, 숫자의 모양이나 방향은 무시한다.)

발상과 수학적 처리 능력

수학 문제는 크게 발상과 수학적 처리 능력이라는 두 부문으로 구성된다. 좁은 의미에서 보면 문제 풀이를 시작할 때 발상을 한번 하면 이에 따라 일련의 수학적 처리 과정이 이어진다고 볼 수 있지만, 대개의 경우 이 두 가지 요소는 하나의 문제 풀이 과정에서 서로 번갈아가며 등장한다. 즉 최초의 방향 설정과 같은 발상이 큰 의미에서의 발상이라면 이 발상에 따라 수학적으로 처리해가는 과정에서 순간순간 필요한 아이디어는 작은 의미의 발상이라고 할 수 있다.

많은 학생이 수학을 어렵다고 생각하는 데는 여러 이유가 있을 것이다. 고등학교 수학에서 등장하는 개념 중에는 전혀 이해가 안 될 정도로 복잡하고 어려운 개념은 없으므로, 찬찬히 기본적인 것들을 공부해간다면 수학의 기초가 절대 부족한 학생이라도 큰 어려움을 겪지 않을 것으로 생각된다.

그러나 어느 정도 기초가 쌓여 있는 학생의 경우라면 의식을 하든 못 하든 간에 바로 이 발상의 문제가 수학을 어렵게 느끼도록 만드는 데 가장 큰 역할을 하고 있는 듯하다. 역시 실제 문제를 예로 들어보자.

〈예시 문제 6〉 $k = 1, 2, 3, 4 \cdots$ 에 대하여 b_k가 0 또는 1이고

$$\log_7 2 = \frac{b_1}{2} + \frac{b_2}{2^2} + \frac{b_3}{2^3} + \frac{b_4}{2^4} + \cdots$$

일 때 b_1, b_2, b_3 의 값을 순서대로 적으면?

① 0, 0, 0   ② 0, 1, 0   ③ 0, 0, 1   ④ 0, 1, 1   ⑤ 1, 1, 1

먼저 문제부터 파악해보자. 내가 생각하기에 이 문제는 $\log_7 2$의 값을 이진법의 수로 나타내라는 문제의 일부분인 것 같다. 문제에서 제시된 등식의 우변이 중학교 과정에 나오는 이진법의 전개식이기 때문이다.

그러니까 '$\log_7 2$의 값을 이진법의 수로 나타냈다고 가정하면' 다음과 같이 쓸 수 있다. '$0.b_1 b_2 b_3 b_4 \cdots$ (2)' 이와 같은 과정이 앞 단계에서 진행되어 있는 상태에서, 이 이진법의 수를 이진법의 전개

식으로 표현하면 문제에서 제시된 등식이 나오게 되는 것이다. 역시 이 문제에서도 $\log_7 2$를 이미 이진법의 수로 나타나 있다고 전제하고, 이로부터 추론을 전개해나가는 것이 $\log_7 2$를 이진법의 수로 나타내라는 문제의 풀이 과정임을 알 수 있다.

이 정도만 하면 문제풀이에 있어서 가장 먼저 이루어져야 할 문제 파악의 단계는 충분하다고 할 수 있다. 앞선 몇 개의 예시 문제에서도 보았듯, 대부분의 수학 문제의 경우 이렇게 문제를 충분히 파악하고 나면 문제가 요구하는 답을 얻기 위해 어떤 과정을 거쳐서 어떻게 추론을 전개해나가야 할지 감지할 수 있다. 그러나 이 문제의 경우에는 문제를 구성하고 있는 모든 기본적 개념을 파악했음에도 주어진 등식을 어떻게 처리해서 추론을 계속해야 할 것인가가 여전히 오리무중이다.

결론부터 말하자면, 주어진 등식의 양변에 2만 곱해주고 나면 이 문제는 아주 손쉽게 풀 수 있다. 그러자면 로그의 기본 성질과 그 변환에 대한 기초적인 지식을 갖추어야 함은 물론이다. 여기에 대한 설명은 교과서에 충분히 나와 있는데 이런 것들을 공부할 때는 그 결과를 암기해야 함은 물론 어떻게 해서 그런 결과가 나오게 되었는지 그 과정까지도 확실하게 이해하고 암기해야 한다.

아무튼 등식의 양변에 2를 곱해보는 것이야말로 이후 이어지는 일련의 수학적 처리 과정의 물꼬를 트는 발상이라고 할 수 있다. 그런데 이렇게 기발한 아이디어는 어떻게 해서 나오는 것일까? 상당수의 문제는 문제에서 제시된 수학적 개념을 파악하는 것만으로 충분히 발상의 문제를 해결할 수 있지만, 이 문제처럼 그렇지 않은 경우도 있다. 이럴 땐 발상의 어려움을 절실히 느끼게 된다.

《학문의 즐거움》이라는 책으로 우리에게 잘 알려진 하버드대학교 수학과 히로나카 헤이스케(廣中平祐) 교수는 이렇게 말한다. "아이디어! 발상이야말로 수학자가 제일 중요시해야 하는 것이다. 수학에서 발상만 확실하면 나머지는 시간과 노력의 문제다."

물론 우리는 수학자가 아니다. 우리가 푸는 문제라는 것도 그가 말하는 수학 문제에 비하면 그야말로 지극히 단순한 것이라 할 수 있겠지만 우리에게도 발상의 어려움과 중요성은 결코 무시할 것이 못 된다. 수학 공부를 하다 보면 앞의 예시 문제보다 훨씬 더 깊이가 있고 복잡한 미분이나 적분과 관련된 문제가 오히려 풀기 쉽다는 생각이 들곤 한다. 미적분에 관계된 문제는 비교적 유형화되어 있어 발상의 어려움이 개입될 여지가 적은 데 반해, 앞과 같은 예시 문제에서는 발상이라는 요소가 풀이의 관건을 쥐고 있기 때문이다. 이러한 발상의 문제를 놓고 고심하던 나는 한편으로 기초적인 개념들은 더욱 깊이 있게 알려고 노력하는 동시에 다른 한편으로는 수와 수식에 대한 감각을 기르기 위해 애썼다.

수학은 수와 수식으로 이루어져 있다고 해도 과언이 아니다. 그러므로 수와 수식에 대한 감각을 익히는 것은 수학을 잘하기 위한 필요충분조건에 해당한다고 할 수 있다. 야구 선수가 높은 타율을 기록하기 위해서는 좋은 타격 감각을 유지해야 하는 것과 같은 이치다.

그렇다면 수와 수식에 대한 감각이란 무엇을 말하는 것일까? 한마디로 말하자면 수와 수식의 연산을 재치 있게 처리하고 해석하는 능력이라고 할 수 있다. 먼저 수의 연산에 대해 생각해보자. 가령 6+8+9+4라는 덧셈을 할 때도 우직하게 앞에서부터 더해갈 것이 아니라 6+4를 먼저 하고 이에다 8+9를 더하면 훨씬 쉽고 빠르게 덧셈을 할 수 있다. 7+8+5+9+6+4+7+2+9 같은 덧셈도 마찬가지다. 7+8+5는 20, 6+4는 10, 9+9+2는 20 등과 같이 쉽게 계산할 수 있는 것들부터 먼저 뽑아내고 거기에다 나머지를 더해주면 오류 없이 빠른 계산을 할 수 있는 것이다. 이 방법은 학원 다닐 때 한 수학 선생님께 배운 방법인데, 이처럼 수를 자유롭게 다루는 것이 일종의 수에 대한 감각이다.

또 하나 재미있는 예를 들어보자. 얼마 전에 어떤 분하고 이야기를 나누다가 46 곱하기 48을 해야 할 일이 생겼다. 그런데 둘 다 계산기는커녕 계산할 만한 종이와 연필조차 없어서 암산을 해야 하는 상황이었다. 얼핏 보면 특별한 훈련을 받은 사람이 아니고는 암산으로 계산하기엔 조금 벅찬 곱셈처럼 보이지만, 수에 대한 감각만 조금 있으면 쉽게 암산할 수 있다.

46×48은 어려워 보이지만, 이것을 $46 \times (50-2)$로 고쳐놓으면 문제는 달라진다. 다시 말해서 $(46 \times 50) - (46 \times 2)$로 바꿔놓고 보면 이 정도 계산은 누구라도 암산으로 처리할 수 있다. 너무 특수한 경우라고 할지 모르겠지만 그렇지는 않다. 다른 경우에도 얼마든지 이러한 변형이 가능하기 때문이다. 내가 속셈을 배운 것도 아니고 머리도 IQ 113이니 지극히 평범하다고 할 수 있겠지만, 길거리에서도 지나가는 자동차 번호판의 네 자리 숫자를 더해보는 등 꾸준히 연습을 한 끝에 위와 같은 두 자릿수끼리의 곱셈 정도는 비교적

자유롭게 암산할 수 있게 되었다.

이렇게 암산으로 사칙연산을 자유롭게 할 수 있다는 것은 수학 문제를 빠르고 정확하게 푸는 데 상당히 큰 도움이 된다. 흔히 종이에 써가면서 계산하는 것이 정확할 거라고 생각하지만, 긴장된 시험 시간에 빠르게 연필을 놀리다 보면 엉뚱하게 실수하는 경우가 적지 않다는 것은 누구나 경험해본 적이 있을 것이다.

어차피 수학 문제를 풀다 보면 계산을 해야 할 일이 생긴다. 이럴 때를 대비해서라도 연산 결과를 되도록 많이 외워둘 필요가 있다. 1부터 30까지의 제곱수 정도는 기본적으로 외우고 있어야 하고, 그 밖에도 문제를 풀 때 자주 등장하는 수의 덧셈, 곱셈 등은 아예 머릿속에 담아두면 무척 요긴하게 써먹을 수 있다. 가령 1부터 5까지를 더하면 15라거나, 5!은 120, $_5C_2$는 10 등의 간단한 계산 결과는 많이 외워둘수록 귀중한 자산이 된다.

이처럼 사소해 보이는 수에 대한 감각의 문제와 연산 결과에 대한 암기를 강조하는 것은 단지 계산을 수월하게 하기 위한 것만은 아니다. 어떤 문제는 수에 대한 감각에서 파생될 수 있는 수 사이의 상호 관계가 문제를 풀어나가는 데 결정적인 힌트로 작용하는 경우도 있기 때문이다.

다음으로 수식에 대한 감각의 문제에 대해 알아보기로 하자. 수학 교과서를 공부하거나 수학 문제를 풀다 보면 공식의 유도 과정이나 문제 풀이 과정에서 기발한 아이디어가 동원돼 수식이 처리되는 경우를 보곤 한다.

쉬운 예로 다음과 같은 경우를 들어보자.

자연수 a부터 n까지의 합을 $S = \sum\limits_{k=a}^{n} k$로 나타내면,

$S = a+(a+1)+(a+2)+\cdots+(n-1)+n$ — ①

또 $S = n+(n-1)+(n-2)+\cdots+(a+1)+a$ — ②

이므로, 두 식을 각 변끼리 더하면

$2S = (n+a)+(n+a)+(n+a)+\cdots+(n+a)+(n+a)$

$\quad = (n+a)(n-a+1)$

$S = \sum\limits_{k=a}^{n} k = \dfrac{(n+a)\,(n-a+1)}{2}$

①의 우변을 계산하기 위해 이를 거꾸로 쓴 ②를 만들고 이 둘을 더함으로써 간단하게 S의 값을 구하고 있음을 이 공식 유도 과정은 보여준다. 여기서 ①의 우변을 거꾸로 나타내서 이들을 더한다는 것은 얼마나 재치 있는 수식 처리인가.

공부를 하다가 이런 대목과 마주치면 언제 어떤 상황에서, 어떤 조건에서 그런 아이디어가 쓰이는지, 또 그 아이디어가 어떤 계기를 통해 도출되는지, 마지막으로 그것이 어떤 결과를 가져오는지 등을 유심히 관찰하는 것이 좋다. 이것이 바로 수식에 대한 감각을 기르는 지름길이 되기 때문이다.

예를 들어 앞서 소개한 로그 문제처럼 분수식의 분모가 거듭제곱으로 쭉 이어진 등식은 양변에 분모가 되어 있는 수를 한번 곱해 보면 분모가 가장 작은 분수를 정수화할 수 있다는 사실을 머릿속에 입력해둘 필요가 있다. 기억을 효율적으로 하기 위해서는 그냥 이렇게 긴 문장을 통째로 외울 것이 아니라 자기 나름대로 마음에 드는 짧막한 이름을 붙여보는 것도 좋은 방법이다. 예컨대 나라면

'곱해서 분모를 하나씩 날려버리자'라는 이름을 붙인다. 이렇게 짧게 줄인 이름을 붙여놓으면 기억하기가 훨씬 수월하다.

애기를 하다 보니 '암기'니 '기억'이니 하는 말이 많이 나온 것 같은데 혹시 여기에 대해서 반감을 가지는 사람이 있을지도 모르겠다. 수학 능력 시험이야 어차피 암기력보다는 사고력의 측정에 주안점을 두고 있는 건데 왜 이렇게 암기가 중요하다는 건가? 자고로 공부깨나 한다는 사람들은 한결같이 암기보다는 이해가 더 중요하다고 강조하지 않던가?

물론 맞는 말이다. 어느 과목에서든 근본적인 이해가 뒷받침되지 않은 기계적인 암기는 시간 낭비나 마찬가지다. 그러나 아무리 완벽하게 이해했다고 하더라도, 그 결과를 외우고 있지 않으면 그것 역시 아무짝에도 쓸모가 없다. 당장 머릿속에 들어 있지 않은데 어떻게 시험을 보고 또 세상살이에 배움을 활용한단 말인가? 비록 무언가를 암기한다는 것이 적지 않은 부담이 되는 것은 사실이지만, 일단 배우고 나면 가능한 한 외워두려고 노력해야 한다.

발상이라는 것이 어려운 것임은 틀림없지만 한 문제당 시간이 3분밖에 배당되지 않는 수능 시험문제에 있어서 도저히 생각해내기 어려운 문제는 흔하지 않다. 따라서 잘 풀리지 않는 문제라 해도 약간의 끈기만 가지고 이리저리 생각하다 보면 어느 순간 문득 결정적인 아이디어가 떠올라서 쉽게 풀 수 있는 경우가 많다. 수학에 자신감을 가지고 있는 학생들이 곧잘 시간만 충분하면 어떤 문제도 풀 수 있다고 큰소리치는 것도 이런 이유 때문이다.

하나의 문제를 가지고 여러 각도에서 다양하게 생각해보는 것은 수학을 공부하는 좋은 태도다. 가령 앞에서 소개한 〈예시 문제 1〉의 경우라면 PC, QB가 합동인 두 삼각형의 대응되는 변이 됨을 보임으로써 두 변의 길이가 같다는 것을 증명해 보일 수 있지 않을까 하는 생각 말고도, 주어진 도형에서 적절히 보조선을 그어서 PC, QB가 어떤 평행사변형의 두 대각선이 된다는 것을 입증함으로써 길이가 같다는 것을 증명할 수는 없을까 하는 생각도 해볼 수 있다. 또 삼각형의 두 변에 붙여 그려진 삼각형이 정삼각형이므로, 이 둘을 적당히 이동시키면 어떤 절묘한 결과가 나타나지 않을까 하는 등으로 다양한 생각을 해보는 것은 수학 실력을 높이는 좋은 방법이다.

굳이 지금 풀고 있는 문제와 직접 관계되는 것은 아니라 할지라도 문제를 보고 무언가 의아한 점이 있으면 이를 스스로 파헤쳐보는 것도 좋은 태도다. 예컨대 앞의 〈예시 문제 6〉에서 등식의 우변에 무한히 계속된다는 … 표시가 찍혀 있는데, 이는 $\log_7 2$가 무리수가 아닐까 하는 추측을 자아낸다. 이런 의문이 생길 때마다 그 자리에서 과연 그런지를 해명해보려고 애쓰는 것도 좋은 공부가 된다.

이렇게 스스로 의문을 던지고 자신이 직접 답을 알아낸 사실은 좀처럼 잊히지 않을뿐더러, 이런 과정을 통해서 점차 수학에 재미와 자신감을 붙일 수도 있게 된다. 당장 이 경우 '$\log_7 2$가 무리수인가 아닌가?' 하는 의문은 간단히 해결할 수 있는데 수학을 공부하는 분들이라면 한번 생각해보는 것도 좋을 듯하다.

다양한 각도에서 실마리를 찾아가는 것이 분명 좋은 공부 방법이기는 하지만, 그 과정에서 운 좋게 결정적인 아이디어가 떠오른

덕분에 문제를 풀었다고 해서 그 문제에 대한 공부가 끝나는 것은 아니다. 어떻게 해서 그런 아이디어가 떠오르게 되었는지 곰곰이 추적해보는 단계가 반드시 뒤따라야 한다. 그래서 이런이런 상황에서는 이렇게 생각해보면 의외로 쉽게 문제의 본질에 접근할 수 있다는 식의 사고 경로를 많이 입력해둘 필요가 있는 것이다. 이 과정을 소홀히 해서 매번 문제를 풀 때마다 전번과 같은 시행착오를 반복하고, 그러다가 우연히 좋은 생각이 떠올라주기를 기대한다는 것은 너무나 비효율적인 태도가 아닌가.

한 걸음 더 나아가면, 앞선 예시 문제들의 풀이 과정에서도 보았듯 문제와 그 문제의 풀이 과정 사이의 논리적 인과관계를 분명히 밝혀두는 습관을 갖는 것이 수학을 잘하기 위해 가장 필요한 습관이라고 생각한다. 평소 문제를 풀 때마다 '왜 이런 문제는 이렇게 풀어야 하는가?' 하는 질문을 던진 다음 나름대로의 논리를 세워 정리해두면, 아무리 새로운 문제를 만나더라도 '도대체 어디서부터 어떻게 풀어야 하나?' 하는 막막한 심정이 사라지는 대신 '이 문제는 이러이러한 개념과 조건을 제시하고 있고, 이를 바탕으로 무엇을 구하라고 요구하고 있으므로, 이는 이렇게 풀어가야겠다' 하는 논리적인 행동 요령이 생기게 된다. 얼마나 많은 수의 문제에 대해서 이러한 행동 요령이 갖추어져 있느냐 하는 것이 수학 실력을 재는 척도가 될 수 있을 것이다.

한국인의 미덕, 은근과 끈기

너무나 뻔한 이야기지만, 수학 문제를 풀다가 잠시 생각해보고 잘 안 된다고 해서 답부터 넘겨 보는 것만큼 안 좋은 태도는 없다. 이런 식으로 공부해서는 백날을 해도 실력이 늘지 않는다. 그래서 어떤 사람들은 수학 문제집을 사면 답안지부터 찢어버리라는 말까지 하곤 한다.

공부를 처음 시작할 때만 해도 미분, 적분이라는 말이 수학책에 나오는지 과학책에 나오는지조차 모르는 상태였다. 그러면서도 어떻게 해서든 나 혼자 힘으로 문제를 풀어보려고 노력했지 어지간해서는 답을 볼 생각을 하지 않았다. 문제집에 있는 문제가 시험에 그대로 나오는 것도 아닌데, 맨날 남이 풀어놓은 답만 봐서는 아무 소용이 없을 것이라고 생각했기 때문이다.

답을 보지 않고 혼자서 문제를 풀어가기 위해서는 적지 않은 시간과 끈기가 필요하다. 끈기야 어떤 사람들은 마라톤 풀코스를 완주하기도 하는데 가만히 앉아서 수학 문제 푸는 것쯤이야 까짓것 필요하다면 얼마든지 가져볼 수도 있고, 또 이렇게 처음 한두 번하다 보면 끈질기게 물고 늘어졌다가 마침내 문제를 풀었을 때 다가오는 한없는 희열이 자꾸만 우리를 유혹하기도 한다. 나 같은 경우 마치 눈깔사탕을 감춰놓은 꼬마처럼 그 유혹 때문에 지나칠 정도로 답을 기피하기까지 했다.

따라서 현실적으로 문제가 되는 것은 끈기보다는 시간인 경우가 많다. 잘 안 풀리는 문제를 만나면 두 시간 정도는 기본이고, 심지어 반나절 이상을 문제 하나에 매달려 씨름을 하기도 했다. 그렇지 않아도 공부해야 될 것은 많고 시간은 한정되어 있는 수험생 처지에, 이런 식으로 수학 문제 하나에 붙들려 많은 시간을 보내야 한다는 것은 여간 부담스러운 일이 아니다.

그래서 한 가지 대책을 마련했다. 잘 풀리지 않는 문제가 나오면 그걸 붙잡고 금싸라기 같은 자습 시간을 온통 다 바쳐가면서 끙끙거릴 것이 아니라, 그 문제를 머릿속에 암기해놓고 이런저런 자투리 시간에 틈틈이 생각해보는 방법이었다. 수업 사이 쉬는 시간, 도시락을 먹을 때, 학원에서 집까지 오가는 시간, 자려고 누웠는데 잠이 쉬 들지 않아서 뒤척일 때 등등 의외로 무심코 흘려보내는 자투리 시간이 많다.

특히 나는 학원까지 오가는 동안 버스를 타는 시간이 길었기 때문에 이 시간을 수학 문제 푸는 데 많이 활용했다. 왕복 두 시간에 가까운 시간을 멍하니 앉아 있을 수도 없고, 그렇다고 책을 꺼내 보려면 주위가 산만해서 좀처럼 집중이 되지도 않았다. 이럴 때 머릿속에 기억해둔 수학 문제를 암산으로 풀어보곤 했다. 내가 버스를 타고 다니며 암산으로 풀어낸 문제만 해도 족히 몇 백 개는 될 것이다. 아직까지도 기억에 남아 있는 문제가 많지만, 그 가운데는 이런 문제도 있었다.

"반지름이 1m인 두 개의 파이프가 서로 직교하고 있다. 이때 겹치는 공간의 최대 부피는 얼마인가?"

어느 날 야간 자습 시간에 처음 본 문제인데, 그날 저녁에는 아무리 생각해도 도무지 두 개의 파이프가 겹치는 모습과 그렇게 해서 생겨난 공간이 머릿속에 그려지지가 않았다. 자습을 끝내고 집으로 돌아가는 버스 안에서도 골똘히 생각해봤지만, 역시 풀리지 않았다. 다음 날 아침 학원으로 갈 때도 북적대는 사람들 틈에 끼어 이 문제를 생각하느라 제정신이 아니었다. 결국 처음에는 어떤 형상이 될지 상상하기조차 어렵고, 게다가 나중에는 정적분까지 동원해야 하는 이 문제를 나는 그날 아침 버스 안에서 기어이 암산으로 풀어내고 말았다.

이 문제에서도 역시 두 개의 파이프가 겹칠 때 생겨나는 공간의 형태를 무작정 생각해내려고 하면 힘들지만 이 공간상의 입체적인 도형이 만들어져 있다고 가정하고 그렇다면 이것은 어떤 특성이 있을 것이다 하는 식으로 연역 추론을 전개해나가 보면 의외로 문제를 쉽게 풀 수 있다. 꼭 여러분들께서 직접 이와 같이 생각을 해봤으면 좋겠다.

이처럼 잘 풀리지 않는 문제가 있을 때 그걸 통째로 암기해두었다가 틈틈이 나는 자투리 시간을 이용해서 암산으로 푸는 습관을 들이면, 좋은 점이 한두 가지가 아니다. 첫째, 어차피 공부에 크게 활용하지 못하는 시간을 이용하는 것이므로 시간에 구애받지 않고 마음껏 생각의 나래를 펼칠 수 있다. 둘째, 연필과 종이의 도움 없이 순전히 암산으로 문제를 풀기 때문에 수나 수식과 더욱 친숙해질 수 있다. 또 앞의 문제와 같은 공간 도형을 자꾸 생각하다 보면 이에 대한 연상력을 키울 수도 있다. 셋째, 언제나 머릿속을 공부로 채워놓음으로써 괜히 쓸데없는 생각에 정신을 팔지 않아도 되는 부수적인 효과도 무시할 수 없다.

예습 없이 듣는 수업은 시간 낭비

다른 과목도 모두 마찬가지지만, 수업은 꼭 예습을 하고 들어야 한다. 특히 수학은 자기가 먼저 고민하며 풀어보지 않고 멀뚱히 수업만 들었다가는 아무리 훌륭한 선생님의 강의를 들어도 절대 실력이 늘지 않는다. 미리 풀어봐서 잘 풀리지 않는 문제는 표시를 해두고, 쉽게 푼 문제에 대해서는 선생님이 또 어떻게 더욱 쉽게 푸실까 하는 문제의식을 가지고 수업에 임할 필요가 있다.

이렇게 예습을 하고 수업에 들어가면, 선생님의 설명과 풀이 과정을 유심히 지켜보면서 자기가 미처 생각하지 못한 부분이나 자기 생각보다 훨씬 더 세련된 선생님의 생각을 배울 수 있다. 수업을 들으면서도 '나는 생각하지 못한 것을 선생님께서는 어떻게 생각해낼 수 있었을까?' 하는 물음을 끊임없이 떠올려봐야 한다.

이미 예습이 되어 있는 상태이므로 수업 시간에 선생님의 말씀을 다 받아 적기보다는 중요한 부분만 간단히 메모해두면 된다. 남는 시간은 그 자리에서 외워둘 만한 것들을 외우면 훨씬 효율적으로 수업 시간을 활용할 수 있다. 각 과목의 전문가인 선생님들의 수업을 잘 활용할 수 있는 방법을 익혀두는 것 역시 공부를 잘하는 비결 가운데 하나다.

지금까지 수학에 대한 이야기를 길게 늘어놓았다. 아마도 내가 수학에서 겪은 어려움이 컸기 때문에 이것저것 할 이야기가 많았던 모양이다. 여기서 말한 수학 공부에 관한 원칙은 넓은 의미에서는 그대로 다른 과목의 공부에도 적용할 수 있으리라고 생각한다.

"나는 생각한다, 고로 나는 존재한다."

우리가 너무나 잘 알고 있는 데카르트 연역의 제1 원리다. 생각한

다는 것, 그래서 존재한다는 것, 바로 이것이 연역적 사고를 전개해
나가는 데 있어서 얼마나 큰 의미를 갖는 것인지 나는 수학을 공부
하며 어렴풋이나마 깨닫게 되었다. 수학을 공부하면서 인생에 대한
지혜까지 깨닫는 것, 이것이 바로 우리가 공부를 해야 하는 근본적
인 이유가 아닐까?

수리탐구 Ⅱ

공부의 출발점은 '그것이 알고 싶다'

이 영역에는 국사, 국민윤리, 정치경제, 사회문화, 한국지리, 세계지리, 세계사 등 일곱 개 사회과학 과목과 물리, 생물, 지구과학, 화학 등 네 개의 자연과학 과목까지 도합 11개의 과목, 교과서 분량으로 약 2,800쪽에 담긴 방대한 내용이 출제 범위가 된다. 양이 너무 많아서 공부하기에 부담이 가는 것이 사실이다. 그렇지만 무슨 뾰족한 수가 있는 것도 아니고, 그저 끈기를 가지고 계속 반복해서 교과서를 읽어가는 것이 가장 좋은 방법이다.

공부하기는 힘들어도 해놓고 나면 가장 쓸 데가 많은 과목이 바로 이 과목들이다. 사회생활에 꼭 필요한 기본적인 교양을 갖출 수 있기 때문이다. 따라서 이 과목들을 공부할 때는 시험을 치르기 위해서 공부한다고 생각하지 말고, 몰랐던 사실을 하나하나 알아간다는 자세로 공부할 필요가 있다.

사실 이러한 자세는 상당히 중요하고 본질적인 것이라고 생각한다. 우리가 공부를 하는 궁극적인 목적이 바로 여기에 있기 때문이다. 그런데 우리는 불행히도 입시라는 관문을 넘어야 한다는 사명감에 눌려 이러한 진정한 목적을 내팽개쳐둔 채 시험을 잘 쳐야 한다는 생각에 목을 매고 지겹고 재미없게 공부를 하고 있다. 모르는 것을 알아가는 것만큼 즐거운 일도 없는데 말이다.

지금부터라도 생각을 바꿔서, 시험을 치기 위해 공부를 하는 것이 아니라 몰랐던 사실을 알기 위해 공부하는 것이라고 생각해보자. 이렇게 생각을 바꾸고 나면 공부하는 것이 훨씬 재미있어진다. 묘하게도, 이렇게 재미있어서 하는 공부가 정작 시험도 더 잘 칠 수 있는 공부가 된다.

괜히 듣기 좋으라고 하는 소리가 아니다. 배움의 길에 들어선 학생에게 몰랐던 것을 알고자 하는 태도보다도 더 중요한 것이 어디 있겠는가? 수학 능력 시험과 같은 세련된 시험문제를 출제하는 교수님들도 학생들에게 이러한 자세를 유도하기 위한 문제를 내고자 할 것이 분명하다. 우리나라에서는 자기 분야의 대표적인 권위자라 할 수 있을 출제자들이 알고 싶다는 호기심 대신 그저 문제집이나 몇 권 풀어보고 시험장에 들어온 학생이 맞힐 수 있는 문제를 낼 까닭이 없지 않은가. 또 새로운 것을 알고 싶다는 호기심, 이것보다 더 크고 중요한 수학 능력(the ability of learning)이 어디에 있겠는가.

교과서 왈, '나는 길이요 진리요 생명'

해마다 입시가 치러지는 날이면 저녁 뉴스에 어김없이 등장하는 순서가 있다. 시험문제에 대한 출제 위원장의 자체 평가가 바로 그것이다.

"정상적으로 고교 교육과정을 충실히 이행한 학생들이라면 충분히 풀 수 있는 문제로 출제했습니다."

하지만 이런 말을 듣는 사람들은 그저 한번 해보는 소리, 맨날 상투적으로 늘어놓는 소리로 치부해버리는 경향이 강하다. 몇몇 예외적인 학생을 제외하면 학교를 충실하게 다니지 않은 학생이 어디 있으며, 그렇다면 그들이 모두 시험에서 우수한 성적을 받아야 할 것 아닌가.

물론 사실은 그렇지 않다. 그래서 많은 학생이 과외지도를 받는가 하면 방과 후에도 학원을 찾아다닌다. 또 시중에 나와 있는 문제집이라면 한 권이라도 더 봐야 하지 않을까 하고 전전긍긍하는 학생도 많다.

과연 이것이 올바른 공부 방법일까? 나는 그렇지 않다고 생각한다. 이러한 태도는 어쩌면 시험을 지레 겁낸 나머지 정작 시험에는 나오지도 않는 엉뚱한 것들을 공부하느라 에너지를 다 소진해버리는 격인지도 모른다.

모든 시험에는 '범위'라는 게 있다. 시험공부를 하는 학생은 이 시험 범위 안 내용만 공부하면 된다. 당연한 말이다. 그렇다면 우리가 준비하는 수학 능력 시험의 출제 범위는 무엇인가? 두말할 여지 없이 중·고등학교 교과서다. 바꿔 말하면 교과서를 열심히 공부하는 것이 시험에 대비하는 최선의 방법이다. 그런데도 시험을 준비하는 학생은 물론이고, 선생님까지도 이처럼 명백한 사실을 좀처럼 받아들이려 하지 않는 것 같다.

교과서는 분량도 얼마 되지 않을 뿐 아니라 다루는 내용도 극히 기본적인 것에 불과하다. 그러니 그것만 공부해서 시험을 치르기에는 너무 빈약한 것이 아니냐. 일반적으로 이런 선입견 때문에 교과서를 우습게 보게 되는 것 같다. 그러나 당장 1995년 수학 능력 시험문제를 한번 검토해보라. 교과서에 나오지 않는 내용을 대상으로 출제된 문제, 심지어는 보기 하나라도 교과서의 범위를 벗어나는 것이 없다.

그러므로 교과서를 글자 한 자, 삽화 하나 빠뜨리지 말고 꼼꼼하게 주의를 기울이며 볼 필요가 있다. 이것이 바로 그 방대한 분량의 수리탐구Ⅱ를 공부하는 가장 좋은 방법이다. 흔히 말하는 응용력이라는 것도 교과서를 끝없이 반복해서 볼 때 비로소 길러지는 것이지, 교과서는 등한시한 채 문제집이나 자꾸 풀어본다고 해서 응용력이 생기는 것은 아니다.

실제로 문제를 풀어보는 것은 매월 치르는 모의고사 정도만으로도 충분하고, 문제에 대한 적응력은 앞서 실시된 수학 능력 시험문제를 틈틈이 반복해서 봐두는 것으로 부족함이 없다. 그보다 중요한 것은 시험문제를 풀기 위한 기술적 능력이 아니라 문제의 옳고 그름을 분간할 수 있는 사실적인 판단의 근거를 많이 알아두는 것이다.

교과서를 보는 데 무슨 특별한 방법이 있는 것도 아니다. 교과서가 아니라 다른 모든 책을 볼 때도 마찬가지겠지만, 자신이 읽고 있는 문장이 무슨 말인지만 알면서 읽으면 된다. 그러기 위해서는 모르는 말이 나올 경우 국어사전이나 백과사전도 찾아보고, 과학 과목 같은 경우에는 중학교 교과서를 뒤져보거나 선생님께 여쭤봐야 함은 물론이다. 이렇게 공부도 부지런해야 잘할 수 있다.

모르는 말이 없는데도 이해가 가지 않는 경우도 있을 수 있다. 이럴 때는 어려운 수학 문제를 풀 때와 마찬가지로 혼자서 곰곰이 생각해보는 것이 가장 좋은 방법이다. 그래도 잘 이해가 가지 않으면 처음에는 그냥 넘어간다. 그러다가 다음에 다시 그것을 보게 되면, 전에는 이해가 되지 않았는데 이번에는 이해가 되기도 한다. 이것이 바로 반복 학습의 묘미가 아닐까 싶다.

자꾸 반복해서 보게 되면 책은 늘 그 내용 그대로지만, 그 책을 보는 우리 자신은 첫 번째 볼 때와 두 번째 볼 때가 다르고 또 그 이후에도 계속 무언가 변해 있게 마련이다. 그 사이 우리는 그 과목의 다른 부분도 공부했고 또 모의고사를 보았을 수도 있으며 선생님의 수업을 듣기도 한다. 이렇게 해서 책을 대하는 우리 자신이 달라져 있으므로 같은 내용이라도 조금씩 다르게 보이게 되는 것이다. 물론 이해가 가지 않던 부분들도 차차 이해가 되어가고, 그러면서 실력이 늘어나는 것이다. '독서백편 의자현(讀書百篇 意自見)'이라는 말이 왜 많은 사람들의 입에 회자되는지도 진심으로 깨닫게 된다.

사회과학 과목

국사와 세계사 같은 역사 과목 교과서를 읽으면서는 기본적으로 문맥을 파악함은 물론이고 내가 읽고 있는 시대의 역사가 어느 시대의 역사인지 항상 의식했다. 즉 사소한 사건이나 인물, 경제사회적 현상, 문화재 등의 연대를 파악하기 위한 노력을 게을리하지 않았다.

그 방법은 좀 귀찮아서 그렇지 실상은 간단하다. 국사책의 부록으로 실린 역대 왕조 계보와 연표를 자꾸 뒤적여보는 것이다. 그래서 내 국사책을 펼쳐보면 매번 찾아본 연대를 여백에 기록해둔 흔적이 많다. 가령 국사 교과서(상)의 88쪽을 보면 좌측 여백에 907년 당 멸망, 916년 거란 건국, 946년 거란 요로 개칭, 960년 송 건국 등을 적어두고 외운 흔적이 남아 있고, 같은 책 92쪽에는 광종(4) 949~975, 경종(5) 975~981, 성종(6) 981~997이라고 적어둔 것도 보인다.

물론 이처럼 정확한 연대를 모두 암기한 것은 아니지만, 중요 사건이나 각 임금의 재위기 정도는 그것이 대충 몇 세기에 해당하는가 하는 것쯤은 꼭 외워두었다. 세계사의 경우에도 마찬가지다. 연대를 의식하지 않는 역사 공부는 공허한 것이 될 수밖에 없다.

다음으로는 비단 역사 과목에만 한정되는 것은 아니지만, 교과서의 글뿐만 아니라 삽화로 실린 지도, 문화재 등도 유심히 봐두었다. 여담이지만 요즘 역사학계에서 많은 관심을 보이고 있는 발해에 관해서 시험문제가 출제될지도 모른다 판단하고 발해의 '이불병좌상'(국사 상 교과서 79쪽)을 제시하고 이것과 관련된 설명 중 잘못된 것을 묻는 문제를 예상 문제로 생각해보기도 했다(비록 시험에는 안 나왔지만). 특히 지도는 교과서에 실린 것뿐만 아니라 아예 지리부도를 옆에 펴놓고 일일이 위치를 확인해야 한다. 그 덕분에 1995년 수능 시험 수리탐구Ⅱ 영역의 25번 문제를 쉽게 맞힐 수 있었다.

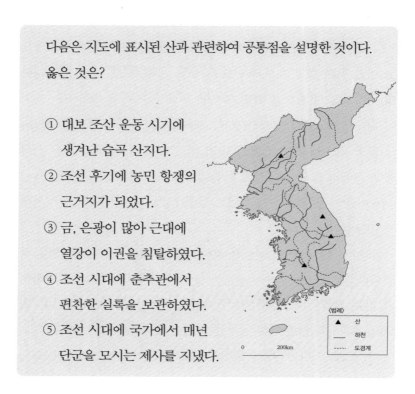

다음은 지도에 표시된 산과 관련하여 공통점을 설명한 것이다.
옳은 것은?

① 대보 조산 운동 시기에
　생겨난 습곡 산지다.
② 조선 후기에 농민 항쟁의
　근거지가 되었다.
③ 금, 은광이 많아 근대에
　열강이 이권을 침탈하였다.
④ 조선 시대에 춘추관에서
　편찬한 실록을 보관하였다.
⑤ 조선 시대에 국가에서 매년
　단군을 모시는 제사를 지냈다.

〈범례〉
▲　산
――　하천
------　도경계

0　　200km

지도에 표시된 산들은 강화도 마니산과 정족산, 경상북도 봉화군
태백산, 평안북도 영변군 묘향산, 강원도 평창군 오대산, 전라북도
무주군 적상산으로 전화를 피하기 위해 마련된 사고(史庫)가 있던
곳이다. 물론 교과서에서는 이러한 구체적 지명이 사고가 있던 곳
으로 언급되지는 않았다. 그래서 사실 이 문제는 맞히기 어려운 문
제다. 그러나 능동적으로 찾아가며 공부를 하는 학생에게는 결코
어렵기만 한 문제는 아니다. 국사(상) 교과서의 159쪽에는 태백산
사고의 사진이 실려 있다. 이 사진을 유심히 들여다보며 사고가 이
곳뿐인지, 다른 곳에도 있다면 그곳은 어디인지와 같은 호기심을

갖고 이 호기심을 선생님께 여쭤본다거나 백과사전을 찾아서 해결해나가는 능동적인 공부를 하는 학생이라면 이런 문제는 충분히 맞힐 수 있는 것이다. 더군다나 역사 과목에서 가장 중요하다고 할 수 있는 역사책을 보관하는 사고에 관한 지식은 언제든지 시험에 출제될 가능성이 있다고 볼 수 있으므로 이에 대해서는 스스로 알아서 공부를 해둘 만한 충분한 필요성이 있었다고도 생각된다.

국사 중에서도 고려와 조선을 비교해보고, 또 국사와 세계사도 서로 비교하고 연관을 지으면서 공부하려고 많이 노력했다. 수능 시험의 경향이 각 교과목의 경계를 넘나든다는 점을 감안하면, 이런 공부 방법에도 상당히 신경을 많이 써야 할 것이다.

정치경제와 사회문화는 다른 과목에 비해 공부해야 할 분량은 많은 데 비해 교과서 내용이 그대로 시험에 출제되는 경우가 별로 없고 시험에서의 비중도 작기 때문에 교과서를 계속 반복해서 보는 것이 유난히 지겹게 느껴지던 과목이다. 하지만 조금 안다고 생각해서 책을 손에서 놓아버리면 대번에 시험이 이를 알아보기 때문에 소홀히 할 수 없었다.

다른 과목도 마찬가지지만 이 과목의 교과서를 볼 때는 제목에 유난히 신경을 많이 썼다. 그렇지 않아도 추상적인 내용이 많아서 그냥 문장만 따라가며 줄줄 읽다 보면 중심 내용이 무엇인지 잘 파악되지 않는 경우가 많기 때문이었다. 하나의 주제에 대한 설명이 시작될 때 조금 굵은 글씨로 쓰인 제목을 유심히 봐두어서, 전체적으로 그 글에서 말하고자 하는 바가 무엇인지 놓치지 않으려고 애썼다.

지리 과목 역시 교과서를 통해서 공부했는데, 특별히 신경 쓴 점은 지도를 통한 위치 파악이었다. 가령 지중해성기후에 대해 공부할 때면 그 기후가 나타나는 지역이 어디인가를 사회과부도를 통해 꼭 확인하곤 했다. 그 덕에 시험 볼 때 많은 도움을 받은 것은 물론, 지금은 웬만한 나라나 도시 이름을 들으면 지구상의 어디쯤인지 대충 짐작할 수 있게 되었다.

내가 교과서를 얼마나 꼼꼼히 보았는지를 보여주는 일화 하나가 있다. 한번은 지리 공부를 하는데 세계의 인문 환경을 언급하는 '임산자원' 단원에서 '입목 축적량'이라는 말을 만났다. 입목 축적량이라면 나무가 심어져 있는 땅의 면적을 말하는 것이겠거니 하고 넘어가려는데, 문득 그 단위가 세제곱미터로 되어 있는 것이 눈에 띄었다. 면적의 단위라면 당연히 제곱미터가 되어야 할 터인데, 처음에는 오자가 아닐까 생각했지만 아무래도 교과서에 오자가 있을리 없다는 반박이 발목을 붙잡았다.

용어의 정의를 여기저기 찾아보았지만 아무 데도 나오지 않았다. 하는 수 없이 지리 선생님께 여쭈어보았더니, 지리에 관한 한 그야말로 '도사'라고 할 수 있을 선생님께서도 입목 축적량의 단위가 세제곱미터라는 사실을 처음 알았다고 하셨다. 그러면서 제곱미터와 세제곱미터는 하늘과 땅만큼이나 차이가 크지만, 보통 글자크기의 10분의 1도 안 되는 2자와 3자를 어떻게 찾아냈느냐고 혀를 내두르시는 것이었다.

교과서를 읽어가는 데 적잖이 애를 먹었던 과목 가운데 하나가 국민윤리다. 아무리 기초적인 것들이라고는 하지만, 철학과 윤리의 이론이라는 것이 일정한 관념성을 지니기 때문인 듯하다. 그래서 윤리 교과서를 읽을 때는 이런저런 생각을 많이 했던 기억이 난다. 관념적인 내용을 이해하기 위해서는 남이 써놓은 글을 무턱대고 읽는 것보다 스스로 생각을 해서 깨치는 방법밖에 없는 듯하다. 그러면서 책에 적혀 있는 내용과 나 자신의 삶을 비교해보기도 하고, 한발 더 나아가 그러한 기준으로 내 삶을 반성해보기도 했다. 윤리 책을 공부할 때는 단순히 책을 읽는 것으로 만족할 것이 아니라 우리가 현실에서 맞닥뜨리는 문제와 연관 지어 생각하는 것이 여러 모로 많은 도움이 된다.

자연과학 과목

학력고사 때에는 과학 네 과목 가운데 한 과목만 선택해서 시험을 보았기 때문에 학력고사 때 내가 선택해서 공부했던 생물을 제외한 나머지 과목은 사실상 1995년에 생전 처음 공부하는 격이 되었다. 그래서 사회과학 과목이 너무 많이 보았던 것이라 지겨워서 공부하기가 힘들었던 데 반해 이 과목들은 기본적으로 아는 것이 전혀 없어서 공부하는 데 애를 먹었고 실제로 수능 시험에서도 국·영·수 세 과목의 실점과 맞먹는 점수를 이 과학 분야 하나에서 까먹었다.

기본적으로 아는 것이 너무 없었기 때문에 과학 과목들은 중학교 교과서까지 구해서 학습을 했다. 가령 고등학교 화학 교과서를 보면 '염'이라는 말이 많이 나온다. 그런데 이 말이 무슨 뜻인지를 알 수 없었다. 이 '염'이라는 개념은 중학교 과학 과정에 나오는 것이기 때문에 고등학교 교과서에는 설명이 나와 있지 않다. 이와 같이 특히 과학 과목은 중학교 과정과의 연계성이 강하기 때문에 기초가 전무한 나로서는 중학교 교과서부터 공부하는 것이 불가피했다.

그리고 고등학교 교과서도 8종의 교과서 가운데 과목당 적어도 두 권씩은 계속 반복해서 보았다. 출판사에 따라 다루는 내용에 약간씩 차이가 있다. 어떤 교과서에는 나오지 않는 내용을 다른 교과서에서는 다루기도 한다.

가령 금성출판사의 과학Ⅱ(상) 교과서에서는 '상대속도'에 관한 언급이 없지만 동아출판사에서 나온 책에서는 이것을 꽤 비중 있게 다루었다.

또 같은 개념에 대한 설명이라도 집필한 교수님에 따라서 문장이 조금씩 다르고 설명의 강조점에 차이가 있기도 하다. 따라서 목차를 살펴 상호 보완이 되는 두 권 정도의 교과서를 정해놓고 보는 것이 필요하다고 생각되었다. 생각 같아서는 8종의 교과서를 모두 보았으면 좋겠다는 마음이었지만 시간이 부족했기 때문에 그럴 수는 없었다.

다른 모든 과목에서도 마찬가지지만 과학 공부를 할 때는 문장을 읽고 단순히 그것을 암기하려고 들 것이 아니라 왜 그런 것인가를 납득이 가도록 충분히 이해를 하고 넘어가야 한다. 선천적으로 호기심이 많고 납득할 수 없는 사실은 좀처럼 받아들이지 않으려 하는 기질 때문인지도 모르지만, 나는 왜 그런지가 설명되지 않는 부분은 도저히 그냥 넘어가지를 못한다.

한 가지 예를 들어보자면 물리 교과서에는 이런 내용이 나온다.

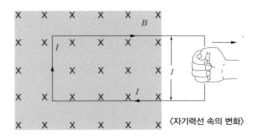

〈자기력선 속의 변화〉

그림과 같이 직사각형의 폐회로 abcd를 균일한 자기장 속에서 빼내면, abcd를 지나는 자기력선 속의 시간적 변화가 일어나 도선 ab에는 유도전류가 흐르게 된다.

이 문장에는 하나의 원인과 그에 따른 하나의 결과가 드러나 있다. 그런데 그 원인('자기력선 속의 시간적 변화가 일어나')이 상당히 추상적이어서 그에 따른 결과('유도전류가 흐르게 된다')가 실감 나게 받아들여지지 않는다. 이럴 경우 나는 '아, 그런가 보다' 하고 그냥 넘어가지 못한다. 자기력선 속의 변화가 생겨서 도선 내의 자유전자가 어느 방향으로 로렌츠의 힘을 받게 되는지 앞서 읽은 교과서의 내용을 바탕으로 따져보고, 그래서 전류가 흐르게 됨을 직접 확인해야만 그제야 나에게는 도선에 전류가 흐르게 되는 것이다.

사실이나 현상을 있는 그대로 받아들이지 않고 원인과 이유를 따지고 탐구하려는 태도는 과학 공부에서 상당히 중요하다. 하나 더 예를 들어보자. 물리의 파동 편에 보면 물결파 투영 장치라는 것이 나온다. 물이 담겨 있는 통에 파동 발생기를 장치해 파동을 일으키면 이때 일어나는 물결파의 모양이 바닥에 놓여 있는 스크린에 투영되도록 만든 장치다. 파동이 진행해감에 따라 스크린에는 밝고 어두운 무늬가 교대로 나타난다. 그런데 스크린에 밝고 어두운 무늬는 왜 나타나는 것일까? 물결파 투영 장치의 그림을 보면서 내가 느낀 의문이었다.

이처럼 나는 항상 뭘 보면 왜 그런 것일까를 생각한다. 그리고 그것을 해명하고자 한다. 앞선 물음 역시 같은 물리에서 배운 볼록렌즈에 관한 지식을 바탕으로 나름의 원인을 생각해보았는데, 그 후 보지 않았던 교과서를 우연히 넘기다 내가 느낀 의문에 대한 해답이 이때 궁리해낸 것과 같은 것임을 알게 되었다.

과학 과목은 다른 과목에 비해 많은 공부를 한 것은 아니지만, 이 역시 다른 과목과 마찬가지로 꼼꼼하게 하나하나 따져가며 차근차근 알아간다면 공부하는 것이 어렵지는 않을 것이다.

에필로그

늦은 봄비가 촉촉이 내리는 날이었다. 문학 강의 시간에 박재삼 시인의 《울음이 타는 강》이라는 시집을 읽어보라는 숙제를 받고 학교 중앙도서관의 서가를 샅샅이 뒤졌으나 끝내 찾지 못하고, 난생처음으로 교보문고에 가보았다. 들뜬 마음으로 들어선 교보문고는 그 엄청난 규모로 나를 단숨에 압도해버렸다. 대구에도 '대형'이라는 수식어가 붙은 서점이 더러 있긴 하지만, 교보문고에 비하면 구멍가게에 지나지 않았다. 정말 컸고, 또 책이 정말 많았다.

하지만 그렇게 수많은 책들 속에서도 결국 찾던 시집을 발견하지 못한 채 느지막이 학교로 나갔다. 오후에 한 과목 수업이 있었다. 빗길을 마다하지 않고 기껏 학교까지 왔는데 하나 있던 수업이 휴강이었다. 그냥 돌아가기도 뭐해서 동기생들과 팩 차기를 하고 있었다. 그러면서 오가는 아이들과 인사를 하며 짤막짤막한 이야기를 하는 가운데 하버마스 교수의 강연이 문화관 대강당에서 열린다는 것을 알게 되었다. 알고 보니 많은 학생들이 강연이 시작되기 훨씬 전부터 자리를 잡으러 간다고 법석이었다.

독일의 위르겐 하버마스 교수. 프랑크푸르트 비판학파의 대표 주자로서 전 세계의 사회과학을 이끌어가는 석학 가운데 한 분이라고 했지만, 유감스럽게도 그분의 이론은 물론 이름마저도 나에게는 금시초문이었다. 아무리 유명한 인물이라 해도 정작 내가 모르는 사람이면 관심이 잘 가지 않기 마련이다. 그러나 갑자기 비어버린 시간 때문에 할 일이 없던 나는 별생각 없이 하버마스 교수의 강연이 열리는 대강당으로 들어섰다.

사회학과 한상진 교수가 사회를 보았다. 강연이 시작될 때까지 두 분이 나란히 서서 정겹게 대화를 나누는 모습이 보기 좋았다. 특히 한상진 교수는 마치 소풍을 앞둔 어린아이처럼 밝고 즐거운 표정이었는데 아마도 세계적인 석학을 직접 대면하여 대화를 나누는 기쁨 때문이 아니었을까 싶었다.

강연이 시작되었다. 하버마스 교수는 자신이 써온 〈민족 통일과 국민주권〉이라는 논문을 한 단락씩 읽어갔고, 한상진 교수가 이를 번역한 글을 다시 읽어주는 방식으로 진행되었다. 물론 본고사 과목에 독일어가 있어서 독일어를 공부하기는 했지만, 그 정도 실력을 가지고 이런 논문을 해석할 수는 없다. 나는 처음부터 팸플릿에 실려 있던 이 논문의 번역본을 하버마스의 말과는 상관없이 읽어 갔다.

비판학파의 대표 주자답게 일반인의 통념과는 다른 의견이 제기되고 있었다. 우리 사회의 일부에서 거론되고 있는 통일 지상주의에 따라 성급하게 이루어지는 통일보다는 차분한 준비 과정을 거친 통일이 되어야 한다는 의견이 개진되었다. 동·서독의 통일과 남북한의 통일은 사실 상당한 차이가 있어서 한국인들이 무작정 그들의 통일 과정을 답습하고자 해서는 안 된다는 내용이 이어졌다. 하버마스가 이 논문을 한 번 읽는 동안 나는 이를 두 번 읽었다.

비록 그의 말을 알아들은 것은 아니지만 그의 목소리가 들려오는 동안 그 목소리에 담긴 내용을 내가 이해했다는 생각이 들자, 내앞에 서 있는 이 위대한 정신의 소유자와 정신적 교감을 이룬 것같아 전율이 느껴졌다.

질문 시간이 되었다. 첫 번째 질문자가 연단으로 올라갔다. 옆에는 한상진 교수가 질문 내용을 영어로 통역해서 하버마스 교수에게 전달할 준비를 하고 있었다. 그러나 모 대학원에 다닌다는 이 질문자는 우리말로 한 문장을 얘기하고는 곧바로 자기가 직접 독일어로 옮기며 질문을 하는 것이었다. 질문 내용도 하버마스의 사상에 대한 깊은 이해를 바탕으로 한 것이었고, 거기다가 그만한 외국어 실력까지 갖추고 있다는 사실이 나에게 충격을 주었다. 다음 질문자는 미대생이었는데 이 학생은 아예 처음부터 끝까지 영어로질문을 하는 것이었다. 이후의 모든 질문자도 영어 아니면 독일어로 의사소통을 직접 했기 때문에 통역을 하겠다던 한상진 교수가필요 없을 정도였다.

'경제학개론' 첫 강의 시간이 생각난다. 한 학기 동안의 강의 계획서라는 것을 나누어주었는데 이것이 또한 나를 놀라게 했다.

모든 수강자들은 조순·정운찬 공저 경제학원론을 완전히 숙지하여 그 속에 담긴 내용을 자기의 것으로 만들 것이 (거의 의무와 같은 정도로) 요구된다. 경제학개론(임종철), 경제학산책(홍기

현, 조영달), 경제학입문(이승훈) 등은 유용한 참고서다. (…) D. R. 퍼스펠트의 경제학사 입문을 읽기 바란다. (…) W. A. 루이스의 국제 경제 질서의 진화를 읽으면 좋다. (…) J. R. Hicks, The Social Framework를 권한다. (…) 그리고 모든 학생들은 종합 일간지 또는 경제 전문 일간지의 경제면을 매일 읽어 항상 현실 경제 문제에 관심을 가져줄 것이 요망된다.

강의 계획서의 대부분은 이처럼 학생들이 읽어야 할 책을 소개하는 데 쓰이고 있었다. 이 엄청난 책들을 대하면서 나는 이런 생각을 했다.

'내가 이거 대학에 들어올 실력도 안 되는데 뭐가 잘못되어서 들어오게 된 거 아이가.'

한때는 무슨 일이든 공사판에서 삽질할 때처럼, 입시 공부하고 시험 치를 때처럼 하면 못 할 게 없다는 자신감이 충만하기도 했지만, 결론은 그런 과정을 고스란히 다시 시작하지 않는 이상 그 모든 것이 한낱 추억으로 남을 수밖에 없다는 깨달음이었다.

지난 5년간 입시 공부를 하면서 내가 얻은 게 있다면 사람에겐 자기가 원하는 것을 할 수 있는 힘이 있다는 것이다. 장래에 내가 구체적으로 무슨 일을 할지는 잘 모르겠다. 그러나 분명한 것은 앞으로도 배워야 할 것은 산더미 같고 내가 넘어야 할 한계도 무수히 많다는 것이다. 이 새로운 한계를 뛰어넘기 위해 나는 다시 신발끈을 고쳐 매야 하리라.

이제 나는 새로운 출발점에 서 있다.